诗赋研究的语用本位

易闻晓 ◎ 著

中国社会科学出版社

图书在版编目（CIP）数据

诗赋研究的语用本位/易闻晓著. —北京：中国社会科学出版社，2015.7

ISBN 978-7-5161-4030-7

Ⅰ.①诗… Ⅱ.①易… Ⅲ.①诗歌研究—语用学—中国 Ⅳ.①I207.22

中国版本图书馆 CIP 数据核字（2014）第 044372 号

出 版 人	赵剑英
责任编辑	郭晓鸿
特约编辑	张 剑
责任校对	张依婧
责任印制	戴 宽

出　　版	中国社会科学出版社
社　　址	北京鼓楼西大街甲 158 号
邮　　编	100720
网　　址	http://www.csspw.cn
发 行 部	010-84083685
门 市 部	010-84029450
经　　销	新华书店及其他书店
印　　刷	北京君升印刷有限公司
装　　订	廊坊市广阳区广增装订厂
版　　次	2015 年 7 月第 1 版
印　　次	2015 年 7 月第 1 次印刷
开　　本	710×1000　1/16
印　　张	13.75
插　　页	2
字　　数	215 千字
定　　价	56.00 元

凡购买中国社会科学出版社图书，如有质量问题请与本社联系调换
电话：010-84083683
版权所有　侵权必究

目　　录

弁言 …………………………………………………………（1）
自然与工力：中国诗学的体用之思 ………………………（1）
中国诗的韵律节奏与句式特征 ……………………………（16）
诗道高雅的语用阐述 ………………………………………（31）
类推思维的文学推衍 ………………………………………（47）
意境创造的诗法功用 ………………………………………（66）
乐府古辞与古诗十九首关系考辨 …………………………（79）
《陌上桑》拟作的主题演变 …………………………………（90）
黄庭坚诗学与宋人诗话的论诗取向 ………………………（102）
程恩泽诗宗韩、黄与道咸诗风 ……………………………（120）
郑珍"学人诗"的学韩路向 …………………………………（135）
莫友芝为诗路向的体制分殊 ………………………………（151）
汉代赋颂关系考论 …………………………………………（170）
汉赋"凭虚"论 ………………………………………………（188）
谢灵运诗赋的关联与分异 …………………………………（206）
附记 …………………………………………………………（215）

弁　言

　　本书对于诗赋的研究总体上基于语用的本位，首先阐明了中国诗学的体用之思。诗的作用落实于句法的讲求，因为字法指向造语，篇法是诗句的组合，属对是上下两句的配合，用事是诗语关于故实的联系，脱化则是化用前人诗语。凡此诗法的讲求都以"工力"的锻炼被统摄于"诗本"层面的"自然"之旨，所谓体用的思维就展开为自然与工力的相成相即。而中国诗由于汉语单音独字组合的韵律节奏形成稳定的句式如四言、五言、七言并各成一体，这是中国诗语用讲求的体制表现。进而关于诗道高雅的讨论也在成辞、借代、用事、脱化的语用层面展开，而类推思维的文学推衍之于比兴的运用、对偶的类属，并诗赋用事的古今联通，也莫不落实于语用的讲求。就如意境的玄虚莫测，也必定是在体制的限定、尤其是属对上下句之间以及篇法结句"宕开"的语用上才具有切实的把握。对于诗之历史的个案研究如乐府与古诗十九首的关系，至为切要的也在于体制风调和语辞的递相祖述，甚至乐府一题如《陌上桑》的主题演变，也必定在语辞的祖述中才有确切的所指。直到黄庭坚诗学及其受其深刻影响的宋人诗话，更以"所说常在字句间"反映对于诗之语用的普遍谈说，这在中国诗学的历史上具有划时代的意义和直到晚近的深远影响，道咸"宋诗派"诸人学韩、学黄，就是宋人语用讲求的异代回响。无论是程恩泽，还是黔中郑珍、莫友芝，都是韩愈以文为诗及宋人尤其是黄庭坚以学问为诗、以议论为诗的一脉相承，突出表现为散语的敷衍、经籍难僻字的运用等方面。

　　关于赋体的讨论，也一样坚持着语用的本位，这是由于本人在中国诗法学的长期研究中形成了语用考察的独特路向。无疑诗是"语言的艺术"，

◇诗赋研究的语用本位

诗赋及其他文学体制的区别,甚至文学之所以成为文学,最为根本的原因,就在于语言的运用。而且由于一己的爱好驱使诗赋的创作,其间字句的琢炼让人体味过程的艰辛和快乐,于是在语用的研究上从诗到赋的体制过渡似乎就是某种命定。关于诗法学的研究,实际上从一开始就与"诗学理论"的阐发不同,就因为具有语用的角度。诗赋都是语言的写作,在本人看来,文学研究必应具有语言的关联,至少如社会学、历史学、文献学的文学研究路向一样,语言的角度是不可缺少,尽管不必像俄国"形式主义"那样将"诗歌语言"研究认定为唯一正确的方法和模式。我的想法是,无论何种研究路向或角度与方法,都不应当脱离诗赋的文本,而文本当然就是语言的构结。本人开始中国文学的研究是批评史,从来并不惮于人们对于"理论"空虚的鄙夷,就如"体用"的相即,却必然走向语用的路数。近来也有部分精力用在赋用联绵字和《马融集》的校注方面,感觉颇为艰难,但对于未知的学习却是积极的,本书中的赋学部分也是最近几年学习的结果。关于赋颂的关系和汉赋"凭虚"的探讨,都是基于语用的本位,至于谢灵运诗赋的讨论,则正好反映了诗赋二体语用的同异。最后说明一下例如类推问题所运用考据、诗论、诗法以及名辩、哲学的角度和方法,则是长时间不断学习的综合。对于所谓"学术"的操作,唯有未知才能不断激发兴趣,这只是一个过程,在过程中体验焦虑和快乐。

自然与工力:中国诗学的体用之思

体用之思乃是中国诗学的基本思辨方式,其重大意义在于体用相即的联系使诗学理论与创作实践不可分离。这一思辨方式总是指向自然与工力的相反相成,而"自然"即成中国诗学的最高设定。在体用一如的圆融关系中,诗法的人力锻炼遂为"自然"所摄,这可求诸种种诗法的普遍证明。中国诗学的体用之思与西方诗学所谓"形而上设定"存在根本的差异,因为后者根源于理性而执着于认识,适可比照中国诗学体用之思及其自然工力之辨的独具特征。

一

中国诗学的所有阐论都在体用关系中展开,这是中国思维特点在诗学的显现。按照中国哲学的思辨,凡一物之存在,必有其之所以存在的原因和根据,乃逐推其本,而竟至于一,"一"之为本,就是万事万物的最终原因和终极根据。本体必然是无形无象的虚空境域,因为如果是有形的存在,则其本身存在的原因和根据犹须追问,那么就必然不是一切有形存在的最终原因和终极根据,也就不能作为本体而统摄万物。本体的确立非唯起于形下物事的存在原因和根据的追问,而且必须落实到形下物事之上。本体无形无象而生起万物、融摄万象,后者即是本体作用的显现。本体与作用的关系,是体以用显,用归体摄,体用一如,毫无间隔,彻上彻下,圆融无碍。于儒,则谓"理一分殊",理本分用,天理流遍万物,万物悉见天理;在道,则以"道"在万物,万物悉归"道"之作用;在佛,则以真如佛性遍处一切法,万法皆为真如幻相。虽其本体不同,乃至作用殊

◇诗赋研究的语用本位

异,然其体用之思,"三教"道通为一①。可以说,体用之思乃是中国哲学最为基本的思辨方式。

古人论诗,亦援体用之思。言体则推于诗之本从,说用则措于诗之实法。诗之本,推原于情、心、气而究归于道;诗之用,遍在字句、篇法、属对、声律种种诸法。或有高悬本体以主自然,或乃下求作用以说诗法,俱在本末体用之间,悉归自然、工力二者。诗本自然,还赖工力②,自然与工力,就是中国诗学体用之思恒所斟酌的成反两端。一方面,由于诗之本被推原于天道自然,所以诗之用遂被视为天道自然的显现,凡遣词造语,必当出于自然,而诗法讲求的人力锻炼,或被认为有悖自然,这其实只是偏主体之一端而遗落诗之作用,体用之间,终有间隔。另一方面,正是本体的天道自然却必依作用显现,那么诗法的一切人力作用遂为本体的天道自然所摄。

论诗直取体用为说,则谓"诗有本末,体气本也,字句末也"③;又谓"诗之用,片言可以明百义,诗之体,坐驰可以役万象"④。此明人许学夷、清代薛雪之论,虽其推本未至,但其运思之理,俱在体用之间。兹明诗之所本,必至于一,但以说者殊途,故致多端。"言志""缘情",由来已久,"情"、"志"即诗之所本,然犹有未至,穷而究之,则谓"性情"。性情本出于天,所谓"天命之性",即是善之本体。元人《总论》曰:"夫作诗之法,只是自己性情中流出,这个道理,亘古亘今,彻上彻下,未尝有丝毫间隔,亦无丝毫形迹。"⑤ 显取理学之义。《诗法正宗》论"诗本"亦云:

---

① "体"、"用"以其哲学意义的运用,见于《易传·系辞上》"故神无方而易无体"及"显诸仁藏诸用"之语。凡真正达到"形而上"思辨的哲学必有本体的建立,道家之"道"、佛家"真如",以及儒学"天命"、"天理"、"天道",都是本体的最高形而上设定。本体不同而作用殊异,"三教"之别,唯在本体不同。儒、道俱主天道自然,但儒学在自然之"天"上加诸伦理,以使道德之"善"成为"自然法则"的"绝对命令"。佛禅初亦体用相即,真如显现万法,但以唯"真"是信,法本虚妄,终则斩截本体而弃绝作用,同归一大虚空,卒与儒、道不同,故本文之说体用,多取儒、道,而于释氏有所不契。
② 朱庭珍:《筱园诗话》卷一所谓"诗中天籁,仍本人力",其意庶几近之。见郭绍虞编选,富寿荪点校《清诗话续编》,上海古籍出版社1983年版,第2328页。
③ 许学夷:《诗源辩体》卷三十四,人民文学出版社1987年版,第326页。
④ 薛雪:《一瓢诗话》,丁福保辑《清诗话》,上海古籍出版社1963年版,第696页。
⑤ 张健:《元代诗法校考》,北京大学出版社2001年版,第200页。

"吟咏本出性情。"①则援《诗序》之说。诗"从性情中流出"而"本出性情",要在自然摅发,或者不许雕造,病在崇本息末,未得体用相即。而善说者正以性情论法,则以本赅末,以体摄用,"盖因情以发气,因气以成声,因声而绘词,因词而定韵,此诗之源也"②,凡声韵之拣择、字句之锻炼,悉从本体而来,正谓自然如此。因而"诗贵性情,亦须论法"③,必"从性情、法律处下手"④,法之所来,原出性情,性情所之,必依法律,体用无间,相摄无碍。

或有不言性情而径说"心"者。刘勰云:"性灵所钟,是为三才,为五行之秀,实天地之心。心生而言立,言立而文明,自然之道也。"⑤心为天地阴阳交感所生,以其为灵则谓五行之秀,心生而言立,诗文之所从来。刘熙载《诗概》引《诗纬·含神雾》曰:"诗者,天地之心。"可见"诗为天人相合"之理⑥,是即"自然之道"。人"心"为天地自然灵气所钟,禀具自然之性,而"心生"以及"心"在诗中的发露,乃是自然而然的过程。然则心生而言立,举凡字句声律,作为立言之法,亦本自然之理,乃成当然之则。

而论诗以"气",最得自然之义。在老庄道家之学,"气"是作为道与万物的中介和物质材料。而儒学对于"气"的定位,大致也是如此,"气"或为连接"太极"与万物的中间环节,如周敦颐《太极图说》所谓阴阳动静与"五气顺布"⑦,又如朱子理、气先后之说⑧,无不将"气"置于形上本体与形下物事之间,借以构成形上境域与形下世界的有序联系。"气"

---

① 张健:《元代诗法校考》,北京大学出版社2001年版,第318页。
② 徐祯卿:《谈艺录》,何文焕辑《历代诗话》,中华书局1981年版,第765页。
③ 沈德潜:《说诗晬语》卷上,《清诗话》,上海古籍出版社1963年版,第524页。
④ 徐增:《而庵诗话》,《清诗话》,上海古籍出版社1963年版,第426页。
⑤ 刘勰:《文心雕龙·原道》,范文澜《文心雕龙注》,人民文学出版社1960年版,第1页。案此出《礼记·礼运》:"故人者,天地之心也"(孙希旦《礼记集解》,中华书局1989年版,第612页);"故人者,其天地之德,阴阳之交,鬼神之会,五行之秀气也。"(《礼记集解》,第608页)
⑥ 刘熙载:《诗概》,《清诗话续编》,上海古籍出版社1983年版,第2417页。
⑦ 周敦颐:《太极图说》,《周敦颐集》,岳麓书社2002年版,第5页。
⑧ 朱子云:"天地之间,有理有气。理也者,形而上之道,生物之本也;气也者,形而下之器,生物之具也。"(《晦庵先生朱文公文集》卷五八,《四部丛刊初编》本)关于朱子之辨,参《理气上》,《朱子语类》卷一,第一册,中华书局1994年版,第1—4页。

◇诗赋研究的语用本位

不惟具有天道自然的本体依托，而且以其作为道与物的中介和物质材料而使虚无之"道"落实于自然万物，它的实存性尤为显见"自然"的性质。二气化生万物，"人身及万物动植，皆全是气所鼓荡"，"诗文亦然"①。唯在生气运注，恒以"一气浑成"、"一气贯注"②为上，是有"气韵"在焉；而"雕刻无生气"③、"太炼则伤气"④，故论者主气而废法，往往而然。但以体用相摄，则主气固不舍法。元人《诗家一指》论"十科"、"四则"等，多为切实之法，然其自明述旨，乃一本于"乾坤之清气"："有气则有物，有事斯有理"，故"必先养其浩然，存其真宰"，而后方能纳法于己有，遣法若自然，以至"触处成真"⑤。或以撰作过程言之，则"文章兴作，先动气，气生乎心，心发乎言，闻于耳，见于目，录于纸"⑥，然则言之于字句、声之于音律，凡种种诸法，悉归一气运掉。

总之自然之旨，说者恒相取论，无论性情与心，抑或一气，皆必推本自然。言性情则天命自然禀受，说一心则天地自然所生，论一气则生机自然流注。诚以"生机不息，自然运动，大而天地，小如文章，未有不流动而能久者"⑦。而王近仁每切论，辄以"凡作诗文，当如行云流水，轻车熟路，不假用力，即无凝滞"⑧。但用力未到，焉至轻车熟路？援取自然之义，当在体用相摄，言其本则弥纶天道，语其用则赅遍诗法，即体即用，彻上彻下，即于自然之中，而有作用在焉。凡字句篇章等一切诸法，悉属锻炼之工力，尽归本体之作用，一在自然之流行。但诗法取于人工锻炼，而自然本乎天道流行，自然人工，相反相成，斟酌二义，斯得中道。刘熙

---

① 方东树：《昭昧詹言》卷一，人民文学出版社1961年版，第25页。
② 二语乃古人论诗常言，随举其例，则前语见清吴骞《拜经楼诗话》（《清诗话》，第729页），后语见薛雪《一瓢诗话》（《清诗话》，第708页）。
③ 方东树：《昭昧詹言》卷一，人民文学出版社1961年版，第25页。
④ 方东树：《昭昧詹言》卷五，人民文学出版社1961年版，第135页。
⑤ 《诗家一指》著者佚名，或题范德机撰，《元代诗法校考》，北京大学出版社2001年版，第276页。
⑥ [日]空海撰，王利器校注：《文镜秘府论·南卷·论文意》，中国社会科学出版社1983年版，第286页。
⑦ 张谦宜：《絸斋诗谈》卷一，《清诗话续编》，上海古籍出版社1983年版，第796页。
⑧ 王近仁：《与友人论诗帖》，《元代诗法校考》，北京大学出版社2001年版，第368页。

载曰:"西江名家好处,在锻炼而归于自然。"① 潘德舆言:"学诗有三境,先取清通,次宜警炼,终尚自然。"② 两家之论,深得成反之理。

体用之思对于中国诗学的重大意义,乃在于诗学理论与创作实践不可分离。古代诗学中较为玄虚的理论,大半是自本体言之。例如"情志"、"意象"、"意境"等等,都被推原于本体的形上境域。仅就"意象"之与庄子"言不尽意"、《易传》"立象尽意"以及玄学有关论题的关系,可知"意"的虚隐灵动之被上推于"道"的虚廓广大、"象"的含蕴不尽而为取法天地自然之象③,都是以体论诗,属于"诗本理论"。然而以体说诗的"诗本理论",唯从本体大处取论,故其范畴、命题所见不多,这或许就是中国诗学理论显得比较"单薄"的原因。但是古人说诗,固多措本于用,而表现为种种诗法的切实讲求,即如严羽唯尚"妙悟"、王士禛专主"神韵",至其所谈之切要者,亦无非诗法而已。今观严羽《沧浪诗话》,除《诗辨》一节阐发理论而外,其余所谈若《诗体》之论,本属诗法,《诗评》所说,也落实于法度之上,且有《诗法》专论,至于《考证》一节,亦属切要之法,甚至《诗辨》所言,也大半说"法",故以《沧浪诗话》为"诗法"之作,正谓实事求是。

抑且体主圆融而用归实在,言体者纵谈无碍,说法者切论为难。当知诗乃造作之能事,固非空论可及、立谈可致,因此作者之谨严恪守、论者之切实讲求,多在诗法之间。然而现代以来,对于古代诗学的阐论,尽皆偏执体之一端,反映为"情志"、"意象"、"意境"、"风神"等纯粹的理论阐述,几乎全部的诗学讨论,仅仅具有理论的兴趣,而于诗法之用,则鲜有涉及,这不能不说是中国诗学研究的一大缺失。

二

中国诗学的体用之思贯通于诗之创作的一切方面,而自然与工力的相反相成,在所有诗法中具有普遍的重要意义,首先表现为篇法的讲求。篇

---

① 刘熙载:《诗概》,《清诗话续编》,上海古籍出版社1983年版,第2433页。
② 潘德舆:《养一斋诗话》卷一,《清诗话续编》,上海古籍出版社1983年版,第2029页。
③ 易闻晓:《中国诗句法论》,齐鲁书社2006年版,第6—7、30—35页。

◇诗赋研究的语用本位

法之论，恒主一气。"有章法无气，则成死形木偶"①，故"谋篇贵一气相生"②，"一首贵一气贯注"③。如谓"少陵自首至结一气"④，又谓"东坡七律，一气相生"⑤，是皆主乎自然，不贵经营。但一气相生，其条文节目，正在谋篇构结，若舍人力安排，必使气达无由。或径推托天道为本："天地之道，一辟一翕，诗文之道，一开一合"，则"章法次序已定开合"⑥，故谋篇之法，必然而有，自然人工，卒尔合一。"文章亦如造化"，起承转合，固有一定之则，亦犹天道自然，斯"有一定之时"⑦。李东阳说律诗起、承、转、合，"乃有自然之妙"⑧，是皆托诸自然，以明篇法之讲。但如王夫之主乎"浑然一气"而概弃章法，竟谓"立此四法，则不成章矣"⑨。于此可见"自然"之义，可以悬诸本体以弃法之作用，亦可托诸本体以明法之必讲。自然工力的相反相成，是在本末体用之间，不可偏主一端。

在字句锻炼方面，自然与工力的体用之思尤其具有诗法讲求的切近意义。"句法以一字为工"⑩，诗"以一字论工拙"⑪，"吟诗要一字两字工夫"⑫，是皆宋人议论，可证"宋人诗话多论字句"⑬，"所说常在字句间"⑭。但以字句论诗，唐人已见⑮，而元、明、清益滋其说。然而宋末严羽总结一代之诗，则指宋人"以文字为诗"，必以字句锻炼为病，而悬诸

---

① 方东树：《昭昧詹言》卷一，人民文学出版社1961年版，第30页。
② 朱庭珍：《筱园诗话》卷一，《清诗话续编》，上海古籍出版社1983年版，第2336页。
③ 吴雷发：《说诗菅蒯》，《清诗话》，上海古籍出版社1963年版，第899页。
④ 黄子云：《野鸿诗的》，《清诗话》，上海古籍出版社1963年版，第849页。
⑤ 施补华：《岘佣说诗》，《清诗话》，上海古籍出版社1963年版，第994页。
⑥ 庞垲：《诗义固说》卷上，《清诗话续编》，上海古籍出版社1983年版，第729页。
⑦ 李调元：《雨村诗话》卷上，《清诗话续编》，上海古籍出版社1983年版，第1520页。
⑧ 李东阳：《麓堂诗话》，丁福保辑《历代诗话续编》，中华书局1983年版，第1376页。
⑨ 王夫之：《姜斋诗话》卷下，《清诗话》，上海古籍出版社1963年版，第12页。
⑩ 范温：《潜溪诗眼》，郭绍虞《宋诗话辑佚》，中华书局1989年版，第333页。
⑪ 晁补之：《鸡肋集》，《苕溪渔隐丛话》前集卷三引，人民文学出版社1984年版，第16页。案此本晁补之《题陶渊明诗后》语。
⑫ 蔡梦弼：《杜工部草堂诗话》卷二，《历代诗话续编》，中华书局1983年版，第212页。
⑬ 吴乔：《围炉诗话》卷一，《清诗话续编》，上海古籍出版社1983年版，第506页。
⑭ 吴乔：《围炉诗话》卷五，《清诗话续编》，上海古籍出版社1983年版，第603页。
⑮ 如杜甫云"佳句法如何"（《寄高三十五书记》）；皮日休谓"百炼成字，千炼成句"（王世贞《艺苑卮言》卷一引，《历代诗话续编》，中华书局1983年版，第954页）。

自然与工力：中国诗学的体用之思

汉魏"气象"，标举盛唐"兴趣"①，以谓"汉魏古诗，气象混沌"②，而视为"自然"。但魏诗"字法句法，稍稍透露"③，如曹植诗，已多锻炼之实。逮六朝及唐，声律大兴，句法随之，"以句法就声律"④，字句锻炼，其势必然。严氏之说，影响甚远，自金王若虚以来，率多趋附。贺贻孙以"炼字炼句，诗家小乘"⑤，王寿昌则谓"古体欲无句，近体欲无字"，以明"天道、人道之殊"⑥。"天道"无非自然，"人道"必在人工，因而尊前抑后，悬体绝用。然而善说者推原本体，正唯显现作用，不必崇本息末。明代谢榛有说，可称精要之言：

> 诗有造物，一句不工，一篇不纯，是造物不完也。⑦
> 凡炼句妙在浑然，一字不工，乃造物之不完。⑧

本体必依作用，自然适待人工，雕造必至浑成，锻炼终归自然。在此"自然"之义，固可据以否定言辞雕造，也适可托以肯定字句锻炼，此中思理，最宜审察。

而诗中属对，则益被推原于天道阴阳即一体二分的宇宙生成模式。天道为一，一分为二，阳动阴静，相反相成，悉有配对；诗文属对骈俪，唯以造化所成，"盖天地自然之数"⑨。李兆洛《骈体文钞序》益有阐发：

> 天地之道，阴阳而已，奇偶也，方圆也，皆是也。阴阳相并俱生，故奇偶不能相离，方圆必相为用，道奇而物偶，气奇而形偶，神

---

① 严羽.《沧浪诗话·诗辨》，《历代诗话》，中华书局1981年版，第688页。
② 同上。
③ 胡应麟：《诗薮》内编卷二，上海古籍出版社1979年版，第32页。
④ 冒春荣：《葚原诗说》卷一，《清诗话续编》，上海古籍出版社1983年版，第1580页。
⑤ 贺贻孙：《诗筏》，《清诗话续编》，上海古籍出版社1983年版，第141页。
⑥ 王寿昌：《小清华园诗谈》卷上，《清诗话续编》，上海古籍出版社1983年版，第1856—1857页。
⑦ 谢榛：《四溟诗话》卷一，《历代诗话续编》，中华书局1983年版，第1139页。
⑧ 谢榛：《四溟诗话》卷四，《历代诗话续编》，中华书局1983年版，第1223页。
⑨ 皎然：《诗式》"对句不对句"条，见周维德《诗式校注》，浙江古籍出版社1993年版，第30页。

◇诗赋研究的语用本位

奇而识偶。孔子曰:"道有变动,故曰爻;爻有等,故曰物;物相杂,故曰文。"又曰:"分阴分阳,迭用柔刚,故《易》六位而成章",相杂而迭用。文章之用,其尽于此乎!①

不仅如此,而且属对也以自然为至。贺贻孙说:"诗律对偶,圆如连珠,浑如合璧,连珠互映,自然走盘……神而化之。"②属对至于自然浑成,固称天巧,但必求诸人工,所谓"工整"、"工稳"、"工切",一在于工而已矣。"对仗固须工整"③,"律诗以对仗工稳为正格"④。偶对若工,可称"切"矣,是谓"工切"。工切而至于精,故有"精切"之谓,如谢榛称束晳《补亡》诗"对偶精切"⑤。对仗虽称"工切"、"精切",但也"不要太切,太切则拘滞"⑥,因为"诗切对求工,必气弱"⑦,如"晚唐诗句尚切对,然气运甚卑"⑧。自然工力之义,必当两相斟酌,主乎自然而力求工切,工切而又归于自然,总在两端之间,斯得执中之道。

诗的声律之讲,亦在本体之用,原于"天然音节"。所谓"性情,诗之体,音节,诗之用"⑨,可明"诗以声为用者也"⑩,故谓"诗以声调为工"⑪。诗之声律,要在字之平仄与句之用韵,近体尤严,即是天然音律的人工讲求,以汉语单音独字及其声、韵、调的独特语音构成,用之于诗语,固谓自然而然,而近体格律乃是汉语自然音律的格式化形态。至于古体,尽管不拘格律,但也固有大致的平仄规律,如三平、三仄及平仄平、仄平仄,即为古体常式。清人为之总结,若赵执信《声调谱》、王士禛

---

① 李兆洛:《骈体文钞》,上海世界书局1936年版,第19页。
② 贺贻孙:《诗筏》,《清诗话续编》,上海古籍出版社1983年版,第144页。
③ 沈德潜:《说诗晬语》卷下,《清诗话》,上海古籍出版社1963年版,第552页。
④ 冒春荣:《葚原诗说》卷一,《清诗话续编》,上海古籍出版社1983年版,第1574页。
⑤ 谢榛:《四溟诗话》卷一,《历代诗话续编》,中华书局1983年版,第1145页。
⑥ 佚名:《总论》,《元代诗法校考》,北京大学出版社2001年版,第217页。
⑦ 吴可:《藏海诗话》,《历代诗话续编》,中华书局1983年版,第331页。
⑧ 蔡居厚:《诗史》,《宋诗话辑佚》,中华书局1980年版,第448页。
⑨ 乔亿:《剑谿说诗》卷下,《清诗话续编》,上海古籍出版社1983年版,第1098页。
⑩ 沈德潜:《说诗晬语》卷上,《清诗话》,上海古籍出版社1963年版,第524页。
⑪ 宋徵璧:《抱真堂诗话》,《清诗话续编》,上海古籍出版社1983年版,第127页。

8

《古诗平仄论》①等，基本上反映了古体平仄的大致状况。其实"毋论古、律……皆有天然音节"②，声律作为诗之作用，乃是天然音节的人工妙用。或以"气"论音律，最为贴近自然。元《虞侍书诗法》"十科"说："五气，贵乎流通"；又"四则"条说："四律，所以条达气神。"③一气充塞天地，唯人呼吸之际，恒与息息相通。字之平仄，韵之响哑，声之所发，气息所运，吞吐呼吸，通塞逆顺，清浊抑扬，全在喉牙唇吻，一气所遇不同，悉归自然而然。

三

体用之思作为中国诗学的基本思辨及其对于整个诗学的构成意义，或可借以比照西方诗学的"异质性"。饶芃子先生认为，中、西诗学的最高追求就是"自然"，因为中、西方对于"文学本质的形而上设定"俱在"自然之道"④，表现为"无为自然论"和"妙造自然论"的两向演化⑤。西方的"无为自然论"被类比为老庄之思，饶先生指其源于古老的"灵感论"，引申为后世西方诗论，则为"自然诗人"（天才诗人）的"无意识灵感"所支配的写作方式，饶先生视为"自然"⑥。我们知道，柏拉图主张"灵感论"，而其"形而上设定"固通神灵，实质上乃是"理念"的唯心造作，无与"自然之道"的形上预设，而且他的"灵感"推崇导致对"技艺"的轻贱。"妙造自然论"则被追溯到亚里士多德诗学⑦，以其作为西方诗学奠基的重要意义，必须进行切要的比勘。当然亚氏诗学主乎"模仿"的"反映"，取决于古希腊"诗"的叙述特征，乃同戏剧浑合不分，本与中国诗"言志"、"缘情"以至物我合一的"兴象"、"意境"判然有别，这

---

① 翁方纲辑：《王文简古诗平仄论》、《赵秋谷所传声调谱》，见《清诗话》，上海古籍出版社1963年版，第223—242、245—258页。
② 王士禛：《师友诗传续录》，《清诗话》，上海古籍出版社1963年版，第152页。
③ 张健：《元代诗法校考》，北京大学出版社2001年版，第308—309页。张健认为《虞侍书诗法》与《诗家一指》本是一书，但版有差异。
④ 饶芃子等：《中西比较文艺学》，中国社会科学出版社1999年版，第17页。
⑤ 同上书，第24页。
⑥ 同上书，第25页。
⑦ 同上书，第27页。

◇诗赋研究的语用本位

是讨论亚里士多德诗学预先应该明确的区分。

在此的比照先须借助中、西"自然"语义的互勘。汉语"自然"的本义,乃是作为性状的描述,就是"自己如此",表示人或物依其本然而存在,亦即自然而然。《老子》第二十五章:"人法地,地法天,天法道,道法自然。"自然而然即"道","道"在自然,不假人为。人为有悖自然,但人依其自己如此而存在,则正谓顺其自然。而按《易传》的思理,人文的起源,是在自然之道,《文心雕龙·原道》援此立论,或者引以论诗,则在本体之"道"的统摄之下,工力遂成自然。

然而西语的"自然"与出于中国文化语境的"自然"必有区别。根据布鲁格编著、项退结编译的《西洋哲学词典》,西语的"自然"即英文 nature,源自拉丁文 natura,意义完全和希腊文 physis 一样,俱与"出生"有关,表示"生命体生来就有或成长时出现的特征",广义乃指"任何存有物从其起源即已具有的本质特征"。与人所独具的精神相对,nature 也指"具变化天性的事物之整体,中文可译为'自然界'或'大自然'"。应当注意 nature 或 physis 所表示的"自然"之与"人为"的"制作"或"技艺"(techne)的间隔,尽管人的天性受到自然的"构造计划"或"自然律"的支配,但是唯有人是理性的动物,他以理性追求知识、进行制作和艺术创造。因此"自然与精神相区别"、"和文化(culture)相区别",就是明确 nature 的意义时必须做的"进一步的区分"[①]。这一区分反映了"主客二分"的深层执着,在诗学的本体设定上不能达到自然与人及其"制作"技艺的相融相即。

亚里士多德《形而上学》正是超乎"自然"的本体论,它本是"物理学以后"(metaphysics,后物理学)诸篇的辑录,而"物理学"(physics)与"自然"同字,指自然事物及其运动变化的原则,所以"后物理学"就成为超出"自然"感性对象的"第一哲学"。日本明治时期哲学家井上哲次郎见诸"metaphysics"对自然物的超越有似《易传》"形而上者"超乎有形存在之性,遂译"形而上学",于是字面的重合从此遮蔽了

---

① 布鲁格编著,项退结编译:《西洋哲学词典》,台湾先知出版社 1954 年版,第 237—238 页。

自然与工力：中国诗学的体用之思

中、西本体之思的根本差异。《易传》所谓"道"之为"形而上"者，以其超乎有形物事而为无形之域。老子以"道"为"无"，而"道生万物"，即"无生有"，亦即"有伦生于无形"①。"道"不是作为一个至高无上的绝对实体孤独地存在并独断地裁决形下世界的物事②，若庄子之"道"，乃是可能性和实存性的统一：从形而上的思辨说，可谓道生万物，但是物的实际形下生成，却只能是"万物以形相生"③，即物生物；本体之"道"，只是形上学思辨所达到的可能世界，它必须落实于形下的物事才有实存的意义，道生物而即在物中，万物自然而然即道，万物存在的"目的"，就在物的自然而然④。至于儒学"极高明而道中庸"，"天理"遍在伦物，体用一如，固亦相即无碍。"道"或"天理"作为形上的虚设，不是认知的对象；人亦一物，同为"道"摄，只能以此身生命体悟斯"道"。在天人物我、形上形下的相融相即中，中国哲学的体用之思消解了"唯物"、"唯心"的对立。而"体道"的冥想之被引入审美之域，即成兴象浑融、物我合一之境，在无迹可求的境界中，为诗的工力锻炼恒归自然之"道"的虚廓，抑且"不涉理路"⑤的兴象浑成必当拒斥逻辑的分析和理性的认识。

而亚里士多德"形而上学"的本体论乃是研究"存在"或"是"（Being）的学问（Ontology⑥），本体是万有存在的抽象概括和逻辑分析的产物，即唯一的、最后的"存在"。根据汪子嵩先生对亚里士多德本体学说的研究，个别事物由形式和质料构成，质料只是潜在的可能存在，它必待

---

① 《庄子·知北游》，郭庆藩《庄子集释》，《诸子集成》第三册，上海书店出版社1986年版，第323页。
② 本体若成为绝对的实体，极易神格化。而老庄之"道"只是思辨所达到的可能世界，是为虚悬之"无"，固非绝对实体，所以不存在神格化的危机。
③ 《庄子·知北游》，郭庆藩《庄子集释》，《诸子集成》第三册，上海书店出版社1986年版，第323页。
④ 此从崔宜明先生之说，见崔宜明《生存与智慧——庄子哲学的现代阐释》，上海人民出版社1996年版，第170—171页。
⑤ 严羽：《沧浪诗话·诗辨》，《历代诗话》，中华书局1981年版，第688页。
⑥ Ontology（本体论）最早见于德国经院哲学家郭克兰纽（Rudulphus Goclenius）于1613年编著的哲学词典（Lexicon philosophicum Francoforti）。人们一般把Ontology当作从柏拉图到黑格尔的西方传统哲学的主干，或"第一哲学"（参刘万勇《西方形式主义溯源》，昆仑出版社2006年版，第49—50页）。

◇诗赋研究的语用本位

形式的赋予，才能成为事物。将一切存在的事物的质料及其种种属性去掉，那么就抽象出最后的纯粹"形式"，这就是万物的本体。这一逻辑抽象的方法就是"定义"和"公式"，假定说房屋是"由泥土和石块构成的用于人居住的空间"，这是房屋的定义或"公式"即房屋的"形式"，也就是房屋之为房屋的本质（即个别事物之"所以是"[①]），房屋的现实存在取决于此，所以形式是现实性和第一性的，它就是本体。作为事物的本质，形式以抽象的一般存在于事物之中。这种本质与现象、一般与个别的联系异于"形而上之道"的虚无，并未出脱有形，所以译为"形而上学"，未若"万有论"为当，从这一点上说，似乎亚氏的本体尚存"唯物"的成分，这导致哲学史家对其"唯心主义"定性的犹豫[②]。但是形式的抽象、本质的概括出于理性的认识，而作为本体的本质，就是理性认识的目的，因此亚里士多德"形而上学"的本体论设定，究归理性的认识，理性是最后的动因和目的因。理性以自我为思想的对象，本体自足，乃是"绝对的善"[③]，其"纯粹的活动性"和"自在自为"性[④]也就是"神"，理性——善——神才是一切秩序的安排者和"第一本体"[⑤]。理性的自我认识导致自身的实体化和神化，固与老庄之"道"虚悬其体的可能性较然有别。这种来自阿那克萨戈拉"努斯"（理性）永恒存在论以及苏格拉底到柏拉图的目的

[①] 亚里士多德撰，苗力田译：《形而上学》，中国人民大学出版社2003年版，第138页。质料与形式，参汪子嵩《亚里士多德关于本体的学说》，生活·读书·新知三联书店1982年版，第213页。

[②] 汪子嵩：《亚里士多德关于本体的学说》，生活·读书·新知三联书店1982年版，第310—318页。

[③] 亚里士多德撰，苗力田译：《形而上学》，中国人民大学出版社2003年版，第252—253页。"绝对的善"，参汪子嵩《亚里士多德关于本体的学说》，生活·读书·新知三联书店1982年版，第81页。

[④] 黑格尔论亚里士多德"隐德来希"（ent－elecheia）语。黑格尔认为"隐德来希"是"绝对的真理、实体"、"'不被推动的'、不动的'和永恒的'，同时都又是'推动者'、纯粹的'活动性'"，实质上乃是理性自身的绝对实体化。见黑格尔《哲学史讲演录》第二卷，贺麟、王太庆译，第294—295页。

[⑤] 汪子嵩先生说："亚里士多德的这个神，不是宗教的神，而是哲学的神……神——理性的思想，直接影响了中世纪的经院哲学；从长远说，西方哲学史中的唯心论思想，几乎都是从他的这个思想出发的。"（汪子嵩：《亚里士多德关于本体的学说》，生活·读书·新知三联书店1982年版，第83页）

论思想，必然会走向唯心主义。究之其哲学本体基于抽象的思维、逻辑的分析和理性的认识，非如"道"或"天理"的生命体悟；其执于认识论的主、客分离不出"唯物"、"唯心"之际，无与"自然之道"的天人合一与物我融摄。凡此"形而上学"的设定都对亚氏诗学具有本体论的制约。

首先，"形而上学"的本体论探求存在（Being）即事物本质之"是"，即是求知，哲学所探求的乃是"最高层次的普遍知识"[1]。《形而上学》开篇即谓"求知是所有人的本性"[2]，"求知"就是亚氏诗学的本体设定，诗的模仿出于人的求知的天性[3]。《伦理学》则谓艺术"包括真正推理的过程"[4]，《形而上学》且指"知识和技能更多地属于技术而不是经验"[5]，朱光潜先生译为"知识和理解属于艺术较多，属于经验较少"[6]，因为古希腊人将"艺术"视为"技术"（技艺）的创制。当知亚氏所谓"知识"仅限理性的认识，对于个别事物的经验却只是"意见"，这本是古希腊哲学的流行看法[7]。即此以求诗之所本，虽谓"形象反映"，究归理性认识。诗的"技艺"作为"创制"的知识形态，也必然具有理性的品质，但这种理性的"技艺"却未通过形上之道获得"自然"的认同。

其次，基于《形而上学》的本质认识论，亚里士多德认为"写诗这种活动比写历史更富有哲学意味……因为诗所描述的事带有普遍性，历史则叙述个别的事"[8]。这就是说"模仿的本质在于通过个别表现一般，通过特殊表现普遍……解释生活的内在的本质规律。"[9]诗人写作之所以能够反映"本质规律"，是由于他所叙写的是"按照可然律或必然律可能发生

---

[1] 亚里士多德撰，苗力田译：《形而上学》，中国人民大学出版社2003年版，第4页。
[2] 同上书，第1页。
[3] 亚里士多德：《诗学》，《诗学·诗艺》合订本，罗念生译，人民文学出版社1984年版，第11页。
[4] 朱光潜：《西方美学史》上卷，人民文学出版社1983年版，第70页。案此为朱光潜据亚里士多德《伦理学》劳斯英译本第六卷第四节译文。
[5] 亚里士多德撰，苗力田译：《形而上学》，中国人民大学出版社2003年版，第2页。
[6] 朱光潜：《西方美学史》上卷，人民文学出版社1983年版，第74页。
[7] 汪子嵩：《亚里士多德关于本体的学说》，生活·读书·新知三联书店1982年版，第171页。
[8] 亚里士多德：《诗学》，《诗学·诗艺》合订本，罗念生译，人民文学出版社1984年版，第29页。
[9] 胡经之：《西方文艺理论名著教程》，北京大学出版社1986年版，第63页。

◇诗赋研究的语用本位

的事"①。"可然律"是潜在的可能性;"必然律"则是本质规律的指向,在于"生活"的"客观"方面。那么按照"必然律"的写作活动,固当适合其所描写的"客观"对象;而"技艺"(技巧)则应"遵循形式美的客观法则"②,这是由于"形式美"作为本体——形式所本有的"绝对的美",乃是理性对于客观事物抽象所认识的形式法则,显见"技艺"的本体——形式制约。在此,"形式美的客观法则"不曾通融"运法"之我,因为主、客的际隙缺乏"自然之道"的整体弥合。即便说"形式美的客观法则"可以视为"自然的设定",这种"自然"的客观性也并未照顾"人工"运法的活脱,在中国诗学,这是"出于规矩之外"的遣法自由和"变化不测"③。兹观亚氏对于悲剧"完整"及其"行动"的"长度"、悲剧与史诗情节之"有头,有身,有尾"④,以及"美的事物"之"体积大小"⑤等规定,可知凡此"形式美的客观法则"对于诗人写作的技艺就是客观的限定。

再次,从"技艺"的理性品质来看,它所遵循的"必然律"和"形式美的客观法则",究属理性认识的产物,诗人自觉地遵守其则,乃是理性的"自律",他根据理性进行艺术的创制。这种理性的主动就是主观能动性,诗是人的能动创造。"能"或"能力"是潜在的,自然的"能"如无机物的潜在质料是被动的,人的"能"或"能力"则包含了"逻各斯"即"理性的公式"⑥,这种潜能被亚里士多德称为"有理性的潜能"⑦。揆此以视诗的写作,则谓诗人的职责"在于描述可能发生的事,即按照可然律或必然律可能发生的事",就是说诗人以其包括技艺的能力将可能发生的事

---

① 亚里士多德:《诗学》,《诗学·诗艺》合订本,罗念生译,人民文学出版社1984年版,第28页。
② 胡经之:《西方文艺理论名著教程》,北京大学出版社1986年版,第68页。
③ 吕本中说活法云:"学诗当识活法。所谓活法者,规矩具备而能出于规矩之外,变化不测而能出于规矩也。"(吕本中《夏均父集序》,刘克庄《后村先生大全集》卷九五引,《四部丛刊初编》本)
④ 亚里士多德:《诗学》,《诗学·诗艺》合订本,罗念生译,人民文学出版社1984年版,第82页。
⑤ 同上书,第25页。
⑥ 汪子嵩:《亚里士多德关于本体的学说》,生活·读书·新知三联书店1982年版,第213页。
⑦ 亚里士多德撰,苗力田译:《形而上学》,中国人民大学出版社2003年版,第176页。

写成（像）现实一样的事。"可然律"仅有潜在的可能性，通过诗人的创造赋予它艺术的形式。诗人的"能力"（技艺）运用不是漫无鹄的，而是按照可然律或必然律进行，因为其"能力"本身包含了"理性的公式"，这种能力也就是人乐于模仿的"天性"——原在理性的求知，技艺恒系于此。因此诗人的能动创造，"来源于创造者而不在所创造的对象本身"[①]，乃是"真正推理的过程"，职在认识生活的本质。归根到底，亚里士多德诗学的"形而上学"最高设定，就是理性本身，诗的创造，即是理性自我认识的过程，诗人的技艺囿乎其中。这与天人合一的道、物相摄，以及物我交融的"兴象"浑沦所体现的自然与工力的融合固无关涉，而由此反勘的乃是中国诗学体用之思及其自然工力之辨的独特意义——是乃中国诗学所特有的基本思辨方式。

---

① 朱光潜：《西方美学史》上卷，人民文学出版社1983年版，第70页。案此为朱光潜据亚里士多德《伦理学》劳斯英译本第六卷第四节译文。

中国诗的韵律节奏与句式特征

中国诗由于汉语单音独字的使用而形成一定的韵律节奏并构成各种稳定的句式。韵律节奏的本质在于人的声气吐纳，这体现于字的单、双组合，并决定了中国诗各种句式的成型、兴衰及其造语特点。由此可以说明一言未足舒怀、二言殆可成语、三言尚且短促、四言优婉简质、五言坚整简练、六言软媚平衍、七言纵畅有致的句式特征。诗之造语必然因顺不同的句式特征，从而产生原则上的独特讲求。

一

汉语一字一音，一定数量的字的组合就是一定数量的音节的组合，这种组合便形成一定的韵律节奏形式。如五言，五个汉字的组合就是五个音节的组合，即成 2+2+1 的韵律节奏形式，也就形成固定的五言句式。节奏，本指音乐中交替出现的、有规律的强弱、长短现象。《礼记·乐记》："乐者，心之动也；声者，乐之象也；文采节奏，声之饰也。"[①] 曹丕《典论·论文》："譬诸音乐，曲度虽均，节奏同检，至于引气不齐，巧拙有素。"[②] 因言辞借声，而声有长短强弱，所以借用音乐术语，而有语句节奏之谓。

节奏的本质，在于人之发声的气息吐纳。《文心雕龙·声律》云："言语者，文章神明枢机，吐纳律吕，唇吻而已。"范文澜注云："声音通畅，

---

① 孙希旦：《礼记集解》，中华书局 1989 年版，第 1006 页。
② 严可均辑：《全上古三代秦汉三国六朝文》，中华书局 1958 年版，第 1098 页。

中国诗的韵律节奏与句式特征

则文采鲜而神爽矣，至于律吕之吐纳，须验之以唇吻，以求谐适。"[①] 吐纳音律，必以气息运行；验以唇吻，唯在畅涩之间。诗文以辞达意，而辞须讽诵，故称"辞气"。《论语·泰伯》："出辞气，斯远鄙倍矣。"朱注："辞，言语；气，声气也。"[②] 是知言辞不舍声气，而《文心雕龙·章句》亦云："若乃改韵从调，所以节文辞气。"[③] 诗文言辞之声气，涉及句式节奏及字之平仄、清拙、响哑等各个方面，如刘大櫆论"神气"，而概言字之多寡与声调平仄等[④]。但是声气之于言辞，最为切近的乃是节奏问题。就此而言，所谓"辞气"或"'文气'，就是念诵文句时的一口气"[⑤]，"因为句子的节奏同人的呼吸是相应的，如果句子的节奏同呼吸不相应，就不好念"[⑥]。启功先生也说："人喉咙发出的声音，与机器发出的声音不同，机器可以连续不断地发出同一音阶的声音，历若干时间而不断。人的喉咙发音长短、高低，则与人的呼吸有关。人不能不喘息，发声也就不能不间断，语言也就不能不有所停顿。"[⑦] 语句的停顿存在于节拍之间，而音节的多寡、单双对诵读的声气具有明显影响，如《汉书》"长安号曰谷子云笔札，楼君卿唇舌"，王念孙言，"此本作谷子云之笔札，楼君卿之唇舌，后人删去两之字，则句法局促不伸"[⑧]。此例3、2节拍之间脱去一个单音节，遂使声气不畅，可证言辞节奏，取决于声气吐纳。节奏以人之声气吞吐的生命律动，恒与天地一气息息相通，有气则生，无气则死，可明人的生命之与天地自然的本来联系。无论音乐、言辞，其出之以气，发之于声，俱在呼吸之际与唇吻之间。

---

① 范文澜：《文心雕龙注》，人民文学出版社1960年版，第557页。
② 朱熹：《四书章句集注》，中华书局1983年版，第103—104页。
③ 范文澜：《文心雕龙注》，人民文学出版社1960年版，第571页。
④ 刘大櫆：《论文偶记》："音节高则神气必高，音节下则神气必下，故音节为神气之迹。一句之中，或多一字，或少一字；一字之中，或用平声，或用仄声；同一平字、仄字，或用阴平、阳平、上声、去声、入声，则音节迥异。故字句为音节之矩……合而读之，音节见矣，歌而咏之，神气出矣。"（《论文偶记·初月楼古文绪论·春觉斋论文》合订本，人民文学出版社1959年版，第6页）
⑤ 申小龙：《汉语语法学》，江苏教育出版社2000年版，第61页。
⑥ 申小龙：《汉语人文精神论》，辽宁教育出版社1990年版，第64页。
⑦ 启功：《汉语现象论丛》，中华书局1997年版，第55页。
⑧ 王念孙：《读书杂志》四，江苏古籍出版社2000年版，第38页。

◇诗赋研究的语用本位

节奏的组合形成词句的韵律，所以概称"韵律节奏"。关于汉语韵律问题，可以参照"韵律构词学"的理论，国内运用此一理论来分析汉语韵律构词的著作，当属冯胜利先生所著《汉语的韵律、词法与句法》一书较为成功，它根据 McCarthy 和 Prince 在 *Prosodic Morphology* 一书中提出的韵律构词理论来探讨汉语韵律构词问题。按照韵律构词学的理论，音步是构成"韵律词"的基础；所谓"韵律词"，则"是从韵律学的角度来规定'词'的概念"，是从这一角度来定义"最小的能够自由运用的语言单位"，而"韵律学的'语言单位'是'韵律单位'"[①]。韵律词的构成，至少必须一个音步。而汉语的一个字不能构成韵律词，因为汉字是单音节，单音节不足一个音步；相反，汉语双字由于是两个单音节的组合，所以就恰好构成音步。音步的构成必须满足所谓"二分枝"的要求："音步必须同时支配两个成分，亦即严格遵行二分枝（Binary Branching）的原则"：

"二分枝音步"的要求其实就是韵律节奏中"轻重抑扬"的反映。没有"轻重"就没有节奏，没有节奏就无所谓韵律。音步所代表的正是语言节奏中最基本的角色，它是最小的一个"轻重"片段，所以必须是一个"二分"体[②]。

从"二分枝原则"看来，汉语独字单音并不表现出轻重抑扬的韵律节奏。反之则双音词最为符合这一原则。由于汉语双字在声纽之轻重清浊、韵之开合响哑及声调之平仄阴阳各方面多有不同，双字连读就形成"轻重抑扬"的韵律节奏；而双声、叠韵也存在着声、韵的发音区别，即使连绵叠字也因念诵时前一字发音较重而长、后一字发音较轻而促，所以也可以形成轻重抑扬的韵律节奏。这样，汉语二字的组合就形成音步。冯书认为，双音节音步作为汉语最小的音步，就是所谓"标准音步"。根据韵律词的构成至少必须有一个音步的原则，汉语双音所构成的一个标准音步也就具有韵律词的资格，且称之为"标准韵律词"；反过来说，则汉语一个"标准韵律词"就只能是一

---

① 冯胜利：《汉语的韵律、词法与句法》，北京大学出版社1997年版，第1页。
② 同上书，第2页。

个音步即双音节的组合。究之汉语独字单音不能形成一个音步，而只有双音能构成"标准音步"从而成为"标准韵律词"，原因在于后者是"最小的一个'轻重'片段"，而前者不然。所谓"轻重抑扬"，从经验上说，唯在声气吞吐，正如唐成伯玙《毛诗指说·文体》所言，"发一字未足舒怀，至于二音，殆成句矣"①。句子的韵律节奏与人的呼吸相应，汉语独字每发一音，声气单一，必感局促而"未足舒怀"；二音则有声气变化，故能成句。吴洁敏、朱宏达先生认为，汉语"停延"②中存在"生理停延"现象，简单地说，就是在说话时"换口气"所造成的语流停延③，它也存在于在音节、音步之间，尽管极为短暂④。这就表明，汉字二音发声也有声气变化，只是不易觉察而已。而二音以上者如四言、五言、七言的音节组合，因有节拍的间歇，所以停延更为明显，气息吞吐益为舒缓。

按照韵律构词学的理论，多于二音的三音节组合，则由于大于标准音步，所以不是"标准韵律词"。但是三音节却可以构成一个"超音步"，而凡属音步就可以构成韵律词，所以"超音步"也可以导致韵律词，姑且称之为"超韵律词"。所谓"超韵律词"乃是有条件的变通认可，它实质上是在一个标准韵律词上附加一个单音词的产物⑤。由此可知，韵律词一方面至少要有两个音节，另一方面又不可能出现比超音步（三音节）更大的韵律词；一旦大于三音节的组合，就不可能再是超音步所成"超韵律词"了，例如四音节组合，它立即就转变成两个音步因而是两个标准韵律词的组合，而大于四音节的组合则是标准韵律词跟超韵律词之间的组合，例如五言，就是由一个标准韵律词与一个超韵律词组合而成，即 2+3 的

---

① 文渊阁《四库全书》第70册，上海古籍出版社1989年版，第177页。
② 吴洁敏、朱宏达先生说："'停延'是指说话或朗读时语流中声音的中断和延连。它有别于'停顿'，因为后者只表示语流的中断或间歇，没有包括音节间声音的延长或紧连。所谓'停延'，就是语流中停顿与延连的相反相成，是二者的有机统一。"（吴洁敏、朱宏达：《汉语节律学》，语文出版社2001年版，第35页）
③ 吴洁敏、朱宏达：《汉语节律学》，语文出版社2001年版，第39页。
④ 同上书，第43页。
⑤ 冯胜利先生说："超音步的实现条件是：在一个语串中，当标准音步的运作完成以后，如果还有剩余的单音节成分，那么这个些单音节成分就要贴附在一个相邻的双音步上，构成三音步。"（冯胜利：《汉语的韵律、词法与句法》，北京大学出版社1997年版，第3页）

◇诗赋研究的语用本位

音节结构①。

二

汉语的韵律节奏决定了中国诗的句式构成。一言声气单一,未足舒怀,所以严格地说,所谓"一字句"者,并不能视为"一字句式"。实际的情形,则或为嗟叹之辞,如汉乐府《东门行》"咄,行"、汉梁鸿《五噫歌》之五"噫"字;或呼唤人名,如《尚书·尧典》"夔!命汝典乐";或表祈使,如命人曰"来"、"去",或示应答,如答谓"好,行"等。总之,一言必须处于上下语境之间才有意义所指;而且因其单音,也必须与前后语句音节相配,才使声气变化,方有抑扬之致,从而形成一定的诵读节奏,如"咄,行",必与"吾去为迟"相合,"噫"必与"陟彼北芒兮"相连,才有节奏感。唯其如此,则《诗》中一字者,必使凑合二音为足,这就是所谓《诗》的"足二原则",对此,何丹先生的《诗经——四言题起源探论》一书已有切实的论证。根据著者的考察,《诗》中重言565例,有重言在后者如"言笑晏晏"、在前者如"悠悠我思"之类;有连绵词如"辗转"、"燕婉"之属;或衬字成句者如"彤管有炜"(有)、"八月其获"(其)、"秩秩斯干"(斯)、"思皇多士"(思)等②。凡此种种"足二"现象,适可证明一言难以成句,故需凑足二节,原因只在于发音时声气的舒促,即所谓"发一字未足舒怀,至于二音,殆成句矣"。

二言因以双音节获得韵律,所以可以独立成句,诗中偶或有之,如《文心雕龙·章句》所云,"'祈父'、'肇禋',以二言为句"。《诗·小雅》:"祈父,予王之爪牙。"《周颂》:"肇禋,迄用有成,维周之祯。"朱注:"祈父,司马也,职掌封之兵甲……予,六军之士也。"又注:"肇,始;禋,祀。"例二中"肇禋"有句义,大意是"自从祭祀(上天)"。而例一"祈父"则呼辞而已,呼"祈父"者,言"军士怨于久役,故呼祈父而告之曰:'予乃王之爪牙,汝何转我于忧恤之地,使我无所止居乎?'"(朱注)而如汉乐府"上邪!我欲与君相知","上邪"则嗟叹之辞。二言无论

---

① 冯胜利:《汉语的韵律、词法与句法》,北京大学出版社1997年版,第3—4页。
② 何丹:《诗经——四言题起源探论》,生活·读书·新知三联书店2001年版,第24—28页。

呼辞或叹辞，像一言的情形一样，多是处于上下句之间，无所归属而仅可单列，遂得独立成句。只是由于它以双音获得了韵律，所以较诸一言，变化声气，调利唇吻，稍可舒怀。但是，如果二言叹辞或呼辞可与其他音节合并，那么就不取单立，而是形成2+2节奏的四字句，如《诗·周颂·臣工之什》"嗟嗟"、"噫嘻"，就适与"臣工"、"成王"相合，以成四言句式，而读作"嗟嗟臣工"、"噫嘻成王"。

　　三言，是一个双音节和一个单音节的组合，由此形成韵律构词学所谓"超音步"即"超韵律词"，故能独立成句，并为诗的句式之一，从而形成三言体。三字之句，《文心雕龙·章句》称"兴于虞时，《元首》之诗是也"。《虞书》："帝庸作歌曰：'敕天之命，惟时惟几。'乃歌曰：'股肱喜哉，元首起哉，百工熙哉！'"句中"哉"为语助，故谓三言。然其加一语助，正以凑足四言，即所谓"足四"使然，因此不能算是严格的三言句式。又《礼记·郊特牲》所记歌谣一首，据传乃上古伊耆氏时的"蜡祭"之辞："土反其宅，水归其壑，昆虫勿作，草木归其泽！"或拆分其句而断作如次：

　　　　土，反其宅！水，归其壑！昆虫，勿作！草木，归其泽！①

若按此断句，则《周颂》"嗟嗟臣工"、"噫嘻成王"必且断如："嗟嗟！臣工！""噫嘻！成王！"又《诗·魏风》亦仅言"硕鼠，无食我黍"足矣。但前例作四字句，后例叠用"硕鼠"者，正是为了凑足四字之句，以取吞吐协畅、唇吻调利，这体现了《诗》的"足四"原则，何丹《诗经——四言题起源探论》亦有详论②。其实这首蜡祭之辞，前三句恰是整齐的四字句式，必不四分为二，以至音节不舒、节奏不畅。而其之所以作如此断者，则必以句法意义而分，显系根据现代语法分析所致。究之"反其宅"、"归其壑"、"归其泽"的勉强拆分，本非三言成句者，自当别论。但如《诗·鲁颂·有駜》"振振鹭，鹭于下，鼓咽咽，醉言舞"及"振振鹭，鹭

---

　　① 如叶君远《中国诗体流变》（人民文学出版社1994年版，第6页）、杨仲义《中国古代诗体简论》（中华书局1997年版，第12页），并为如此断句。
　　② 何丹：《诗经——四言题起源探论》，生活·读书·新知三联书店2001年版，第19—23页。

◇诗赋研究的语用本位

于飞,鼓咽咽,醉言归",则是真正的三字句。而从韵律构词学的角度看,就是"超韵律词":"振振鹭,鹭于下",是标准韵律词附单音字,即双音节加单音节,以成2+1式节奏的稳定句式,因而可成三言之体,逮汉《郊祀歌》始有之。其中如《练时日》、《华晔晔》等,与汉高祖唐山夫人所作《安世房中歌》十七章中第七、八、九章,即是句式整一的三言诗。

三言与二言一样,具有十分重要的构句作用。从中国诗的句式构成来看,三言以"超韵律词"的独特功用,分别成就造语常格五、七言句式。五言,即两个标准韵律词加一个超韵律词;七言,即三个标准韵律词加一个超韵律词,这在韵律构词学看来,自是对五、七言形成的恰当描述。诗的诵读,则五言为2+2+1,七言2+2+2+1,若稍快读,则五言读如2+3,七言读若2+2+3。五、七言句式的单、双音节组合,以及三言超韵律词的加入所产生的节奏长短、声气缓促、轻重抑扬,乃是五、七言成为句式常格而盛行不衰的主要原因。

然而日本学者松浦友久先生提出,五、七言句末存在"休音"现象,此一现象的存在表明五、七言句式的优越性,从而就是二者成为诗语常式的主要缘由。这种说法与韵律构词学所言超韵律词的理论不同。所谓"休音",是指"在拍节节奏之流里的一个'有拍之流而无音之流'的'有拍无音现象',因此,'休音'之处必然会产生一种由'实音'的欠缺所造成的真空状态,也就是所谓的'节奏的真空状态'"。五、七字数为单,按诵读节奏,则句末为单音节。"休音"正是五、七句末单音的节拍分析,这实际上首先是定双音为一拍,而句末独字单音不足一拍,只有前半拍,此"一音(一字)=1/2拍",所以存在后半拍的"实音"空缺①。可是从韵律构词学看来,五、七后三字就是一个超韵律词,这个超韵律词本身是一个完整的韵律单位,末单字不可拆分,因为"超音步(实即超韵律词)的实践条件是,在一个语串中,当标准音步(按,即三字中前二字)的运作完成以后,如果还有剩余的单音节成分,那么这个单音节成分就要贴附在一

---

① 松浦友久的"休音"说,略见葛晓音《关于诗型与节奏的研究——松浦友久教授访谈录》,《文学遗产》2002年第4期;详松浦友久《中国诗歌原理》,孙昌武、郑天刚译,辽宁教育出版社1990年版。

22

个相邻的双音步上，构成三音步"，亦即超韵律词。显然，五、七言末字在韵律节奏中并非可以单处，从而与虚拟"休音"构成一拍。而且，按我们通常的习惯，不妨将汉字一音看作一拍或一节，如四字句，就可直接称为四拍或四节①，却不定二音才成一拍，那么，五、七言句末独字单音就不能被视为仅存前1/2拍了。在这里，关键的是诗语诵读节奏的整一性，在经验上表现为诵读语流的通畅。以我们最为普通的诵读经验，五、七后三字，速读往往连带不分，句末独字单音必为前二字所连带，却并非必须与前二字断开，而独与后面1/2拍虚拟"休音"再组成一个新的"双音节拍"。由此可见，五、七言之兴当非由于句末"休音"的存在而使整个句式"活性化"；反之，四言的衰微和六言的寡用，也不是由于缺乏"休音"而致板滞平衍②。其实，从韵律节奏看来，最为简明的道理，就只是在于四、六纯以双音节构句而节奏死板，五、七则参以单、双音节，而使声气益为畅适，如是而已。

四言的情形确乎如此，它以两个双音节的组合而形成四拍即2+2节奏，亦即韵律构词学所谓两个标准韵律词的组合。两个具有声气变化的"轻重"片断即韵律节奏单位的并列连用，必使声气舒缓、节奏平衍，所以明代陆时雍认为"四言优而婉"③，而刘勰《文心雕龙·章句》则谓"密而不促"。但这只是视二言、三言过于短促而论，较诸五言、七言，则当谓"四言简质，句短而调未舒"④。究之四言缓衍，由乎声气吐纳。启功先生认为，句式之取四拍的原因，是"从生活实际说来，（句子节拍）再多就接不上气力了"，因为"人的气力有限，那所发出的声音也必与之相应"⑤。但是四言"简质未舒"，句式为短，而启功又谓《诗》之造语的"缺头短尾、脱榫硬接"现象，盖以"四字一句……实出无奈"⑥，明显见出四言简质的固有局限。四字成句者如此，而六言也固有其弊。六言益以

---

① 启功：《汉语现象论丛》，中华书局1997年版，第58—59页。
② 见《关于诗型与节奏的研究——松浦友久教授访谈录》所录松浦之说。
③ 陆时雍：《诗镜总论》，丁福保《历代诗话续编》，中华书局1983年版，第1402页。
④ 胡应麟：《诗薮》内编卷二，上海古籍出版社1979年版，第22页。
⑤ 启功：《汉语现象论丛》，中华书局1997年版，第59页。
⑥ 同上书，第4页。

◇诗赋研究的语用本位

二字，遂使三个双音节的连接排比，较诸四言，节奏更觉平板而毫无变化，声气媚软而不能振作，是即陆时雍所谓"六言甘而媚"之实①。

至于八言以上者，固非诗语常式。诚如清代陈僅所言，"诗至八言，冗长啴缓，不可以成句"，而"句法不易振竦"②。八言如《诗·小雅·十月之交》有"我不敢效我友自逸"之句，毫无节奏之感，无一节拍"振竦"句法，故谓"折腰"③。至长者如十一字句，若李白"紫皇乃赐白兔所捣之上药"、"人非元气安能与之久徘徊"、杜甫"慎勿见水踊跃学变化为龙"、韦应物"一百二十凤凰罗列含明珠"等④，益当指其"句法不易振竦矣"。其中唯"人非元气安能与之久徘徊"一语略可析作"人非元气，安能与之久徘徊"而聊资诵读，余者三语唯以语义连属，而完全没有顾及节奏顿挫的适当安排，诵之若不成句，只是毫无节律的散文语句，本非诗之句式，姑且置之不论。只是从相当消极的态度来说，八言以上的"句式"在杂言，或者文、赋中时有穿插补缀的作用，以取声气变化而已。而短者如三言亦同此用，差可间取文势——"短以取劲，长以取妍，疏密错综"⑤，是即《文心雕龙·章句》所云"变之以三五，盖应机之权节也"。黄春贵释谓"四字六字最为适中，变以三五，乃因时际会，而有权宜适节耳"⑥。这"实是指当时流行的骈体文，正是四字六字为主，以三字五字句的三联作穿插"（朱星语）⑦，而诗除杂言偶或一见之外，句式一定者如五、七之体，不谓有此之用。

三

由上可知，一、二言以其过于短促而不能形成固定的句式，三言以上

---

① 陆时雍：《诗镜总论》，《历代诗话续编》，中华书局1983年版，第1402页。
② 陈僅：《竹林答问》，郭绍虞编选，富寿荪校点《清诗话续编》，上海古籍出版社1983年版，第2231页。
③ 陈僅：《竹林答问》，《清诗话续编》，上海古籍出版社1983年版，第2231页。
④ 李白：《飞龙引二首》之二、李白：《相和歌辞·日出行》（此作"人非元气安能与之裴回"）、杜甫：《桃竹杖引赠章留后》、韦应物：《长安道》，《全唐诗》卷一六二、一九、二二〇、一九四。
⑤ 沈德潜：《说诗晬语》卷上，丁福保辑《清诗话》，上海古籍出版社1963年版，第525页。
⑥ 詹锳：《文心雕龙义证》，上海古籍出版社1989年版，第1268页。
⑦ 同上。

24

中国诗的韵律节奏与句式特征◇

至七言者则可，而诸种句式在声气缓促方面的特点，可于陆时雍《诗镜总论》得其大概：

> 诗四言优而婉，五言直而倨，七言纵而畅，三言矫而掉，六言甘而媚。杂言芬葩，顿跌起伏。四言大雅之音也，其诗中之元气乎？①

三言短促，句式变化无多，可置不论。此指"四言优而婉"，胡应麟则谓"简质未舒"，二者相反相成。唯因简质未舒，所以四言造语，大率一意衍作两句，这样却正好弥补简质未舒的缺陷，反使语势平缓，所谓"优而婉"者，或许也是对四言优游不迫的语势感受。若《诗·卫风·氓》，凡六十句，而仅数语可以勉强独立成句，余者皆不可单立，必使上下二句相合，才得意完。如"桑之落矣"，必待下句"其黄而陨"的补足陈述，方有意义的切实所指；又"于嗟鸠兮"，必依后语"无食桑葚"的痛切悔意，才知唏嘘之叹的确切情实。这可以看作是两句之间表意的延缓。可以想见，向谓四言"文繁而意少"②、"重章叠句"，必与句间语意延缓相关。而另一方面，四言一句之内，也还存在句式的拉长现象，这主要是借助叠字、语助的大量运用，都导致四言优婉的句式特征。由于四言句式短促简质，所以叠字的使用，实有缓和声气、协和声韵从而化去简质的效果，如前诗"氓之蚩蚩"、"泣涕涟涟"、"言笑晏晏"、"信誓旦旦"等，后二字皆属叠字，若非再叠一字，则不足四言，叠用则使声气婉转。四言之用虚字及拆分联绵词，也产生同样的作用。例如《豳风·七月》"昼尔于茅，宵尔索绹"及《大雅·文王之什》"乃慰乃止，乃左乃右"，倘无"尔"、"乃"二字衬贴，则不足四言，加之则使声气延缓，上下协和。

六言"甘而媚"，是说声气媚软而不能振作，而以连用三双音节，则又谓"六言诗声促调板，绝少佳什"③，唯此，则六言造语固当破其板滞，故以句格"自在"为尚。宋人《诗事》记苏轼、黄庭坚等同至太乙宫，见

---

① 丁福保：《历代诗话续编》，中华书局1983年版，第1402页。
② 钟嵘：《诗品序》，何文焕辑《历代诗话》，中华书局1981年版，第3页。
③ 钱良择：《唐音审体》，《清诗话》，上海古籍出版社1963年版，第783页。

25

◇诗赋研究的语用本位

王安石旧题六言二首，苏谓座间惟鲁直笔力可及，而黄对曰："庭坚极力为之，或可追及，但无荆公之自在耳。"[①] 又清潘德舆论"六言诗法"，推王维"花落家童未扫，鸟啼山客犹眠"[②]，及康伯可"啼鸟一声春晚，落花满地人归"[③]，而谓"此六言之式也，必如此自在谐协方妙，若稍有安排，只是减字七言绝耳，不如无作也"[④]。王荆公诗："杨柳鸣蜩绿岸，桃花落日红酣。三十六陂秋水，白头相见江南。"又诗："三十年前此地，父兄持我东西。今日重来白首，却寻旧迹都迷。"前诗虽二句属对精切，但遣字极为平常，后二句及第二首皆作散行，句法更觉自然，一首如行云流水，丝毫不著功力。韩、康二句，不减荆公之妙，而康句似尤有佳致，虽用偶对，但绝去拟议之迹。凡此皆称"自在"，可悟六言句法。诚如潘氏所言，六言稍涉安排，必有不称。六言选用三双音节，必不能如五、七那样着力锻炼一字，而只能在双字上经营，以致双音节二字轻重失当，便非"自在"。如李中《赠东林白大师》：

　　　　苍苔冷锁幽径，微风闲坐古松。自说年来老病，出门渐觉疏慵。

此诗首句"冷锁"二字，当为对下句"闲坐"而显锻炼痕迹，尤其"锁"字著力，这在五、七句式中乃是至为常用的炼字方法，如谢灵运"白云抱幽石，绿筱媚清涟"及"林壑敛暝色，云霞收夕霏"，俱以锻炼一字，而使全句健举。但"冷锁"为双音节，"锁"字与前一字相为连缀，而不得单独下力，因此深求锻炼，反使双音节二字轻重失当，这就是六言不许锻炼而贵乎"自在"的句式限制情形。

而五、七句式并不存在这样的限定，因其俱以奇数成句，增加了一个单音节，所以能够变化字词组合方式，并于单字著力。但是字词组合却不定合于诗语的韵律节奏，而是按照"意义节奏"的字词组合。所谓"意义

[①] 郭绍虞：《宋诗话辑佚》，中华书局1980年版，第527—528页。
[②] 《全唐诗》卷一二八王维《田园乐七首》（一作《辋川六言》）之六（一作皇甫曾诗）作"莺啼山客犹眠"。
[③] 魏庆之撰，王仲闻校勘：《诗人玉屑》卷一九，中华书局1961年版，第421页。
[④] 潘德舆：《养一斋诗话》，《清诗话续编》，上海古籍出版社1983年版，第2085页。

节奏",则是依照字词组合的节奏划分。申小龙先生在谈到汉语音节特点时指出:"汉语利用语词单位'单音节''孤立'的纯一特点,以单音词构成单音步,以双音词构成二音步,于是只需把单音词与双音词巧为运用,使之错综变化,也就自然造成了汉语的节律。"① 此谓"把单音词与双音词巧为运用,使之错综变化"而产生的"节律",严格的说,只能是字词组合形成的意义节奏,而不拘限于一定句式的韵律节奏。一种句式自有稳定的韵律节奏,诗的诵读恒依乎此,却并不由于句中字词组合的变化而有所改变。如五言,其韵律节奏必是2+2+1,七言则必为2+2+2+1,快读则成2+3与2+2+3。然而句中字词组合的"错综变化"所产生的意义节段却必定打破韵律节奏的固定形态。按清冒春荣《葚原诗说》卷一的详细划分,五言意义节奏的变化可以产生2+3、3+2、1+4、4+1、2+1+2、2+2+1、1+2+2、1+3+1,共八式尽之②;其书卷二又分七言为4+3、3+4、2+5、5+2、1+6、6+1、2+2+3、1+3+3、2+4+1、1+4+2、4+1+2、3+1+3,凡十二式尽之③。诗如冒氏所举卢照邻《结客少年场行》"玉剑浮云骑,金鞭明月弓",即五言上二下三;又如杜甫《忆幼子》"涧水空山道,柴门老树村",则五言上三下二。上例中"玉剑"与"金鞭"之断为"上二","涧水空"与"柴门老"之断为"上三",都是依据字词的组合所形成的不同意义节段,是即"意义节奏"。显然,在诗家造语中,意义节奏不仅具有达意的灵动作用,而且就一定句式的节奏形式本身,也可使句法参互而化去板滞。如律诗四联八句,不应只取某种单一的意义节奏,而各联字词组合应当有所变化。

  五、七言以奇数成句而可锻炼单字,且其锻炼讲求"当处","当处"所炼之字,又谓"字眼",这是因为意义节奏的字词组合不尽相同,以使句中单字的位置参互变化,从而破除韵律节奏只取句末字为单的固定形式。但是应该看到,倘使不是奇数成句,那么单字位置的变化也就缺乏基本的前提。如冒氏《葚原诗说》卷一所举五言上一下四句式,例若许浑

---

① 申小龙:《汉语语法学》,江苏教育出版社2000年版,第62页。
② 冒春荣:《葚原诗说》卷一,《清诗话续编》,上海古籍出版社1983年版,第1579—1580页。
③ 冒春荣:《葚原诗说》卷二,《清诗话续编》,上海古籍出版社1983年版,第1591—1592页。

◇诗赋研究的语用本位

《送段觉归东阳兼寄窦使君》"台倚乌龙岭,楼侵白燕潭",两句益可断为上一中一下三,即"台—倚—乌龙岭,楼—侵—白燕潭","倚"、"侵"是所谓炼第二字,亦即"字眼在第二字"者①,此二字单立,所以可以著力锻炼。七言的情况也是如此,必讲当处炼字。

但是五、七言也各有其明显不同的句式特征,即所谓"五言直而倨,七言纵而畅","倨直"与"纵畅",二语得其大要。倨直者不唯字寡句短,而且字词组合方式相对简单,较七言变化为少。但在另一方面,惟其字寡句短,遂少闲言语助的修饰衬贴,故称"章句整洁"②。从字词组合的方式看,五言以奇数而得在句中置一动作字,遂能形成单、双字结构而使一句意完。钟嵘所谓五言"指事造形,穷情写物,最为详切"③,或即以此。如王维"明月松间照,清泉石上流",动作字置于句尾;孟浩然"气蒸云梦泽,波撼岳阳城",动作字在第二字位;王勃"城阙辅三秦,风烟望五津",则动作字在第三字位。这就形成一动作字与二名物字相合的基本格式,从句式节奏上看,则是两个双音节和一个单音节的组合,足成一句而又语无余字。这就是五言"倨直"或"章句整洁"在字词组合方式上所能分析到的基本情形。向谓五言坚整简练,而称"五言长城",其原因大约就在这里。

七言"纵畅",则以句式为长,而字词组合方式也较五言变化多样。七言加以二字,节拍弥长,声气益畅,而且句中具有字辞修饰衬贴的更大空间。诗如白居易《西湖晚归回望孤山寺赠诸客》"烟波澹荡摇空碧,楼殿参差倚夕阳","澹荡"、"参差"且当修饰衬贴之用,倘为五言,则只能缩为"烟波摇空碧,楼殿倚夕阳",两相比照,适见"倨直"、"纵畅"的较然分别。再看字词组合方式的差异:五言句式为短,其诵读节奏为2+2+1,而字词组合也大致以两个双音节加一个单字构成。冒春荣《葚原诗说》卷一所列五言八式,仅最后一式上一下一中三有两个单音节的组合,其余都只有一个单音节,这样的构成较七言更为简单。而七言增益二字,字词

---

① 旧题杨载《诗法家数》,张健《元代诗法校考》,北京大学出版社2001年版,第20页。
② 陈绎曾、石柏:《诗谱》,《元代诗法校考》,北京大学出版社2001年版,第44页。
③ 钟嵘:《诗品序》,《历代诗话》,中华书局1981年版,第3页。

组合的方式较多，可以参差变化，冒氏所列七言句式便有十二种，比五言多出四式。诸式中多有可再分者，如上二下五，后五字便可再次分解，其字词组合方式可以有所不同。尤为紧要的是，七言一句中多可出现两处单字，这为下字锻炼提供了更多的"当处"，此即所谓一句中炼两字，或谓一句中有两处"字眼"。如上三下四之式，例为韩翃《送故人赴江陵寻庾牧》"斑竹冈连山雨暗，枇杷门向楚天开"，"连"、"暗"、"向"、"开"皆以单字而著锻炼。显然，字词组合方式的变化多样也使七言较之"倨直"的五言更为"纵畅"有致。

然而必须指出，在另一方面，如果缺乏字词锻炼，则七言也并不总是表现为"纵畅"的句式特征。因为七言句式为长，节拍益多，声气弥缓，所以易使语势散漫靡弱，而难于坚密整练。尤其虚字衬贴或叠字形容，虽使音韵流转、声情摇曳，但也更易导致软媚滑易与散漫敷衍，甚者至于闲字赘语，聊以凑足字面。虚字衬贴者如谢榛所举[①]刘长卿《使次安陆寄友人》"暮雨不知涢口处，春风只到穆陵西"、钱起《乐游原晴望上中书李侍郎》"不知凤沼霖初霁，但觉尧天日转明"七言诗句，"不知"、"但觉"、"难为"、"更起"，仅示理路推求，其字都无实义，所以必使句内虚乏无力。七言之善用叠字者，如王维"漠漠水田飞白鹭，阴阴夏木啭黄鹂"，二叠字"下得最为稳切"，杜甫"风吹客衣日杲杲，树搅离思花冥冥"……双叠字"妙不可言"[②]，"江天漠漠鸟双去，风雨时时龙一吟"，"转就叠字生色"[③]，是皆七言。但如吕本中不喜王荆公诗，而引汪信民言其"失之软弱，每一诗中必有'依依''嫋嫋'等字"[④]，大抵王诗多用联绵字是实，不免失于媚软，或竟凑笔成句。若以"漫漫芙蕖难觅路，翛翛杨柳独知门"，"漫漫"、"翛翛"状写芙蕖弥望、杨柳掩映景象而落实于"难觅路"、"独知门"，故谓不可或去；但如"新霜浦溆绵绵净，薄晚林峦往往青"则二联绵字只在形容一二物色，且以修饰二性状字，不免

---

① 谢榛：《四溟诗话》卷四，《历代诗话续编》，中华书局1983年版，第1224页。
② 周紫芝：《竹坡诗话》，《历代诗话》，中华书局1981年版，第349页。
③ 管世铭：《读雪山房唐诗序例》，《清诗话续编》，上海古籍出版社1983年版，第1551页。
④ 曾季狸：《艇斋诗话》，《历代诗话续编》，中华书局1983年版，第286页。

◇诗赋研究的语用本位

语累意少；尤其"城似大堤来宛宛，溪如清汉落潺潺"，联绵字置于句尾，成为全句的重点，颇觉头重脚轻；更有"翦翦轻风阵阵寒"、"浅浅池塘短短墙①之类，一句中迭用二叠字，甚感纤弱媚软，固无"纵畅"之实。可以想见，七言造语不时出现的散缓软弱之弊，就是论者谓为不若五言的根本原因。

---

① 王安石：《又段氏园亭》、《雨花台》、《为裴使君赋拟岘台》、《夜直》、《与微之同赋梅花得香字三首》之三。

诗道高雅的语用阐述

"诗，雅道也"①，在古人的论诗观念中，高雅的尊尚反映为鲜明的文化取向。而在历史的回视中抉发诗道高雅的文化格致，并且求诸诗之创作的切实考察，乃是诗学阐述的必要之举。作为"语言的艺术"，中国诗的语言运用在成辞的袭取、雅字的选择以及借代、脱化、用事各方面，无不显现着诗道高雅的本质特征。

早在先秦，"雅"以王畿"正声"而与十五国"风土之音"相对待，及后世尊《诗》为经，风、雅并归于"正"，于是诗之一体遂以"雅正"居于文学的正宗，这在体制的约定上恒久地保证了诗的高雅品格，从而诗道高雅便成为诗学的基本观念和创作的不厌追求。尽管不必模拟风雅本身，但典雅的标格却是普遍崇尚的风范。历代诗道"复古"，无不悬诸经典的标准、趋向古雅的格调，若李白慨乎"风雅不作"、杜甫"还亲风雅"②、皎然明标"高古"③、李梦阳"刻意古范"④，一向表现出尊古尚雅的遍在意识。

诗道崇尚高雅，必且"脱去流俗"⑤、当"脱凡近浅俗"⑥、"务使清新

---

① 张笃庆语，见郎廷槐录《师友诗传录》，丁福保辑《清诗话》，上海古籍出版社1978年版，第138页。
② 李白《古风二首》其一："大雅久不作，吾衰竟谁陈？"杜甫《论诗六绝句》之六："别裁伪体亲风雅，转益多师是汝师。"
③ 周德维：《诗式校注》，浙江古籍出版社1993年版，第12页。
④ 何景明：《与李空同论诗书》，《大复集》卷三三，文渊阁《四库全书》第1267册，第2901页。
⑤ 黄庭坚：《跋王荆公禅简》，《豫章黄先生文集》卷三十，《四部丛刊》第164册，影宋乾道刊本。
⑥ 方东树：《昭昧詹言》卷一，人民文学出版社1961年版，第14页。

◇诗赋研究的语用本位

拔俗"[1]。诗道所尚,"典而古者"[2],而"俗"与今近,是谓"流俗",固当鄙而下之,这是古人持论的一般观念。但是从体制上说,却不乏对"俗文学"的高度尊重。历史上的俗文学多以当世而言,即"今俗"之体。而往昔的今俗之体一经历史的沉淀和文士的模拟,却必然转趋古雅。例如汉乐府杂诗,"大率里巷风谣"[3],然而经由漫长历史的时间剥离,却已全然脱去"今俗"的色彩,在后世文人的心目中,俨然成为"浑朴真至"[4]的古雅典范。又如词体本俗,但其雅化的趋向却正是"以诗为词",适可证明诗之一体的高雅特质。

一

中国诗的高雅特质表现于语言的运用,而可求诸成辞袭用、借代、脱化、用事各方面的切要分析。是皆各自不同,而又彼此相关,然自来论者,多以借代、脱化,俱属用事。其实借代是以此代彼,脱化则取于成辞、化而用之,二者援引旧辞,不主故实。唯有用事一途,必据事类乃成。

成辞的袭用乃是诗之写作的普遍现象。刘勰《文心雕龙·事类》说:"明理引乎成辞,征义举乎人事,乃圣贤之鸿谟,经籍之通矩也。"[5] 后世撰作,取辞用事,无往不然。在成辞取用上,可谓"自古诗人文士,大抵皆祖述前人作语"[6]。刘勰又谓"至于崔、班、张、蔡,遂摅撷经史……因书立功",后来作者,"莫不取资,任力耕耨"[7]。近人黄侃益云:"经传之文……引成事、述故言者不一而足……降及百家,其风弥盛,词人有作,援古尤多……逮及汉魏以下,文士撰述,必本旧言……爰至齐梁……用事采言,尤关能事。"[8] 前人撰述既多,后世取用愈广,而唐宋明清,又风气滋盛。

---

[1] 吴雷发:《说诗菅蒯》,《清诗话》,上海古籍出版社1963年版,第902页。
[2] 叶燮:《原诗》卷一,《清诗话》,上海古籍出版社1963年版,第574页。
[3] 胡应麟:《诗薮》内编卷六,上海古籍出版社1979年版,第105页。
[4] 同上书,第106页。
[5] 范文澜:《文心雕龙注》,人民文学出版社1973年版,第614页。
[6] 周紫芝:《竹坡诗话》,何文焕辑《历代诗话》,中华书局1981年版,第346页。
[7] 范文澜:《文心雕龙注》,人民文学出版社1973年版,第615页。
[8] 黄侃:《文心雕龙札记》,上海古籍出版社2000年版,第187—188页。

成辞传诸典籍，因而必属"文言"。古人为诗，本诸书面，引乎成辞，本质上成于"文言"的运用，虽有取于口语，究竟不主故常。而作为古代汉语书面语的文言语汇系统，虽然不断吸纳历代作者的言辞贡献，但是作者的言辞却多半属于成辞的化用，语汇系统的形成及其丰富和发展，就始终处于沿袭与化用的双向互动中，所谓"推陈出新，不至流入下劣"[①]，这使文言语汇稳定地保持着典雅的基本品质。尽管其中抑或收存历代俗语，但也多经"化俗为雅"的改造，而成为文言的成分。文言语汇系统的既有存在，乃是诗之语言运用的先决条件。任何时代的任何作者，必定身处一定的语境中才有可能开始诗的创作，正是历代经久积累的语汇系统形成其创作的言语环境，这是诗之沿用成辞的客观制约。诚如方南堂《辍锻录》所言："要之作诗至今日，万不能出古人范围，别寻天地。唯有多读书，镕炼淘汰于有唐诸家……有所欲言，取精多而用物宏，脱口而出……若舍此而欲入风雅之门，则非吾所得知矣。"[②] 可见古人为诗，无不经由博诵强识的语汇积备。但是"镕炼淘汰"的化用，固为"脱化"之实，属于有意识的临时运用。

诗用成辞的普通情形，首先是无意识的运用。黄庭坚说杜诗韩文，无一字无来历，实际上揭破了这种成辞运用的客观状况。杨慎《升庵诗话》卷十一评论说：

> 先辈言杜诗韩文无一字无来历，余谓自古名家皆然……刘勰云："'灼灼'状桃花之鲜，'依依'尽杨柳之貌，'喈喈'逐黄鸟之声，'喓喓'学鸿雁之响，虽复思经千载，将何易夺？"信哉其言！……近日诗流，试举其一二：不曰"莺啼"，而乃曰"莺呼"；不曰"猿啸"，而曰"猿咬"；蛇未尝吟，而云"蛇吟"；蛩未尝嘶，而曰"蛩嘶"；厌"桃叶萋萋"，而改云"桃叶抑抑"，桃叶可言"抑抑"乎？厌"鸿雁嗷

---

① 方薰：《山静居诗话》引叶凤占语，《清诗话》，上海古籍出版社1963年版，第957页。
② 方南堂：《辍锻录》，郭绍虞编选，富寿荪校点《清诗话续编》，中华书局1983年版，第1945页。

◇诗赋研究的语用本位

嗷"，而强云"鸿雁嘈嘈"，鸿雁可言"嘈嘈"乎？①

谢榛也说："自我作古，不求根据……则为杜撰矣。"②"下语忌杜撰"③，乃是诗之造语的基本要求。求其"来历"，则"诗中用字，本之书卷"④。成辞传诸书卷，经由不同时代不同作者的运用，具有历史的积淀和文化的蕴含，取以入诗，必使蕴含深厚、意致典雅。就如"灼灼"、"依依"、"嘈嘈"、"嗷嗷"，各肖物状音声，不可替换，亦且唯以《诗》之成辞，在历史的积淀中浸染了典雅的色调。而"灼灼"、"依依"，至今仍为常言，正是这些常言的不经意运用，非仅一动一植的实物所指，亦已成为具有文化蕴含的典雅意象，从而唤起读者穿越时空的幽远意想。

即便是极为常用的语汇，也大多出于前人的成辞，随举"明月"、"秋风"、"东篱"、"南浦"之类，后人用之不觉，但以文化的积淀，却有深厚的蕴含，以见高雅的意致。看似平常的语汇，却沉积了"隔千里兮共明月"的默然相思、"嫋嫋兮秋风"的萧然意绪、"采菊东篱下"的悠然自得与"送君南浦"的凄然别离⑤，不仅无限廓开了诗境，而且出脱了世俗的粗鄙、显现典雅的风韵。可是现代的自由诗人，出于对"腐朽"文言的无比憎恨，宁可换用"明亮的月光"、"秋天的风"、"东边的篱"和"送别的码头"之类的"大众化"口语，也断乎不肯袭用那些封建时代的"腐朽"陈词。然而成辞尚存，倘若一概避用，则如明代杨慎所言，其所可入诗者，就只剩下"道听途说、街谈巷议、凶徒之骂座、里媪之詈鸡"了，"亦何必读书哉"⑥！当知口语的作用，大都只在传达说话人的意思，作为陈述性的言语，旨在实现日常的交际。而诗既称"语言的艺术"，必取典雅的"文言"，成辞的运用，正是诗道高雅的普遍尊尚。

凡上所举成辞，以其惯见常用而用之不觉、心到意随，大致属于无意

---

① 杨慎：《升庵诗话》卷十一，丁福保辑《历代诗话续编》，中华书局1983年版，第866页。
② 谢榛：《四溟诗话》卷一，《历代诗话续编》，中华书局1983年版，第1145页。
③ 贺贻孙：《诗筏》，《清诗话续编》，上海古籍出版社1983年版，第140页。
④ 冒春荣：《葚原诗说》卷一，《清诗话续编》，上海古籍出版社1983年版，第1580页。
⑤ 依次见谢庄《月赋》、屈原《九歌·湘夫人》、陶渊明《饮酒》其二、江淹《别赋》。
⑥ 杨慎：《升庵诗话》卷五，《历代诗话续编》，中华书局1983年版，第719页。

识的运用。但是诗的用字造语并不脱离尚雅避俗的基本前提，所谓无意识的成辞运用，固亦不逾此限。只是当此下语之际，如非心到意随，则费选择之功，在这种情况下，成辞的运用就成为一种有意的取舍，古人谓之"选字"。汉语单音独形孤义，字即为词，用之谓"辞"，所以选字即是选辞。选字的必要，究在尚雅避俗，"择其言尤雅者为之可耳"[1]，而字句不典，不能"避凡俗浅近"，是以"用字必典"[2]。汉语指称一物一事，多有雅字、俗语相对，炼字拣择，必在雅字。"如何是选字？""譬如'花'、'葩'一也，而'葩'字较俗"，故当舍"葩"取"花"[3]。然而世有一等俗人，辄喜篡改前人诗语，反使易雅为俗。周紫芝为举"痛遭俗人改易"例如"樱桃欲破红"改作"绽红"，"梅粉初堕素"改作"梅葩"，"殊不知'绽'、'葩'二字，是世间第一等恶字，岂可令入诗来！"[4] 为诗选用雅字，乃是必须坚守的原则，也是普遍适用的通例。即如陶诗平淡，至若"依依墟里烟"、"披草共来往"、"造夕思鸡鸣"诸语[5]，率皆常言，但"依依"本诸《诗·小雅·采薇》、"披草"不言"拨草"、"造夕"不谓"到夕"、"鸡鸣"不说"鸡叫"，无非尚雅避俗之意。

"选字"唯在雅辞，所以必避俗语。冒春荣以为"用字最宜斟酌，俚字不可用……用俚字是刘昭禹《郡阁闲谈》所谓'四十个贤人，著一屠沽儿不得'也"[6]；王士禛主张"凡粗字、俗字……皆不可用"，张笃庆概指"一切……涉俚"者，"戒之如避酖毒可也"[7]，无不嫉俗如仇。尤其"近体中常用者，自然雅而清，反是则俗而浊"[8]。只是乐府歌谣多用俗语，是其体裁之殊，但以文人拟作，仍其俗语成辞，在时间的沉淀中，往代的俗语却竟成雅辞；而且古昔俗语的不断沿用，也无疑出于崇尚古朴而脱弃今俗的明确意识。如陶渊明"狗吠深巷中，鸡鸣桑树颠"，"鸡狗"之用，实属

---

[1] 张笃庆语，见《师友诗传录》，《清诗话》，上海古籍出版社1963年版，第138页。
[2] 方东树：《昭昧詹言》卷一，人民文学出版社1961年版，第10页。
[3] 陈僅：《竹林答问》，《清诗话续编》，上海古籍出版社1983年版，第2243页。
[4] 周紫芝：《竹坡诗话》，《历代诗话》，中华书局1981年版，第357—358页。
[5] 陶渊明：《归园田居》其一、其二，《怨诗楚调示庞主簿邓治中》。
[6] 冒春荣：《葚原诗说》卷一，《清诗话续编》，上海古籍出版社1983年版，第1582页。
[7] 张笃庆语，见《师友诗传录》，《清诗话》，上海古籍出版社1963年版，第138页。
[8] 冒春荣：《葚原诗说》卷一，《清诗话续编》，上海古籍出版社1983年版，第1580页。

◇诗赋研究的语用本位

俚俗，但古乐府有"鸡鸣桑树颠，狗吠深巷中"[①]，则取之反有古意。又如"老杜'使君自有妇，莫学野鸳鸯'，出古乐府'使君自有妇，罗敷自有夫'……'同姓古所敦，不受外嫌猜'，用古乐府《放歌行》'明虑自天断，不受外嫌猜'"[②]。凡此所取，本为俗言，然以存诸乐府，则但称"古辞"，袭而用之，则化俗为雅，深刻反映了诗道尚古的执着意识。

二

上述无意识的成辞运用和雅字选择，都属文言成辞的直接袭用。成辞取用之出于明显修辞考虑者，当属"借代"一途。严格的说，"借代"本是"借用"和"代语"的连带称谓，二者不尽相同；但"借代"也可理解为借而代之，本文即取此义。经本植先生认为，"借用"本是用典，但"典故与诗的主题有相似又不相似之处"，"这种用典由于只借用了原典的语意，而且经过了较大的改造……所以给人一种似用典非用典的感觉"。其实此类"借用"乃是化用前人成辞，例如经氏所举杜甫《新婚别》"兔丝附蓬麻，引蔓故不长"，乃借用古诗"与君为新婚，兔丝附女萝"之语，并有所改易，显系"脱化"之属，并非"用事"意义上的"用典"。对于"代语"，经本植先生解释说：

> 代语是以与人、事、物有关的词语代替其人、其事、其物，在诗中则多是以比较具体、形象、新颖、生动的字眼代替通常的说法。从稽古这一角度看，不少代语也可以说是一种用典……但代语所侧重的并非这个典故本身所包含的意义，而是重在指称。[③]

所谓代语的"用典"，只是引用成辞，而非取用故事，二者一出于辞，一出于事，是其出处不同。代语既然并不侧重"典故本身所包含的意义"，

[①] 郭茂倩：《乐府诗集》卷二八引《乐府解题》："古辞云：鸡鸣桑树颠，狗吠深巷中。"（郭茂倩：《乐府诗集》，中华书局1979年版，第406页）

[②] 杜甫：《数陪李梓州泛江》其二、古乐府：《陌上桑》、杜甫：《示从孙济》、鲍照：《代放歌行》。

[③] 以上所引经本植先生语，均见经《中国古典诗歌写作学》，语文出版社1999年版，第189页。

就是不取"事类";而其"重在指称",则是偏主辞义。在这里,关键的是"典故"或"用典"的所指本兼语、事二者,致使意义含混。当然某些"代语"也与故实相关,其初抑或出于某一用事,但是这个事类渐为一个语词固定下来而人相用之,久之则遗脱事义、止存辞义而竟成习语了。例如"刘郎"一语,出自南朝刘义庆《幽明录》所述东汉永平间刘晨、阮肇于天台桃源洞遇仙并于晋太康年间重到事,后世遂有"前度刘郎"之谓,而好事者竟以"刘郎"代桃,至其遇仙本事,则遗落不存。又如"章台"之称,出唐韩翃与妃柳氏事,后人以"章台"指柳,不复其事之实。宋沈义父《乐府指迷》说:"炼句下语最是紧要。如说桃,不可直说破桃,须用'红雨'、'刘郎'等字;说柳,不可直说破柳,须用'章台'、'灞岸'等字。"① 所云"用……字"替代,究归侧重辞义、"重在指称",适见"代语"用辞之实。

代语的成辞运用较诸一般的成辞引用更加突出了尚雅避俗的主观意图。像沈义父所言"不可直说破"桃、柳之为物,那样的话,"桃花"、"柳树"只是作为客观一物的切指,在言语环境中仅当陈述的作用;而借"刘郎"、"章台"以为"代语",则桃、柳已然作为一个具有故事关联和历史积淀的意象,显现着典雅的意蕴。这与皎然所言"存其毛粉"颇为相似。皎然力辨"语似用事义非用事"者,为举"魏武呼杜康为酒仙"例,以谓"作者存其毛粉……并非用事也"②。曹操《短歌行》仅以"杜康"代酒,非实取其事用之,但在往昔故实的虚廓联系中固亦"存其毛粉"的古雅色调。实际上,借代的广泛运用,多属这种情形。随检诗例,若"秦时明月汉时关"、"汉王重色思倾国"、"汉家烟尘在东北"③,"秦"、"汉"的借谓,只是如此云云,并无特定的深意,正如"毛粉"的斑驳色表,借以略存典雅的意趣。相似的情形,有如"西陆"之谓秋季、"南冠"之指囚人、"王孙"之代游子、"高阳"之称酒徒,悉有故实的关联,而殊无深意,止为"存其毛粉"的古色而已。

---

① 夏承焘、蔡嵩云:《词源注·乐府指迷笺释》,人民文学出版社1998年版,第61页。
② 周维德:《诗式校注》,浙江古籍出版社1993年版,第22页。
③ 王昌龄:《出塞》、白居易:《长恨歌》、高适:《燕歌行》。

◇诗赋研究的语用本位

当然借代的运用,并不总是具有故实的关联。在其基本的意义上,代语"以与人、事、物有关的词语代替其人、其事、其物"而追求"具体、形象、新颖、生动"的修辞效果,例如用某物的形貌代替其物本身,就是如此。僧惠洪《冷斋夜话》举王安石"含风鸭绿鳞鳞起,弄日鹅黄袅袅垂",谓"此言水、柳之名也",以为用事之例而"妙在言其用而不言其名"①。此以"鸭绿"指水而"鹅黄"言柳,是用物之颜色指代其物。又如胡仔所举王安石"缲成白雪桑重绿,歌尽黄云稻正青",认为"白雪则丝,黄云则麦,亦不言其名也"②,复以颜色代物,都非有关故事。但是应当看到,倘如用于指代的语词本属典雅的成辞,那么也一样可使诗有雅致,在最为基本的考虑上,至少代语亦当避俗,这是诗之用字造语的基本前提。

借代而外,具有故实关联的成辞运用,在"语似用事义非用事"方面,尚有不同的情形。例如王维《辋川闲居赠裴秀才迪》"复值接舆醉,狂歌五柳前",为称"五柳"而不直指渊明,正是由于"五柳"名号的高雅,确属"代语"之用。但"五柳"的"代语"连同"接舆"的借用并为影掠裴迪高旷放达的雅人风致,却不再是代语的修辞了。我们不能说"五柳"和"接舆"指代裴迪,只能说用以抬举其人,适如"存其毛粉"的虚廓所指,却也究归取用成辞的典雅追求。再如皎然举谢灵运《初去郡诗》云:"'彭薛才知耻,贡公未为荣。或可优贪竞,未作称达生。'此中商榷三贤,虽许其退身,不免遗议。盖康乐欲借此成我诗意,非用事也。"③ 在此仅称"三贤"之名,而略其事之实,故谓"存其毛粉"。但其"商榷三贤"以"成我诗意",并不出于代语的修辞考虑,三贤之与己意,二者仅仅具有间接的联系。然而正是这种影掠历史时空的虚拟关联,却使简单的议论充满古雅的意趣,对于本文的论旨来说,这是至关重要的。

三

在成辞使用上,脱化与袭用不同,它作为成辞的临时措用,较多地出

---

① 胡仔:《苕溪渔隐丛话》前集卷三十六,人民文学出版社 1984 年版,第 234 页。
② 同上。
③ 周维德:《诗式校注》,浙江古籍出版社 1993 年版,第 22 页。

于着意修辞的主观考虑和尚雅避俗的自觉意识。"脱化"一语,引自徐增《而庵诗话》:"作诗之道有三,曰寄趣,曰体裁,曰脱化。今人而欲诣古人之域,舍此三者,厥路无由。"①"脱"者脱胎于前人成辞,"化"者化而用之,是谓"换骨",或称"脱换"②,盖与黄庭坚"脱胎换骨"之喻相近:

  山谷云:诗意无穷而人之才有限,以有限之才追无穷之意,虽渊明、少陵不得工也。然不易其意而造其语,谓之换骨法;规摹其意而形容之,谓之夺胎法③。

"不易其意而造其语"、"规模其意而形容之",都是用古人之意而自造其语;古人之意表现于言辞,用其意而自铸其辞,实际上就是成辞的化用。"夺胎换骨"与"点铁成金"互训,并为黄庭坚称世名言:

  自作语最难,老杜作诗、退之作文,无一字无来历,盖后人读书少,故谓韩、杜自作此语耳。古之能为文章者,真能陶冶万物,虽取古人之陈言入于翰墨,如灵丹一粒,点铁成金也。④

作诗取用古人成辞,是重字句之来历;成辞出于典籍,取以入诗,必称典雅。只是成辞的脱化,必须"规模其意"、化而用之。自山谷揭橥二语,而世知脱化一途,或竟谓为剽窃,斯未识其真义⑤。无论如何,应当看到"无一字无来历"的直截论断,一语道破了诗取成辞的普遍实情,而"夺胎换骨"、"点铁成金",也在这一要义上显示其深刻的合理性。即使必谓蹈袭,那也是拙于化用;从理论上说,果能"袭而愈工"而"若出于己

---

① 丁福保辑:《清诗话》,上海古籍出版社1963年版,第426页。
② 顾嗣立:《寒厅诗话》,《清诗话》,上海古籍出版社1963年版,第89页。
③ 陈新点校:《冷斋夜话·风月堂诗话·环溪诗话》,中华书局1988年版,第15页。
④ 黄庭坚:《答洪驹父书》,《豫章黄先生文集》卷三十。
⑤ 如王若虚说:"鲁直论诗,有夺胎换骨、点铁成金之喻,世以为名言,以余观之,特剽窃之黠者耳。"(《滹南诗话》卷三,《历代诗话续编》,中华书局1983年版,第522页)

◇诗赋研究的语用本位

者"①，则正好就是脱化的妙用。王寿昌说："诗有三可借，故事可借，字意可借，古人句可借。"② 实则大凡"古之善赋诗者"，率皆"工于用人语"，而"浑然若出于己意"③。为诗虽谓"创作"，但下字造语，必本旧辞，"能以陈言而发新意，才是大雄"④。所谓语言的"创造"，都是推陈出新的结果；而且唯以成辞的遣用，方显典雅的高致。

对于诗道高雅的要义来说，脱化的妙用，正如张谦宜所言，"凡所读书，其菁华香泽，久而滑滋……前民雅字，再加熔铸，用之自然如意"⑤。本诸典籍"文言"的成辞化用，究在取用雅字，敷其香泽，"存其毛粉"，"点缀颜色"，一归尚雅避俗而已。方南堂《辍锻录》云："诗中点缀，亦不可少，过于枯寂，未免有妨风韵……吾最爱周繇《送人尉黔中》云：'公庭飞白鸟，官俸请丹砂。'亦何雅切可风也。"⑥ "白鸟"本《诗·大雅·灵台》"麀鹿濯濯，白鸟翯翯"语，这是取用成辞；"请丹砂"取葛洪语⑦，但非实用其事，止就提取一语，以谓政冷人闲，聊借"点缀"以略增"丰致"，虽亦辞关故实，但与用事不同。盖"点缀与用事，自是两路，用事所关在义意，点缀不过为颜色丰致而设耳"⑧。所谓"颜色丰润"的"点缀"，只在古雅的趣味，这是脱化的目的。而诗用脱化，极为普遍，即于诗话所集，可见一斑，若吴仟《优古堂诗话》、范晞文《对床夜语》、曾季狸《艇斋诗话》等，举例绝多。抑谓汉以降"古诗多辗转相袭"⑨，又"唐人四句，不厌雷同"⑩，如李白"公取古诗句"⑪、白居易又取李白语，

---

① 魏泰：《临汉隐居诗话》，《历代诗话》，中华书局1981年版，第328页。
② 王寿昌：《小清华园诗谈》卷上，《清诗话续编》，上海古籍出版社1983年版，第1856页。
③ 蔡梦弼：《杜工部草堂诗话》卷二引王彦辅《麈史》云，《历代诗话续编》，中华书局1983年版，第211页。
④ 薛雪：《一瓢诗话》，《清诗话》，上海古籍出版社1963年版，第687页。
⑤ 张谦宜：《𦈉斋诗谈》卷一，《清诗话续编》，上海古籍出版社1983年版，第795页。
⑥ 郭诗绍虞编选，富寿荪校点：《清诗话续编》，上海古籍出版社1983年版，第1938页。
⑦ 《晋书·郭璞葛洪列传》："（洪）闻交阯出丹，求为勾漏令。帝以洪资高，不许。洪曰：'非欲为荣，以有丹耳。'帝从之。洪遂将子侄俱行。"（《晋书》，中华书局1974年版，第1911页）
⑧ 方南堂：《辍锻录》，《清诗话续编》，上海古籍出版社1983年版，第1938页。
⑨ 梁章钜：《退庵随笔》，《清诗话续编》，上海古籍出版社1983年版，第1961页。
⑩ 杨慎：《升庵诗话》卷八，《历代诗话续编》，中华书局1983年版，第801页。
⑪ 《沙中金集》，张健《元代诗法校考》，北京大学出版社2001年版，第402页。

而苏轼复祖乐天辞①，可见展转相袭，唯在化用之妙。

诗取成辞，不舍经、史、子语，且多化用之实，若曹植、谢灵运、王维、杜甫等，皆善措用，其他诗家，更相援取，往往而有。但经、史、子语，率皆文章之辞，不避艰深僻奥，以至板重滞涩，是故王士禛"不喜诗中用经语"②。诗之用字造语，大都灵动有致，不可板滞近腐，所以经、史、子语，固非诗之常用。然诗语不尽圆转，当视体裁而论，若近体当避板滞，古诗差可重拙，而如七绝极重风神，造语且尚流美，五律则较整练，下字必取庄重。但以征古的角度视之，则谓"好字多出经传"③，又"作诗使史汉间全语为有气骨"④，而其所以为好、为有气骨，并在典雅厚重。经、子之书多出先秦，并秦汉以上史书，都为中国文化的原典，也是成辞取用的渊薮，后世作述，不能脱离历史文化的联系，因以典雅为则，固所当然。

古代诗家中，杜甫最喜取用经语。如"东坡写杜诗，至'致远思恐泥'句，谓人曰：'此不可学'……'恐泥'二字本经书中极板重语，而老杜前后至四五用，殊不可解。"⑤其实经语板重，用之适取古雅，而贵书卷之气，此外别无他由。又"如'车辚辚，马萧萧'，未尝外入一字；如'天属尊尧典，神功协禹谟'……皆浑然严重"⑥。诗能浑重，非不高古，以杜甫"语不惊人死不休"的执着而为五古，就是着意要求达到这样的造语效果。是固祖述成辞，但以本非诗语而取其古重，必乃著力为之；而其成辞撮合，尤费剪接之功，这大约介乎成辞袭用与脱化之间。至如"虽多亦奚为"、"丹青不知老将至，富贵于我如浮云"之类，则以经中全语入诗，显系袭用成辞，而"或且叹为妙绝，苦效不休，恐易流于腐"⑦。从负

---

① 如白居易《长恨歌》"回眸一笑百媚生，六宫粉黛无颜色"，乃用李白应制《清平乐》词意："女伴莫话孤眠，六宫罗绮三千。一笑皆生百媚，宸衷教在谁边？"苏轼"故将别语调佳人，要看梨花枝上雨"，又祖白居易《长恨歌》"玉容寂寂泪阑干，梨花一枝春带雨。"
② 见翁方纲《七言诗三昧举隅》，《清诗话》，上海古籍出版社1963年版，第291页。
③ 何文焕：《历代诗话考索》，《历代诗话》，中华书局1981年版，第822页。
④ 黄庭坚语，见《王直方诗话》，郭绍虞《宋诗话辑佚》，中华书局1980年版，第87页。
⑤ 陈僅：《竹林答问》，《清诗话续编》，上海古籍出版社1983年版，第2262页。
⑥ 黄彻：《溪诗话》卷七，《历代诗话续编》，中华书局1983年版，第378页。
⑦ 刘大勤语：《师友诗传续录》，《清诗话》，上海古籍出版社1963年版，第154页。

◇诗赋研究的语用本位

面说,经语陈词固然近"腐",但在好古者眼中,正有古旧之色,适可取以求雅。

诗家下字,本之书面,按诸典籍,不敢妄用。如刘禹锡作诗,尝欲押一"糕"字,以疑六经无之而罢,可见"刘用字谨严乃尔"①,原其"谨严"之意,要归尊雅避俗。即使不得已而取用俗字,也以经典为本;反之经籍俗语,亦必尊如雅言,如"饧"、"糕"之类,倘使六经有之,则梦得必为取用,而欣然以为有得于古色了。叶矫然举例说:"黄山谷'相戒莫浪出,月黑虎夔藩','夔'字用老杜'虎恃爪牙,昏黑撑突,夔人屋壁'之语。东坡'主孟当咍我,玉鳞金鲤鱼','主孟'用优施谓里克妻之语。二诗古色斑斑,不必过求字义作解,累纸不休。"② "夔"字经、子屡见,本神话兽名,又为舜乐官名,极具古色;而"主孟咍我",虽优人口辞,然传诸经籍,则亦称古雅。二语袭用,固非常言,适见诗人用心,而博学强识如此。至若山谷"平生几两屐,身后五车书","平生"出《论语·宪问》,"身后"本晋张翰"使我有身后名"之言,"几两屐"为晋阮孚语,"五车书"则《庄子》称惠施言,"此两句乃四处合来"③,真可谓"无一字无来历",读之顿觉古雅,而书卷气渟滀不去,正是点铁高手,斯识脱化之妙。

四

用事就是取用故事并形之于简短的言辞,因而这些言辞便有历史故实的深广蕴含,从其措辞的形式看,这也当属言辞的运用,但与借代、脱化不同。然而古来论者,率多混淆其义,盖于"用典"之实,未有深察使然。"典"本典册、典籍之义,"用典"取于典籍,而谓"引用典故"。"典故"并列复合,"典"谓典制,以其记在典册而传诸后世,故称为"典";"故"指故事、成例,亦借典籍以传。以典、故相通,故合而称之。因古书成辞或叙故事,而故事亦以成辞记在典籍,亦可称"典",所以往往事、

---

① 李颀:《古今诗话》,《宋诗话辑佚》,中华书局1980年版,第154—155页。
② 叶矫然:《龙性堂诗话续集》,《清诗话续编》,上海古籍出版社1983年版,第1051页。
③ 杨万里:《诚斋诗话》,《历代诗话续编》,中华书局1983年版,第140页。

辞不分，而引用成辞、故事，都谓"引用典故"，简称"用典"。但成辞为语，故实为事，二者本不相同，因而"引用典故"，其实包括引用成辞、引用故事二义，是为二法，固有分别。《文心雕龙·事类》谓屈、宋属篇，"虽引古事，而莫取旧辞"①，引事、取辞，泾渭分明。宋代黄彻也确指"诗有用事出处，有造语出处"②，取于事就是用事，取于辞则属脱化。例如杜甫《阁夜》："五更鼓角声悲壮，三峡星河影动摇。"此语《古今诗话》、《西清诗话》皆谓用事，按《西圃诗说》，杜诗"盖暗用《史记·天官书》'天一、枪、棓、矛、盾动摇，角大，兵起'之语，而语中有用兵之意"③。又如李商隐《昨夜》"不辞鹈鴂妒年芳"，本《离骚》"恐鹈鴂之先鸣兮，使百草为之不芳"语，了然不关故实，显系"脱化"之类，然周振甫先生犹以用事之例论之④。究之用事与脱化之易混，要在泛称"用典"而不分。

又有视比喻为用事者，其实尤非相属，当辨征古与否，以见典雅之尚。清李重华《贞一斋诗说》云："比，不但物理，凡引一古人，用一故事，俱是比。"今人赵永纪先生认同其说，认为用事也是取彼喻此⑤。诗中用事，或有比兴之义，而比兴或与故实有关，故有重合之例，但其所取不同，不必一概而论，只是比兴若存故实，则言辞增其雅致。皎然《诗式》说："诗人皆以征古为用事，不必尽然也。今且于六义之中略论比兴。取象曰比，取义曰兴，义即象下之意。凡禽鱼、草木、人物、名数，万象之中，义类同者，尽入比兴……时人呼比为用事，呼用事为比。"⑥ 比兴取"象"以求"形象生动"，其"义类"则"象下之意"；用事取诸故实，义归事类，不必取象。例如曹植《七哀》"君若清路尘，妾若浊水泥"，生动形象地写出思妇与游子之间本自相依而"浮沉异势"的情形，只是比喻而已，固与故事无关。但如黄庭坚《雨中登岳阳楼望君山》"缟结湘娥十二

---

① 范文澜：《文心雕龙注》，人民文学出版社1973年版，第615页。
② 黄彻：《溪诗话》卷九，《历代诗话续编》，中华书局1983年版，第391页。
③ 田同之：《西圃诗说》，《清诗话续编》，上海古籍出版社1983年版，第765页。
④ 周振甫：《诗词例话》，中国青年出版社1979年版，第282页。
⑤ 赵永纪：《古代诗话精要》，天津古籍出版社1989年版，第505页。
⑥ 周维德：《诗式校注》，浙江古籍出版社1993年版，第20页。

◇诗赋研究的语用本位

鬟",则聊借湘娥事以为状写,而略故事之实,显然也是比喻,只是系于故事,以为点缀风雅。至如李商隐《安定城楼》"不知腐鼠成滋味,猜意鹓雏竟未休",乃实取庄子往见惠子事用之,而以鹓雏见猜于鸱为譬,这是因事成比。究之比兴自为一法,不必与事相关,若有意援引事类,则旨在追求典雅。反观今人之作,大都不乏比兴,非不形象生动,只是不取成辞,而又了无故实,不能出脱俚俗。其间雅俗异趣,高下迥别,古今殊势,值得反躬深省。

在诗文写作中,使事用典极为普遍。大致言之,魏晋以降,为文自有一体,"缉事比类,非对不发……惟睹事例"[①],以及"颜延、谢庄,尤为繁密……近任昉、王元长……竞须新事,尔来作者,浸以成俗"[②]。而"诗人以用事为博,始于颜光禄而极于杜子美"[③]。杜甫而后,若"李商隐诗好积故实"[④]、宋人"多务使事"[⑤],迄清而田同之犹谓"今人作诗必入故事"[⑥]。可见"援引典故,诗家所尚"[⑦],即如渊明造语自然,亦非"羌无故实"[⑧];而王士祯专主"神韵",至其用事之好,乃至恆钉之讥[⑨]。

南朝王微说:"文好古,贵能连类可悲"[⑩],诗文用事的普遍性反映了深层的好古意识和类推观念。刘勰《文心雕龙》乃据"事类"立篇而开宗明义云:"事类者……据事以类义,援古以证今者也。"事类即同类之事及其类似性;按事分类,事以类聚,故有事类。《论衡·实知》:"放象事类以见祸,推原往验以处来事。"[⑪]《后汉书·陈宠传》:"宠为(鲍)昱撰《辞讼比》七卷,决事科条,皆以事类相从。"无论处理政务,还是日用

---

① 萧子显:《南齐书·文学传论》,中华书局1972年版,第908页。
② 钟嵘:《诗品序》,《历代诗话》,中华书局1981年版,第4页。
③ 张戒:《岁寒堂诗话》卷上,《历代诗话续编》,中华书局1983年版,第452页。
④ 黄彻:《䂬溪诗话》卷七十,《历代诗话续编》,中华书局1983年版,第399页。
⑤ 严羽:《沧浪诗话·诗辨》,《历代诗话》,中华书局1981年版,第688页。
⑥ 田同之:《西圃诗说》,《清诗话续编》,上海古籍出版社1983年版,第755页。
⑦ 沈德潜:《说诗晬语》卷下,《清诗话》,上海古籍出版社1963年版,第549页。
⑧ 如《饮酒》:"邵生瓜田中,宁似东陵时。"用邵平秦亡种瓜事。又如《乞食》:"感子漂母惠,愧我非韩才。"用韩信食于漂母事。
⑨ 方东树:《昭昧詹言》卷一,人民文学出版社1961年版,第46页。
⑩ 《宋书·王微传》引王微《与从弟僧绰书》,《宋书》,中华书局1974年版,第1667页。
⑪ 王充:《论衡·实知》,上海人民出版社1974年版,第398页。

物事，必须分别事类，使无淆乱错杂；而事无古今，若属同类，则必有相通类似之性，正是这种相通类似之性的古今联系，才使"推原往验"成为可能。而诗文用事，也在事类的古今联系中获得了深远的蕴含，不仅扩展了诗境，而且深得于典雅。例如施补华《岘佣说诗》举杜甫《禹庙》诗："'空庭垂橘柚，古屋画龙蛇。''橘柚'、'龙蛇'用禹事，如此点化成即景语甚妙"，胡应麟亦许"杜用事入化处，然不作用事看，则古庙之荒凉、画壁之飞动，亦更无人可所著语"①。案"橘柚"本《书·禹贡》"厥苞橘柚"事，"龙蛇"本《孟子·滕文公》所述禹"驱蛇龙而放之菹"事。杜诗用作即景语，隐涵禹事之辽远，以托思古之苍茫，而又自然无迹，若未用事；诗题《禹庙》而用禹事，固属用事之实。再如李商隐《泪》诗：

永巷长年怨绮罗，离情终日思风波。湘江竹上痕无限，岘首碑前洒几多。人去紫台秋入塞，兵残楚帐夜闻歌。朝来灞水桥边问，未抵青袍送玉珂。

是诗八句六典，依次明用汉宫、舜妃、羊祜、昭君、项羽及唐人送别事，而使泪之为物，在往昔故实的深广联系中获得了典雅的意致。

用事既名"用典"，而"事"称故事、故实，且"事类"之用，是在"援古证今"，必以征古为尚。谢榛《四溟诗话》卷二："赵子昂曰：'作诗但用隋唐以下故事，便不古也，当以隋唐以上为主'，此论执矣。隋唐以上泛用则可，隋唐以下泛用则不可，学者自当斟酌。"②何文焕《历代诗话考索》："茂秦引《诗法》曰：'《事义类聚》不可用，盖宋事多也。'余谓宋事何不可用？街谈巷议，皆可入诗，唯在炉锤手妙。"③方东树则谓"谢茂秦戒用大历以后事，虽拘，然不可不晓其意"④。赵、谢之意，

---

① 胡应麟：《诗薮》内编卷四，上海古籍出版社1979年版，第64页。
② 丁福保辑：《历代诗话续编》，中华书局1983年版，第1174页。
③ 何文焕辑：《历代诗话》，中华书局1981年版，第823—824页。
④ 方东树：《昭昧詹言》卷十四，人民文学出版社1961年版，第377页。

◇诗赋研究的语用本位

固宜识之。诗本雅道,期于尚古,取用古事,唯在典雅,宁取今俗!如此的"拘执"却表明了用事之为诗法的重要意义,而且无论袭、借成辞,择取雅字,还是化而用之,都在语用的层面突出显示了中国诗的高雅特质。

类推思维的文学推衍

　　类推基于类观念的思维定向，表现于类推运用的不同情境。"类"训物事"相似"，"推"训"求"、"度"、"究"等，合言"推求"、"推度"、"推究"，指谓思维的进行。"类推"又言"推类"，以同类相推，即于相类物事由此推彼，《墨子·经下》"推类之难"[1]、《论衡·实知》"推类以见方来"[2]，及《汉书·终军传》军对"明暗之征，上乱飞鸟，下动渊鱼，各以类推"[3]，俱见其实。类推以人类思维建立物事的联系，或以推论物事之理，成为名辩的方式；或于情事比类，形成文学的表现，作为一种思维的定向，联通文学的形象思维。名辩的类推不舍形象，因以通合文学的领域。只是类推向被视为逻辑的形式，隔断了通往文学的视域，那么本文的推衍，旨在打通文学的路途，论证类推思维的文学表现。

一

　　类推作为中西共通的论理方式各具特点，中国"类"观念盖亦渊源有自。《说文·犬部》："类，种类相似，惟犬为甚。从犬，頪声。"《说文·页部》："頪，难晓也。从页、米。一曰鲜白皃，从粉省。"段玉裁注谓"'頪'、'类'古、今字，'类'本专谓犬，后乃'类'行，而'頪'废"[4]，则"类"本谓犬相似，引申假借为凡相似之称。"頪"声同"雷"，本作

---

[1] 孙诒让：《墨子间诂》，《诸子集成》本，上海书店出版社1986年版，第195页。
[2] 王充：《论衡·实知》，上海人民出版社1994年版，第399页。
[3] 《汉书·终军传》，中华书局1962年版，第2817页。
[4] 段玉裁：《说文解字注》，上海古籍出版社1988年版，第421页。

◇诗赋研究的语用本位

"靁"。《说文·雨部》:"阴阳薄动生物者也。从雨,畾象回转形。"① 段注云:"'薄'音博,迫也。阴阳迫动,即谓靁也……'迫动'下文所谓回转也,所以回生万物者也。"② 雷、霆近义。《说文·雨部》:"霆,雷余声也,铃铃,所以挺出万物。"雷霆以生万物,故有物类,则"颣"、"雷"声通,义亦关联。从"雷"得声者如"磊"为石相聚,训众石;"壘"为土相聚,训军壁;"累"为丝相聚,训积、增、重等。"颣"与众字声通,益明类聚之义。

"类"以"相似之称"类聚众属,衍为族类、物类、事类之义。族类如《大戴礼记·礼三本》"先祖者,类之本也",孔广森《补注》谓"类,族也"③;又《左传·僖公十年》狐突梦对申生鬼魂"神不歆非类,民不祀非族",孔颖达疏谓"类、族,一也"④。物类如《黄帝内经·素问·五常政大论》"其类草木"张志聪注⑤、《淮南子·本经》"以养群类"高诱注并谓"类,物类也"⑥。事类如《易·系辞下》"于稽其类"孔颖达疏⑦、《大戴礼记·文王官人》"规谏而不类"王聘珍诂并言"类谓事类"⑧。无论族类、物类、事类,都是基于外在形象的相似,尤其族类同种,具有相似的体貌特征,故以为类,可明类的形象本义。相似亦即相像。《说文·犬部》朱骏声《通训定声》谓"类者肖也"⑨;《大戴礼记·易本命》"昼生者类父",王聘珍《解诂》谓"类犹象也"⑩。而《九章·橘颂》"类可任兮",王逸注谓"类犹貌也"⑪。《淮南子·俶真》谓道"况未有类"高诱注云:"类,形象也;未有形象,道所尚也。"⑫"象"、"貌"并是名词。类的形象性乃是通往文学的根本所在。

---

① 各本有"雷雨"二字,段注本依《韵会》本删。
② 段玉裁:《说文解字注》,上海古籍出版社1988年版,第571页。
③ 卢辩注,孔广森补:《大戴礼记补注》,中华书局1985年版,第10页。
④ 孔颖达:《春秋左传正义》,《十三经注疏》,上海古籍出版社1997年版,第1801页。
⑤ 张志聪:《黄帝内经集注》,浙江古籍出版社2002年版,第509页。
⑥ 刘安撰,高诱注:《淮南子》,《诸子集成》本,上海书店出版社1986年版,第120页。
⑦ 孔颖达:《周易正义》,《十三经注疏》,上海古籍出版社1997年版,第89页。
⑧ 王聘珍:《大戴礼记解诂》,中华书局1983年版,第195页。
⑨ 朱骏声:《说文通训定声》,武汉市古籍书店1983年影印临啸阁藏版,第576页。
⑩ 王聘珍:《大戴礼记解诂》,中华书局1983年版,第195页。
⑪ 黄灵庚:《楚辞章句疏证》,中华书局2007年版,第1648页。
⑫ 刘安撰,高诱注:《淮南子》,《诸子集成》本,上海书店出版社1986年版,第25页。

类推思维的文学推衍◇

　　类推基于物类或事类的相似性，通过比类的形式进行事理的推论。类推是中国名辩学的基本辩论方式，墨家足为代表，侯外庐先生认为墨子"察类"、"知类"，表明"类"在墨子言辩中已经成为"逻辑"的"概念"，"墨子的逻辑思想，即是依据着类概念的类推方法，而这一方法就是墨子所到处运用的辩诘术的灵魂"[1]。墨子类推的论辩，以"明辨其故"即追问此事此义的原因和是非曲直为目的。《墨子·大取》强调"故"、"理"、"类"的结合，盖"辞以故生，以理长，以类行者也"[2]。"理"即客观事物的规律和条理，论辩就是说理，必须循理得故，而推理之法，就是类推。辞"以类行"，就是《小取》所言"以类取，以类予"[3]，"取"则取类，"予"则推予，即类推。墨家"辟、侔、援、推、止"论辩诸式，都属类推之用[4]。墨家类推，重在经验，主于实用，指向知识。墨子《非命上》谓言辩"上本于古者圣王之事……下原察百姓耳目之实……废（发）以为刑政，观其中国家百姓人民之利"，是谓"三表"[5]。"耳目之实"为耳目感知之实，经由"材"的"接"、"虑"，成为知识。《经上》谓"知，材也"，"材"犹五官之谓；又云"知，接也"[6]，知识成立于感官"接"物的反映过程。但知识的获取，非止感性之接，《经上》又谓"虑，求也"[7]，指出知识获取过程心智理性的思虑作用，这是墨家类推的知识论指向[8]。及荀子类推，则从"物类"达到"伦类"、"统类"，从而转向伦理的情境，"成为代表和服务于中国传统人文思维的主导推理类型"[9]。

---

[1] 侯外庐：《中国思想通史》第一卷，人民出版社1957年版，第239页。
[2] 孙诒让：《墨子间诂》，《诸子集成》本，上海书店出版社1986年版，第249页。
[3] 同上书，第250—251页。
[4] 参拙文《墨子散文之论辩》，《海南师范学院学报》2002年第4期。
[5] 孙诒让：《墨子间诂》，《诸子集成》本，上海书店出版社1986年版，第164页。
[6] 同上书，第190页。
[7] 同上。
[8] 关于墨子知识论，参何洋《墨子辩学》，南海出版社2002版，第63—69页。
[9] 张斌峰：《荀子的"类推思维"论》，《中国哲学史》2003年第2期。案《荀子》之学，本于人欲性恶，故为化性起伪，推至于礼；礼以辨分养欲，故明等级之制，是为政治之始、道德之极；然隆礼之实，即以法制为本，是在禁暴制民；于君则称极欲、严专制、尚王霸，求一统；于臣则主忠顺、申礼法；于士则以劝学取贵，于民则表忠愿顺上。在此贯通一体的学说统系中，论辩的类推，已经脱离墨家类推的事实面向和知识指向。

◇诗赋研究的语用本位

　　兹明名辩学类推的经验之域与实用目的，尽管墨家类推具有知识论的指向，但并未导致纯粹知识推论的形式逻辑。然自近世西学东渐以来，名辩学辄被比附于形式逻辑，"名辩即逻辑"的观念[1]，成为现代的传统。但名辩学固以"名"辩，"名"与"概念"不尽相同，而类推借名以行，也与概念的推衍有异。按《说文·口部》，"名"以"自命"，从"口"从"夕"会意，以"夕者冥也，冥不相见，故以口自名"，盖"名"从"冥"得声以自命，推及事物之名。厥初生民称物以音，然后创字代声，以字专名，"名"即是"字"，《周礼·春官·外史》"掌达书名于四方"，郑玄注引或言"古曰名，今曰字"，以见名、字相通[2]。造字初以象形，六书以象形为本。字以象形命名，则形以定名，故谓形名。又名者拟实，名实相对，故"循名而责实"[3]。《说文·宀部》："实，富也。从宀，从贯。贯，货贝也。"引申为充实义，朱骏声《说文通训定声》引《小尔雅·广诂》"实，满也"、"塞也"，又引《素问·调经论》岐伯曰"有者为实"，以谓"凡中质充满者皆曰实"[4]。物事充实皆然，故名以举实，亦如名以称物，《管子·心术下》谓"凡物载名而来"，《心术上》言"名者圣人之所以纪万物也"[5]，名以纪物，合谓"名物"，《周礼·天官·庖人》"庖人掌共六畜、六兽、六禽，辨其名物"[6]，迄近世康有为《请废八股试帖楷法试士改用策论折》"从此内讲中国文学，以研经义、国闻、掌故、名物"云云[7]。"名实"或"名物"对举，"实"、"物"具有而"名"、"字"象形，与"概念"表示事物的"本质属性"不类。固然"名"之所指，不限具体实物，《墨子·经上》兼举"达、类、私"三名，私名以举特定某物某人，如《经说上》孙诒让注举"言于人之贱者而命为'臧'，则'臧'非人之通名，故曰私"；类名以举物类，如孙引张云"马而名之'马'是类也，凡

---

[1] 赵纪彬：《名辩与逻辑》，《新中华》1949年第12卷第4期。
[2] 郑玄：《周礼注疏》，《十三经注疏》，上海古籍出版社1997年版，第820页。关于名、字的关系，参徐阳春《先秦"名""字"关系及生成理论探析》，《山西师范大学学报》2002年第3期。
[3] 陈奇猷：《韩非子新校注·定法》，上海古籍出版社2000年版，第957页。
[4] 朱骏声：《说文通训定声》，武汉市古籍书店1983年影印临啸阁藏版，第631页。
[5] 戴望：《管子校正》，《诸子集成》本，上海书店出版社1986年版，第221—222页。
[6] 郑玄：《周礼注疏》，《十三经注疏》，上海古籍出版社1997年版，第661页。
[7] 汤志钧编：《康有为政论集》上册，中华书局1981年版，第271页。

马之实皆得名之'马'";达名以举一切物事,如孙注举"'物'为万物之通名"①。凡此不离物之具在,而"名"以汉字象形则是其独具的特点。曾祥云先生认为"名"对事物命名,"名学从其实质来说,属于语言符号学范畴,具体说是一种语词符号理论"②。"名"的汉字"符号"象形性与"实"、"物"的实有性,爰使类推凭借形象的比类通于诗学比兴的审美空间。

二

类推与文学的关联,首在比兴、象征、兴象(意象)的比类表象。物事以类似相像可资比类,所以类推可行,先秦多用。《周易·同人》象曰"君子以类族辨物",王引之《经义述闻》按谓"类,比类也",又言"比方事物亦谓之类"③。《荀子·非十二子》"壹统类"杨倞注云"类谓比类"④,《孟子·告子上》指斥"指不若人则知恶之,心不若人则不知恶,此之谓不知类",俞樾按谓"类之言比类也"⑤。类比以推理,通于经验,措于人事,周于实用。《荀子·大略》"有法者以法行,无法者以类举",王先谦《集解》引郝懿行曰:"类,犹比也,古谓之决事比,今之所谓例也。"⑥"决事比"判例断案,《周礼·秋官·大司寇》"凡庶民之狱讼,以邦成弊之",郑玄注引郑众曰"邦成,谓若今时决事比也",贾公彦疏谓"若今律其有断事,皆依旧事断之,其无条,取比类以决之,故云决事比"⑦。类比推理实用如此,并以形象性通合比兴的文学表现。

类推通于比兴,二者俱本比类,但类推用以推论事理,比兴则发挥形象的功能,依靠形象的关联表情达意。类推如墨子取譬,《墨辩》举类推"辟、侔、援、推、止"诸式,"辟"同"譬",如《墨子·节葬下》"仁者

---

① 孙诒让:《墨子间诂》,《诸子集成》本,上海书店出版社1986年版,第211页。
② 曾祥云:《"名学"究竟是什么——与孙中原先生商榷》,《学术界》2002年第5期。
③ 王引之:《经义述闻》,江苏古籍出版社1985年版,第48页。
④ 王先谦:《荀子集解》,《诸子集成》本,上海书店出版社1986年版,第60页。
⑤ 俞樾:《群经平议》,续修四库全书本,上海古籍出版社1995年版,第546页。
⑥ 王先谦:《荀子集解》,《诸子集成》本,上海书店出版社1986年版,第329页。
⑦ 郑玄:《周礼注疏》,《十三经注疏》,上海古籍出版社1997年版,第871页。

◇诗赋研究的语用本位

之为天下度也，辟之无以异乎孝子之为亲度也"，孙诒让《间诂》引毕沅谓"辟同譬"①，慧琳《一切经音义》卷二十七"譬喻品"注引《玉篇》谓"譬，喻也，比类以相晓"②。譬如墨子《节葬下》谓为亲度者，"亲贫则从事乎富之，人民寡则从事乎众之，众乱则从事乎治之"；为天下度亦然，天下贫则富之，人民寡则众之，众乱则治之。盖为亲度与为天下度，事殊理同，其理同类，故可取譬推论。譬喻的特点，是化抽象为具体，喻体的具体性，或在事，或在物，在物者取象为譬，如《孟子·离娄下》"君之视民如草芥"云云，"草芥"是取譬之象。取象为譬者以本体、喻体相类，取譬即可，乃是片段性的当下取用，不烦逐类以推，所以较为简单。在事者如《墨子·所染》以染丝可苍可黄为譬，喻国亦有染，如"舜染于许由、伯阳……殷纣染于崇侯、恶来"之类，盖亦具体有象，并逐事类以推，由染丝不定推至贤恶所染不定。

比兴作为文学修辞的思维机制，也基于事物的类比，推及物事彼此之间，但不以明理出故为任，并不表现为逐类推论的过程，而是以类比的方式建立形象的相似性关联，借以引发读者的想象，获得生动形象的表达效果。比、兴本在"六诗"、"六义"，孔颖达谓为《诗》用，汉代二郑以来，代有论列，撮其要义有四。一则比类之用，这是比兴通于类推的首要条件。郑玄曰："比，见今之失，不敢斥言，取比类以言之；兴，见今之美，嫌于媚谀，取善事以喻劝之。"③ 比则比类，兴亦取于事类之间。《文心雕龙·比兴》云："比者，附也；兴者，起也。附理者切类以指事，起情者依微以拟议。"④ 比附必须切类，否则不类。黄彻亦云："比者，引物连类；兴者，因事感发。"⑤ 比取于物类的关联，与类推取予以类，运思所本不异。二则情事托物，这是比兴作为文学表现的特点。郑众谓"比者，比方于物……兴者，托事于物"⑥，钟嵘谓"因物喻志"为比，而"文已尽而意

---

① 孙诒让：《墨子间诂》，《诸子集成》本，上海书店出版社1986年版，第104页。
② 释慧琳：《一切经音义》，上海古籍出版社1986版，第1064页。
③ 孔颖达：《毛诗正义》，北京大学出版社1999年版，第11页。
④ 范文澜：《文心雕龙注》，人民文学出版社1962年版，第601页。
⑤ 魏庆之：《诗人玉屑·溪论四始六义》，上海古籍出版社1959年版，第269页。
⑥ 孔颖达：《毛诗正义》，北京大学出版社1999年版，第12页。

有余，兴也"①，朱熹谓比"以彼物比此物也"，兴则"先言他物以引起所咏之词也"②，都在情事与物之间，以情属人事，故情、事可合，但直言情事为赋，比、托情事于物为比兴。三则比兴以象，尤其彰显文学表现的形象特性。旧题释皎然撰《诗议》云："赋者，布也。象事布文，以写其情也……比者，全取象以兴之……兴者，立象于前，后以人事谕之。"③ 斯论赋比兴都本于象，赋虽如朱子所谓"敷陈其事而直言之"④，但《诗》中直言亦多有象，不尽概叙；比取于物而成于象，即是物象；兴以物象兴起情事，故须"立象于前"，然后兴事。对于象的重视乃是比兴转向兴象、意象的关键。兴象、意象形成于兴、意与象的浑然融合，已经出脱诗教讽喻的外部寄托，成为诗歌审美意境的主要表征，兴、意与象的比类关系隐伏其中。四则比、兴同异，当辨情、事、物关系的不同表现。刘勰以比属理，以兴属情，确指兴中有情，比则不然；黄彻以比属物，以兴属事，属事固亦情事。但情事必借物象兴起，郑众谓兴"托事于物"得之。究之比兴俱本比类，必借物象，是其所同；比不必系情，兴必有情，以情与事合，谓为属情属事，原无分别。兹辨比兴寄托，郑众谓兴"托事于物"，郑玄论比兴寓托讽劝，并为寄托说所本。迨陈子昂张大其说，以谓齐梁诗"采丽竞繁，而兴寄都绝"⑤，元稹"病沈、宋之不存寄兴"，而自许"稍存兴寄"⑥，及清周济以"比兴"论词，执于"非寄托不入"⑦，则有弊焉，若宋人解杜为然。黄庭坚云："彼喜穿凿者，弃其大旨，取其发兴，于所遇林泉人物、草木虫鱼，以为物物皆有所托，如世间商度隐语者，则子美之诗委地矣。"⑧ 但以刘勰所谓"比显兴隐"，若脱讽喻之义，固当注意兴以

---

① 钟嵘，《诗品序》，何文焕辑《历代诗话》，中华书局1981年版，第3页。
② 朱熹：《诗集传》，上海古籍出版社1980年版，第1—4页。
③ 张伯伟：《全唐五代诗格校考》，陕西人民教育出版社1996年版，第195页。
④ 朱熹：《诗集传》，上海古籍出版社1980年版，第3页。
⑤ 《陈子昂集·修竹篇序》，中华书局1960年版，第15页。
⑥ 元稹：《叙诗寄乐天书》，董诰等编《全唐文》卷六五三，上海古籍出版社1990年版，第2939页。
⑦ 《介存斋论词杂著·复堂词话·蒿庵词论》合订本，人民文学出版社1959年版，第12页。
⑧ 黄庭坚：《大雅堂纪》；刘琳、李勇先、王蓉贵校点：《黄庭坚全集》，四川大学出版社2001年版，第437—438页。

◇诗赋研究的语用本位

《诗》用向审美意象的转换，如钟嵘释兴"文已尽而意有余"，已非执持讽喻，转而关注兴的审美功能，及兴与象合，乃成兴象，浑融无迹。

《诗》中比兴之用，若《卫风·硕人》"手如柔荑，肤如凝脂，领如蝤蛴，齿如瓠犀，螓首蛾眉"，直写硕人，故朱子以为"赋也"，但其取譬，固然是比。朱注云："茅之始生曰荑，言柔而白也。凝脂，脂寒而凝者，亦言白也。领，颈也。蝤蛴，木虫之白而长者。瓠犀，瓠中之子方正洁白而比次整齐也。螓如蝉而小，其额广而方正。蛾，蚕蛾也，其眉细而长曲。"① 硕人手柔以白、肤嫩而白、颈长以白、齿齐而白，及其广额细眉，胥取物类譬之，则柔荑、蝤蛴、瓠犀、螓首、蛾眉为其物类，是谓引物连类。兴则如《卫风·氓》："桑之未落，其叶沃若。于嗟鸠兮，无食桑葚。于嗟女兮，无与士耽。"朱注"比而兴也……言桑之润泽以比己之容色光丽，然又念其不可恃此而从欲忘反，故遂戒鸠无食桑葚，以兴下句，戒女无与士耽也"②。言比则"桑之润泽"与女子"容色光丽"之间，构成比类关系；谓兴则因其比类"以兴下句"，盖比当引起之用者亦兴，兴则必因比类，其本是比。王夫之论曰："苏子瞻谓'桑之未落，其叶沃若'，体物之工，非'沃若'不足以言桑，非桑不足以当'沃若'，固也。然得物态，未得物理。'桃之夭夭，其叶蓁蓁'，'灼灼其华'，'有蕡其实'，乃穷物理。'夭夭'者，桃之稚者也。桃至拱把以上，则液流蠹结，花不荣，叶不盛，实不蕃。小树弱枝，婀娜妍茂，为有加耳。"③ 是言体物之工，谓得物理之妙，比兴取类亦然，桑之沃若之与女子"容色光丽"，《周南·桃夭》"桃之夭夭，其叶蓁蓁"、"灼灼其华"之与待嫁女芳华正茂、"有蕡其实"之与少妇雍容，取类俱得物理人情，是以构成比类，不必变易，后人仍之如是。

某种比类关系在诗人感受中的长久普遍存在，或使比兴转为象征，卒成俗套，殊足生厌。诗自《离骚》以来，美人香草，咸以寄托，如荃以譬喻灵修，兰蕙类比贤才，久之习用，竟成"物象流类"，最是牵强附会。

---

① 朱熹：《诗集传》，上海古籍出版社1980年版，第36页。
② 同上书，第37页。
③ 王夫之：《姜斋诗话》卷上，《清诗话》，上海古籍出版社1963年版，第5页。

唐释虚中《流类手鉴·物象流类》云："巡狩，明帝王行也；日午、春山，比圣明也；残阳、落日，比乱国也；昼比明时也，夜比暗时也；春风、雨露，比君恩也；朔风、霜霰，比君失德也……"① 尽管比兴之用，情事与物之间形成较为稳定的比类关系，其中潜藏民族心理感受的定式，但一旦转为象征，物类遂成情事的形式替代。唐人诗格论之，以为初学应制之用，亦资导路之功，但如多用直取，则成俗套，于解诗执于寄托，亦必胶柱鼓瑟。而高者则于物类虚活取用，全凭神思驰想，一点虚灵，不可捉煞。

三

属对的实际情形，是于物类、事类中随所拈取当下的构配，成就千姿百态的佳对，这要求物类、事类的无穷可用。属对在主观意识上存在着一个万物配对的深层信念，宇宙之间乃是万物类合的无尽空间。如刘勰论列"丽辞"，以为"造化赋形，支体必双，神理为用，事不孤立"，所以诗人运裁，"自然成对"②；皎然论对，亦谓"如天尊地卑，君臣父子，盖天地自然之数"③。李兆洛《骈体文钞》序云：

> 天地之道，阴阳而已，奇偶也，方圆也，皆是也。阴阳相并俱生，故奇偶不能相离，方圆必相为用，道奇而物偶，气奇而形偶，神奇而识偶。孔子曰："道有变动，故曰爻；爻有等，故曰物；物相杂，故曰文。"又曰："分阴分阳，迭用柔刚。"故《易》六位而成章，相杂而迭用。文章之用，其尽于此乎！④

天地之间，唯有万物，但以形上统摄而观，则推于阴阳，二气归元，则一统于道。形上统摄即是万物的统类，从形上以推形下，则道分阴阳，阴阳

---

① 张伯伟：《全唐五代诗格校考》，陕西人民教育出版社 1996 年版，第 396 页。
② 范文澜：《文心雕龙注》，人民文学出版社 1973 年版，第 588 页。
③ 皎然撰，李壮鹰校注：《诗式校注》，人民文学出版社 2003 年版，第 57 页。
④ 李兆洛编，殷海国、殷海安校点：《骈体文钞·自序》，上海古籍出版社 2001 年版。

55

◇诗赋研究的语用本位

化生万物，故万物有类。"类"若雷霆阴阳相激，类化万有；《周易·系辞上》"方以类聚，物以群分"，亦唯阴阳化物，以类相生。文章属对，一仍物类，胥相配对，"盖天地自然之数"。

属对有"正对"、"反对"之别，《文心雕龙·丽辞》谓"反对为优，正对为劣"，又谓"正对者，事异义同者也"，并举张载《七哀》诗"汉祖想枌榆，光武思白水"为正对之例①。刘永济注云："正者，双举同物以明一义，词迳而意重，故曰劣。"②是诗并列二帝，"思"、"想"同义，枌榆是高祖里社，白水借指光武故里③，二句为对，并言帝王思乡，"事异义同"，谓为"合掌"，所以为劣。胡应麟曰谓"作诗最忌合掌，近体尤忌"④。毛先舒亦云："古最忌合掌对，如'朝'对'晓'、'听'对'闻'之类。"⑤ "合掌"是谓两句或诗一联上下物事太近，不能拉开距离、留下空间，如两掌相合，不留空隙。案刘勰论正对并注者意，只以句义相同，非自词义论之，只是在西方词法学传入之后，今人才从词义分析汉语属对，视为词义相对。王力先生认为反对是反义词或异义词相对，正对即同义词或近义词相对⑥。秋耘《一得诗话》也说："因为'反对'是用意义相反或不同的词来相对，上下两句从不同的角度来表达同一的意境，内容比较丰富；'正对'是用意义大致相同的词来相对，上下两句的含义不免重复，内容一定比较单调。"⑦ 这种看法与古人属对之论不相为侔。

古人论属对，本于万物类聚的观念，讲求物类、事类的类合，集中反映于"正对"、"同对"、"同类对"和"反对"、"异对"的讨论。《文镜秘府论》北卷"论对属"曰："以类对之：一、二、三、四，数之类也；东、南、西、北，方之类也；青、赤、玄、黄，色之类也；风、云、霜、露，

---

① 范文澜：《文心雕龙注》，人民文学出版社 1973 年版，第 588—589 页。
② 刘永济：《文心雕龙校释》，中华书局 2001 年版，第 126 页。
③ 案南阳郡狮子山有白水寺，山下白朱村即光武故里。
④ 胡应麟：《诗薮》内编卷四，上海古籍出版社 1979 年版，第 64 页。
⑤ 毛先舒：《诗辩坻》卷四，郭绍虞编选，富寿荪校点《清诗话续编》，上海古籍出版社 1983 年版，第 75 页。
⑥ 王力：《中国古典文论中谈到的语言形式美》，载《文艺报》1962 年第 2 期。
⑦ 载《诗刊》1963 年第 2 期。

气之类也……"① 同类相对，故为"正对"，例如"数之类"，都是同类，不能说"一"与"四"同义；"气之类"亦属同类，不能说"风"与"露"近义。又同书东卷"二十九种对"引元兢云："一正对：正对者，若'尧年'、'舜日'，尧、舜皆古之圣君，名相敌，此为正对。若上句用'圣君'，下句用'贤臣'，上句用'凤'，下句还用'鸾'，皆为正对也。如上句用'松桂'，下句用'蓬蒿'，'松桂'是善木，'蓬蒿'是恶草，此非正对也。"② 元氏分别善、恶之类，善类为对则正，善恶相对则当为反对。自然之物，本无善恶，但自然人化，则分别其类，无论其类正、反，取以为对，则为类合，构成一联上下物类或事类相合的单位空间③。又有"同对"、"同类对"，实与正对无别。《文镜秘府论》东卷"二十九种对"复引元兢曰："同对者，若'大谷'、'广陵'，'薄云'、'轻雾'。此'大'与'广'、'薄'与'轻'，其类是同，故谓之同对。同类对者，云、雾，星、月，花、叶，风、烟，霜、雪……"④ 所谓"大"与"广"、"薄"与"轻"是因物类性状相近，即以性状别为一类，所以也是"同类对"；而"云、雾、星、月"等，其物本属同类，故谓"同类对"。《文镜秘府论》北卷"论对属"亦论"同类连用，别事方成"⑤，明示"事"与"类"的类属关系，同一物类适可构对，同一物事不然，对则合掌。

《文心雕龙·丽辞》谓"反对者，理殊趣合者也"，举王粲《登楼赋》"钟仪幽而楚奏，庄舄显而越吟"为例⑥。刘永济注云："反者，并列异类，以见一理，理曲而义丰，故曰优。"⑦ 此例幽显异势，是为"并列异类"；而"理殊趣合"，并在不忘故国。不同事类的类合，在两句上下之间形成开广的空间，其中蕴含丰富的意趣，故谓理曲义丰⑧；而正对合掌，则两句上下空间狭迫，无所蕴含。《文镜秘府论》北卷"论对属"亦有"反

---

① 王利器：《文镜秘府论校注》，中国社会科学出版社1983年版，第486页。
② 同上书，第227页。
③ 参拙文《意境创造的诗法功用》，《齐鲁学刊》2006年第6期。
④ 王利器：《文镜秘府论校注》，中国社会科学出版社1983年版，第251页。
⑤ 同上。
⑥ 范文澜：《文心雕龙注》，人民文学出版社1973年版，第588—589页。
⑦ 同上书，第126页。
⑧ 参拙文《意境创造的诗法功用》。

◇诗赋研究的语用本位

对",以谓"上与下、尊与贵、有与无、同与异……名为反对者也"①,悉以义类相反成对。又谓"第一的名对","的名对者,正也,凡作文章,正正相对",如"天地、好恶……南北、东西,如此之类,名正对"②,实则"反对"。称为"正对"、"的名对",固以其类正好相反,但与前述"正对",名同实异;所举"南北、东西"之对,又与"正对"相同。盖物事分类,层级不同,如"南北、东西"是方位之类,大类为同;但再分类,则南、北反向,东、西异位,是又小类不同。又有"异对",实与反对无别。《文镜秘府论》东卷"二十九种对"复录元兢之说云:"异对者,若'来禽''去兽'、'残月''初霞',此'来'与'去'、'初'与'残',其类不同,名为异对。异对胜于同对。"③ 举例悉同反对,称为"异对",乃视"同对"而言。但正、反则取类为狭,同、异则取类为宽,异类不必相反。而正、反、同、异,都以物事分类,角度有异,层级不同,不免交越,但以属对当下类合为然。正、反、异对,往往交相为用,如杜甫《秋兴八首》之四"王侯第宅皆新主,文武衣冠忆昔时","王侯、文武"是正对,"新、昔"是反对,"第宅、衣冠"不同类,则为异对。一联纯用正或反对,并不多见。

四

诗文用事为常,赋与骈文必资其用。诗之近体固以兴象为要、情景为本,但如纯是情景,风花雪月,只以"颜色和成"而"更无些物事"④,则必不深厚。胡应麟谓"作诗不过情、景二端",又谓"诗自模景述情外,则有用事而已"⑤,谢榛论作诗法要,亦以事、情、景三者而足⑥。用事即使用故事,要在古今事类的类合,用古事以表今意。用事与用成辞不同,后者是脱化,即脱胎于成辞化而用之。《文心雕龙·事类》分别"明理引

---

① 王利器:《文镜秘府论校注》,中国社会科学出版社1983年版,第486页。
② 同上书,第226页。
③ 同上书,第238页。
④ 张谦宜:《絸斋诗谈》卷一,《清诗话续编》,上海古籍出版社1983年版,第799页。
⑤ 胡应麟:《诗薮》内编卷四,上海古籍出版社1979年版,第64页。
⑥ 谢榛:《四溟诗话》卷四,《历代诗话续编》,中华书局1983年版,第1208页。

乎成辞，征义举乎人事"，又指屈宋"虽引古事，而莫取旧辞"①，黄彻《䂬溪诗话》更谓"作诗有用事出处，有造语出处"②，明判用事、取辞为二，但以并称用典，混同为一。或视比为用事，李重华《贞一斋诗说》谓"比，不但物理，凡引一古人，用一故事，俱是比"③，因为比与用事都在物事的比类应用，以"类"观念视之不二。然比在物类，用事在事类，比求形象生动，用事则取事类之义，故于取类宜再分别。皎然《诗式·用事》辨之甚明："取象曰比，取义曰兴，义即象下之意。凡禽鱼草木、人物名数，万象之中，义类同者，尽入比兴……时人呼比为用事，呼用事为比。"④ 比取于物类，重在物象，兴有寄托，故谓取义，但亦表现于物类之象，故谓"象下之意"；用事则取于事类，不必取象，是其不同。然比与用事相混，则以同属比类，非出无由。

刘勰释事类谓"据事以类义，援古以证今也"⑤，李曰刚注谓"'事类'一词，原谓隶事以类相从也……彦和用之，盖论文章之征引古事成辞，以类推事理"⑥。谓用事以类推，得其旨要，而不据事类则无从类推，故征引成辞不然。考"事类"本义，即同类之事及其类似之性，按事分类，事以类聚，故有事类。《韩非子·显学》："夫祸知磐石、象人，而不知祸商官儒侠为不垦之地、不使之民，不知事类者也。"⑦ 磐石、象人为祸，商官儒侠亦祸，是为祸类，知此而不知彼，则是不能类推。《后汉书·陈宠传》："宠为（鲍）昱撰《辞讼比》七卷，决事科条，皆以事类相从。"⑧ 世间物事，本是以类相生，人为处理事务，亦须分别事类。《论衡·实知》谓"放象事类以见祸，推原往验以处来事"⑨，即于古往今来的历史推求事的

---

① 范文澜：《文心雕龙注》，人民文学出版社1973年版，第614—615页。
② 黄彻：《䂬溪诗话》卷九，《历代诗话续编》，中华书局1983年版，第391页。
③ 李重华：《贞一斋诗说》，《清诗话》，上海古籍出版社1963年版，第930页。
④ 周维德：《诗式校注》，浙江古籍出版社1993年版，第31页。
⑤ 范文澜：《文心雕龙注》，人民文学出版社1973年版，第614页。
⑥ 詹锳：《文心雕龙义证》引李曰刚《文心雕龙斠诠》注语，上海古籍出版社1989年版，第1406页。
⑦ 陈奇猷：《韩非子新校注》，上海古籍出版社2000年版，第1139页。
⑧ 《后汉书·陈宠传》，中华书局1965年版，第1549页。
⑨ 王充：《论衡·实知》，上海人民出版社1974年版，第398页。

◇诗赋研究的语用本位

类合,"推原往验"就是基于古今事类的类推。

辞章"据事以类义,援古以证今",亦本类推之思,但为体不同,其诣不一。叙事说理之文,用事多以类推,所以刘勰谓明理征义,用事引辞,"乃圣贤之鸿谟,经籍之通矩也"①。但其举例如"胤征羲和,陈《政典》之训,盘庚诰民,叙迟任之言"②,则属引辞,不取事类,实则经籍如《书》、《语》等,多引旧辞自重,用事绝少,盖既为短章,未及推廓,又如《左传》叙事,不事推论。至如《孟子·公孙丑上》历举子路闻过则喜、禹闻善则拜、舜善与人同,由此推明"君子莫大乎与人为善",则以援古证今,的然用事之实。又如《韩非子·爱臣》说"爱臣太亲,必危其身,人臣太贵,必易主位"之理,乃举故事云:"昔者纣之亡,周之卑,皆从诸侯之博大也;晋之分也,齐之夺也,皆以群臣之太富也。夫燕、宋之所以弑其君者,皆此类也。"明示古今事类,借为类推为功。

散文叙事说理,骈文并属"文"类亦然,但必资于用事,至于变本加厉,无以复加。萧子显《南齐书·文学传论》当时文章"缉事比类,非对不发,博物可嘉,职成拘制……惟睹事例,顿失清彩"③。所谓"文章",多在骈体。骈体以四六参差为单位语言结构,篇章成于这种结构的堆砌,以句式属对之需,必须"缉事比类,非对不发",所以骈体最难,非博识强记不能。骈文缉事,即是比类之用;其缉事之繁密、比类之鱼贯,他体莫及。例如颜延之《陶征士诔序》"若乃巢、高之抗行,夷皓之峻节,故已父老尧舜,锱铢周汉"云云,取巢父不受禅让、伯成子高弃爵归田事,二人行事,若视尧、舜为父老,等周、汉为锱铢,不受帝命称臣,是又事中用事,援古类今,据事明理,以况陶潜拒受征聘,高风抗节,自古所重。是唯句式、属对之限,必乃"缉事比类",可明骈体造语要求。

赋以铺陈,事类为多,并资学问。曹丕《答卞兰教》谓"赋者,言事类之所附也"④;挚虞《文章流别论》则以"古诗之赋,以情义为主,以事

---

① 范文澜:《文心雕龙注》,人民文学出版社1973年版,第614页。
② 同上书,第614页。
③ 《南齐书》,中华书局1972年版,第908页。
④ 严可均辑:《全三国文》,商务印书馆1999年版,第61页。

类为佐，今人赋，以事形为本，以义正为助"①，执持《诗》义不然，但赋辑事是实。谢榛谓"汉人作赋，必读万卷书"②，章学诚且指汉赋"征材聚事，《吕览》类辑之义也"③，并在重学辑事。赋以铺陈，大赋空间尤广，所以类辑事类为多，以及后世《事类赋》、《广事类赋》、《广广事类赋》之作，益明事类之用。但赋之用事，不同为文据事推理，而是资于铺陈夸饰，借以炫耀学问。例如枚乘《七发》写龙门之桐"使琴挚斫斩以为琴，野茧之丝以为弦，孤子之钩以为隐，九寡之珥以为约，使师堂操畅，伯牙为之歌"云云。李善注引郑玄谓师挚为鲁太师，以工琴称琴挚；引《东观汉记》谓光武二年野蚕成茧，山民收为絮；引《列女传》谓九子之寡母早丧夫，独与九子居；引《韩诗外传》曰孔子学鼓琴于师堂④。其所辑比，不以推论为的，只是铺陈事类，用资虚夸。又如马融《长笛赋》"若䌷瑟促柱，号钟高调……彭胥伯奇，哀姜孝己……于是乃使鲁般宋翟，构云梯，抗浮柱"云云。李善注引刘向《九叹·愍命》曰"䌷瑟兮交鼓"、"破伯牙之号钟"，并引王逸注《博物志》"蓝胁号钟善琴名"；注谓彭胥"彭咸，伍子胥也"，引《琴操》言伯奇被后母害，放逐作歌感之；引《左传》纪鲁哀公夫人姜氏归于齐，将行哭而过市；又引《墨子》言公输般为楚造云梯攻宋、墨子削竹为鹊事⑤。凡此不事推理，只是用写笛声感发之凄，并攀登伐竹制笛之艰，都借事类铺陈夸饰而已。

张戒谓"诗以用事为博，始于颜光禄而极于杜子美"⑥，胡应麟则谓"用事之工，起于太冲咏史"⑦。诗中用事，限于体制，不能详叙铺陈，或借事类议论推理，也止资点逗，引发读者推想。例如杜牧《赤壁》"东风不与周郎便，铜雀春深锁二乔"，又李商隐《隋宫》"玉玺不缘归日角，锦帆应是到天涯"，造语明示推论，但非展开推理，止以意象呈现，引导读

---

① 严可均辑：《全晋文》，商务印书馆1999年版，第819页。
② 谢榛：《四溟诗话》卷二，《历代诗话续编》，中华书局1983年版，第1175页。
③ 章学诚著，王重民解：《校雠通义通解》，上海古籍出版社1987年版，第117页。
④ 萧统编，李善注：《文选》卷三十四，中华书局1977年影印清胡克家刻本，第479页。
⑤ 同上书，第250—251页。
⑥ 张戒：《岁寒堂诗话》卷上，《历代诗话续编》，中华书局1983年版，第452页。
⑦ 胡应麟：《诗薮》内编卷四，上海古籍出版社1979年版，第64页。

◇诗赋研究的语用本位

者解悟，反映诗贵含蓄的体制特点。诗中用事之高者，不定借以议论，而是兴象宛然，加强读者的审美感受。胡应麟称杜甫《禹庙》诗云："'空庭垂橘柚，古屋画龙蛇'……杜用事入化处。然不作用事看，则古庙之荒凉、画壁之飞动，亦更无人可著语。"[①] 案"橘柚"本《书·禹贡》"厥苞橘柚"事，"龙蛇"本《孟子·滕文公》所述禹"驱蛇龙而放之菹"事，杜诗用之无迹，若未用事，但以上古故事融化景物之中，便具有历史的空间，平添荒凉肃穆之感。无论诗文赋用事，都廓开了事类的历史空间，遂有深广的意蕴，引发无尽的感思，这是古人用事与今世白话的本质区别。

五

类推及其文学表现在于类观念的深刻存在，在类观念之中，具有无限开广的宇宙空间和历史维度。中国思维的体用圆融保证了形上统摄和形下物事的沟通，本体必以作用显现，形上之道必然派生万物，故即物而得道，不必舍弃形下的经验以追求纯粹的超验，这是中国思维及其感受世界的方式。类观念产生于"道生万物"的形上统摄，体用相即防止了形下物事的弃脱。在文学的领域，比兴的物事类比和属对类合亦唯万物一体的宇宙观念和心理感受使然。而且比兴、象征、兴象都以情事与物象的类合，反映着物我合一的关系。在中国哲学的体用思辨中，道生万物，人亦俱生，故谓"天地与我并生，而万物与我为一"[②]；即如人性的伦理化，也以天理的统摄同于物类的存在，盖"必禀此理然后有性，必禀此气然后有形"[③]。人的物类属性使心物情事之间形成自然的感应，爰使情物比类成为可能。比取物象以譬我意，兴借物象兴起情事，象征寄情意于物象，都在物我之间。

比兴、象征和兴象的比类，牵涉言、象、意的关系。《庄子·天道》谓书以载言，言以达意，而"意之所随者，不可以言传也"[④]，故书为古人

---

① 胡应麟：《诗薮》内编卷四，上海古籍出版社1979年版，第64页。
② 语见《庄子·齐物论》。
③ 朱熹：《答黄道夫》，《朱文公文集》卷五八，《四部丛刊初编》本，商务印书馆1936年版，第1044页。
④ 语见《庄子·天道》。

糟粕；而意之所随者道，道不可言传，则书之所传非道。道之不可言传，固以道无形无象，"无形者，数之所不能分也"①。因为言不尽意，所以"立象尽意"。《周易·系辞上》假托"子曰'书不尽言，言不尽意'"，又假曰"圣人立象以尽意，设卦以尽情伪，系词焉以尽其言"。《易》之取象，"其称名也小，其取类也大"，韩康伯注谓"托象以明意，因小以喻大"，孔颖达疏谓"其称名也小者，言易辞所称物名多细小……其取类也大者，言虽是小物，而比喻大事，是其取义类而广大也"②。称名小而取类大，取义大而寓物小，是指具体个别物象具有寄托深远之意的象征作用或蕴含功能，故谓"立象尽意"，倍于语言之用。揆以比兴、象征、兴象，盖亦托于物象，良以情兴虚灵，其来无端，其去无迹，言达无由，故以比类托之于象，可明文学比类的构成机理，通于言意、象、意关系的哲学思辨。

如果说比兴、象征、兴象的比类，连同属对的类合廊开了连类无穷的宇宙空间，那么用事则以事类的古今联系突破时间的限制，容涵悠远的意蕴，表现为中国文学的历史意识和好古崇尚，即如影掠故事的"点缀"亦复如是。方南堂《辍锻录》所谓"诗中点缀，亦不可少"，并举周繇《送人尉黔中》"公庭飞白鸟，官俸请丹砂"，以谓"雅切可风"。"白鸟"本《诗·大雅·灵台》"麀鹿濯濯，白鸟翯翯"语，是属引用成辞；"丹砂"出葛洪请令求丹事，用写官冷人闲，按方氏之意，不是实取葛洪事用之，而是仅用"丹砂"字面影掠其事，盖"点缀与用事，自是两路，用事所关在义意，点缀不过为颜色丰致而设耳"③。"点缀"之说，类似皎然所谓"语似用事义非用事"者，"如魏武呼'杜康'为酒"之类，"盖作者存其毛粉……并非用事也"④，"杜康"只是借代为酒，爰使酒之为物，带上时间历史赋予的"毛粉"，以为"点缀"。凡此并非直接用事，而以影掠其事，引起读者对于往昔事类的遥远联想，唤回历史时空的深层记忆，只是

---

① 语见《庄子·秋水》。
② 《周易正义·系辞下》，孔颖达《周易正义》，《十三经注疏》，上海古籍出版社1997年版，第89页。
③ 方南堂：《辍锻录》，《清诗话续编》，中华书局1983年版，1938页。
④ 周维德：《诗式校注》，浙江古籍出版社1993年版，第36页。

◇诗赋研究的语用本位

事类隐含于习用成辞之中,不露踪迹,固属事类之用。

即便成辞并不影掠事类,而仅前人造语的袭用或脱化,当然也表现为文学的历史意识和好古崇尚。"脱化"一语,引自徐增《而庵诗话》:"作诗之道有三,曰寄趣,曰体裁,曰脱化。今人而欲诣古人之域,舍此三者,厥路无由。"①脱化即脱胎于成辞、化而用之,隐括黄庭坚"夺胎换骨"、"点铁成金"之义。黄庭坚认为"诗意无穷而人之才有限,以有限之才追无穷之意,虽渊明、少陵不得工也"②;所以又谓"自作语最难,老杜作诗、退之作文,无一字无来处,盖后人读书少,故谓韩、杜自作此语耳"③。脱化取于成辞而以己意化用,不仅不得不能,更在造语"来处"、追求古雅。脱化取于成辞而以己意化用,不仅不得不能,更在造语来历、追求古雅。周紫芝谓"自古诗人文士,大抵皆祖述前人作语"④,梁章钜谓"古诗多展转相袭"⑤,徐祯卿谓"古人不讳重袭,若相援尔"⑥,杨慎谓"唐人诗句,不厌雷同"⑦,可见成辞袭用与脱化乃是诗家造语的普遍现象。杨氏举"杜诗夺胎"条说云:"陈僧惠标《咏水》诗:'舟如空里泛,人似镜中行。'沈佺期《钓竿》篇:'人如天上坐,鱼似镜中悬。'杜诗'春水船如天上坐,老年花似镜中看',虽用二子之句,而壮丽倍之,可谓得夺胎之妙矣。"⑧成辞的祖述乃是文学历史的回望,所以古人撰制,并非凭空"创作",凡所构思造象,必用成辞,或有脱化,但非生造,这是语言惯性的必然结果。至如取于周秦汉魏,典籍愈古,愈觉高古,若《庄子·德充符》"据槁梧而瞑",李嘉祐用为"据梧听好鸟,行药寄名花",王安石"各据槁梧同不寐,偶然闻雨落阶除"复祖之⑨。良以字面见载古籍,时代久远,用则古色斑斓,如观三代彝鼎,自然庄雅厚重,是如山谷所言"取

---

① 徐增:《而庵诗话》,《清诗话》,上海古籍出版社1963年版,第426页。
② 见释惠洪《冷斋夜话》卷一,《丛书集成初编》本,中华书局1985年版,第5页。
③ 黄庭坚:《答洪驹父书》,《黄庭坚全集》,四川大学出版社2001年版,第475页。
④ 周紫芝:《竹坡诗话》,《历代诗话》,中华书局1981年版,第346页。
⑤ 梁章钜:《退庵随笔》,《清诗话续编》,上海古籍出版社1983年版,第1961页。
⑥ 徐祯卿:《谈艺录》,《历代诗话》,中华书局1981年版,第770页。
⑦ 杨慎:《升庵诗话》卷八,《历代诗话续编》,中华书局1983年版,第801页。
⑧ 杨慎:《升庵诗话》卷五,《历代诗话续编》,中华书局1983年版,第731—732页。
⑨ 吴开:《优古堂诗话》,《历代诗话续编》,中华书局1983年版,第232页。

古人之陈言入于翰墨，如灵丹一粒，点铁成金也"①。

中国文学的历史意识和好古崇尚乃是普遍的执持，以至于咏史怀古成为一种稳定的传统。咏史起于东汉班固，曹魏时王粲、阮瑀、曹植时或而作，而左思咏史，向称杰作，后世杜甫、杜牧、李商隐皆工此体，怀古亦擅其能。咏史、怀古俱本故实，而怀古感慨为多，咏史则主议论。咏、怀俱托史实故事，但非叙事，故李重华谓"咏史诗不必凿凿指事实"②，吴乔则谓"古人咏史，但叙事而不出己意，则史也，非诗也"③。咏史怀古，并在己意与故事之间，显然存在古今事类的比类关系，而咏、怀的议论感慨，突出表现为强烈的历史意识和恋古情结。正是中国特定的历史文化情境导致这种情绪的积淀，而超越时代、视通历史的比类亦唯其然，连同比兴、象征、兴象、属对之于万物类聚的宇宙观念，构成中国文学无限开广的表现空间。

---

① 黄庭坚：《答洪驹父书》，《黄庭坚全集》，四川大学出版社2001年版，第475页。
② 李重华：《贞一斋诗说》，《清诗话》，上海古籍出版社1963年版，第930页。
③ 吴乔：《围炉诗话》卷三，《清诗话续编》，上海古籍出版社1983年版，第558页。

意境创造的诗法功用

在中国诗学的现代研究中,"意境"总是作为纯粹的理论范畴而获得重复不厌的阐释,这主要是由于"意境"本身的玄虚莫测,致使切实的探讨难以措手。然而"意境创造"的命题却将这一虚灵不著的审美旨趣落实于创作论的切实层面之上,在这里,诗法的功用就显示了重要的意义。

首先需要简略说明"意境"的所指,仅就一般而言,"意境"是谓诗中情景交融、物我合一的描写所蕴含的诗外旨趣或韵致,而读者可借想象得之。如皎然《诗式》之说,学界大都认为是最早有关"意境"的明确理论表述,其论要在"假象见意"[1]、"采奇于象外"[2],这与司空图"象外之象"[3]大意一致,都是强调"境生于象外"[4]。意境的产生当然要"假象见意",但象以言显,故"象外"实即"言外";而"象外之象"是由言辞引发意想而得,所以又谓"言外之意"。究之意境的产生,必赖诗中意象,而"象外之象",也就被视为具有"意境"的审美特质。本文的着眼之处,则在于诗中意象必赖言辞,故意境的创造不离言辞之用,后者本质上属于"诗法"的范围,而表现为诗之体制的限定和篇法、句法等方面的制约。

---

[1] 周德维:《诗式校注》,浙江古籍出版社1993年版,第40页。
[2] 同上书,第130页。
[3] 司空图:《与极浦书》,董诰等编《全唐文》卷八〇七,上海古籍出版社1990年版,第3762页。
[4] 刘禹锡:《董氏武陵集纪》,瞿蜕园校点《刘禹锡全集》,上海古籍出版社1999年版,第135页。

意境创造的诗法功用◇

一

  从最为一般的现象看，为什么只是诗有意境，却不是存在于文章之中，而"意境"自始即成诗学的范畴？这一看似肤浅的问题却彰显了诗的体制特点，只是这种特点的存在才使意境的产生有了基本的可能。中国诗之体制的形成，首先在于汉语单音独字的运用，由此形成稳定的句式，如四言、五言、七言等，进而在某一句式的基础上形成稳定的体制，如四言体、五言体、七言体等。某种体制一旦确立，就有严格的体律限制，这对于某体诗的写作具有形式的规范和制约作用。然而也正是体制的限定成就了诗的独特的写作方法及其独有的审美特质。从篇章上看，中国古代诗的体制普遍短小，即使像汉乐府长篇如《焦仲卿妻》及后世古体长篇如杜甫"三吏"、"三别"，较诸现代新诗和域外诗作，也还显得十分精短。篇幅简短则不能于情事景物展开详说，必然有所阙略，因而就给读者的意会联想留下了可能的空间。也正是由于如此，所以诗之有意境者，多在短制，而长篇不称[①]。如五律、七律、五绝、七绝及古体短章，诗有意境者多在诸体之间。

  绝句体制最为精短，故谓"绝句最贵含蓄"[②]。五绝如戴叔伦《三闾庙》："沅湘流不尽，屈子怨何深。日暮秋风起，萧萧枫树林。"施补华以为"言外自有一种悲凉感慨之气"。寥寥四句二十字，自然无法详叙屈子怨有何深，以及其怨怼情状，而仅得三句略写沅湘、秋风、枫林三重意象，其间情事细节的巨大阙略却正好让读者的想象得以自由进入，因得言外之意，生发感慨万端。唯以绝句体小，故能小中见大；唯其不能正面详叙，所以出之以"反面"、"对面"、"旁面"，如"睹影知竿"然[③]。王夫之《姜斋诗话》卷下举例说：

  "君家何处住，妾住在横塘。停船暂借问，或恐是同乡。"墨气所

[①] 少数作品如张若虚《春江花月夜》、白居易《长恨歌》等，或亦含有意境，但不属普遍现象。
[②] 胡应麟：《诗薮》内编卷六，上海古籍出版社1997年版，第117页。
[③] 刘熙载：《艺概·诗概》，上海古籍出版社1978年版，第74页。

67

◇诗赋研究的语用本位

射,四表无穷,无字处皆其诗也。①

崔颢此诗(《长竿行》),忽然而起,斩然而收,唯以"取影"为足,从侧面写出,自然含蓄不出,涵蕴深远。而一首四句章法的转折变化益且加强了这种限定。一般来说,绝句转折,多在第三句,如《旅次朔方》诗②:

客舍并州已十霜,归心日夜忆咸阳。无端更渡桑乾水,却望并州是故乡。

此诗只能以前二句十字略写客舍并州与忆念咸阳,不可多得,因为第三句便作急转,然"更渡桑乾"之后的思乡情怀,也只能见于末句七字之内,不复细写。如此的阙略乃是体制及其篇法的严格限定使然,但也唯因如此而蕴含了言外之意、韵外之旨,故称深得意境。

律体虽较绝句为长,然亦属短制,其与绝句之异,主要在于篇法的限定,远较绝句严格,这就是所谓"起、承、转、合"的构篇模式③。尽管有人视之为死法,且鄙之为末技④,但按诸作诗实际,则知律诗篇法,不出四字之外⑤,只是不可拘执。律诗四联,各有职分,各有要求,常谓起贵突兀,结有收宕,中二情景错举,是属明清通论⑥。起贵突兀,便不可娓娓道来,接下承之,也不能絮絮陈说,而又必经转折,结句收束全篇,尤无拖泥带水。总之律诗起、承、转、合的大致规定使任何景物情事都不可能展开详说,而必然有所涵蕴于内,以借读者想象于外。诗如杜甫

---

① 王夫之:《姜斋诗话》卷下,《清诗话》,上海古籍出版社1963年版,第19页。
② 是诗多题贾岛作,《元和御览诗集》作刘皂诗。皂贞元间人,生平不详。
③ 起承转合之说,晚唐五代诗格已发其端。唐宣宗时王叡《炙毂子诗格》有"发语"、"承上"、"腹内"、"断章"之谓,唐僖宗时徐寅《雅道机要》有"破题"、"颔联"、"腹中"、"断句"之说。但宋人于此议论无多,所说常在字句间,元代诗格、诗法多有讨论,明清是为通谈。
④ 如王夫之本于自然而悬诸高论,乃谓"立此四法,则不成章矣",因为在他看来,四者将一篇整体切断,而有悖"两间万物之生"(《姜斋诗话》卷下,《清诗话》,第12页)。
⑤ 一首之中,有首有尾,有起有结,承接以为条贯,转折以取变化,相与以成统一变化的有机整体,合乎万物自然之理。
⑥ 易闻晓:《中国古代诗法纲要》,齐鲁书社2005年版,第70—71页。

意境创造的诗法功用◇

《登楼》：

> 花近高楼伤客心，万方多难此登临。锦江春色来天地，玉垒浮云变古今。北极朝廷终不改，西山寇盗莫相侵。可怜后主还祠庙，日暮聊为梁甫吟。

叶梦得谓此诗"不失言外之意"[①]，不能说没有体制限定的根本原因。此诗"起得沉厚突兀"[②]，事先并无铺垫，只是突现"花近高楼"的意象，第二句才略为补述登临情事。而承下又仅得二句，写登楼所见，虽谓笼盖天地，贯通古今，但二句也仅能出以成都二景，不复细微状写。接下五六句言情，亦以两句而足。第七句转折而限于七字，以及后主还归情状，不得细写；末句为结，空遗无穷感慨。总观一诗四联八句，各司其职，而叙情写景，都被限定于起、承、转、合的篇法结构中，在这里，根本不存在详尽叙述的可能，因而必然留有无数语意的阙略，从而预留读者想象的无尽空间，从体制限定上看，这就是"不失言外之意"而生发意境的根本原因。

而律诗四联中情物景事的交错对举，实有大致的规律可循，尤其中二联，虽不必"以一虚一实相承为中二联法"[③]，但考诸历代律诗，大率若此。如上引杜诗，第二联写景，第三联述情，是所谓前实后虚者，此类最多，又杜甫《秋兴八首》中第一、二、三首，都用此格，最得律体章法。前虚后实者，如杜甫《曲江》中二联"酒债寻常行处有，人生七十古来稀，穿花蛱蝶深深见，点水蜻蜓款款飞"，上联叙情，下联写景。或有一联中"一句情，一句景"者[④]，如"白首多年疾，秋风昨夜凉"、"高风下木叶，永夜揽貂裘"（杜甫《谭州送韦员外牧韶州》、《江上》），一上情下景，一上景下情。即使中二俱为写景，或并为写情，也必于一句中情景交互，即所谓"情中景、景中情"的浑然融合，如"水流心不竞，云在意俱

---

① 叶梦得：《石林诗话》卷下，何文焕辑《历代诗话》，中华书局1981年版，第413页。
② 施补华：《岘佣说诗》，《清诗话》，上海古籍出版社1963年版，第992页。
③ 朱庭珍：《筱园诗话》卷一引宋人周伯弜之说，郭绍虞编选，富寿荪校点《清诗话续编》，上海古籍出版社1983年版，第2336页。
④ 范晞文：《对床夜语》卷二，丁福保《历代诗话续编》，中华书局1983年版，第417页。

◇诗赋研究的语用本位

迟"、"出门流水注,回首白云多"(杜甫《江亭》、《陪郑广文游何将军山林十首》其十),尽管不拘情景对举的篇法限定,但也只在情景两端的虚实变化。究之"作诗不过情景二端"①,而律诗情景(物事)的交错对举从篇法的基本模式规定了一首情景的交越互用。向谓情景交融为得言外之意,而称浑然意境,但只是一种纯粹审美理论的泛然推演,殊不知所谓情景交融,却原本就是律诗构篇的基本规则。可以想见,大凡作诗之人,虽然不必深谙意境美学的艰涩理论,但以必依情景错举的大致规则,那么就从篇法的实践层面之上,具有获取意象、从而蕴含"象外之象"的审美意境的基本可能,于是玄虚的意境便有施之于法的实践路径。

应当特别提出的是,律诗四联八句的起承转合之中,结句有着特殊的意义,这就是所谓"结有收宕"的较高要求②。此一要求自然不限于律诗一体,但律诗由于起承转合对于结句的篇法强调,尤为注重"宕开"的效果。所谓"收宕","收"者收束全诗,本属结句职用,而"宕开"一层,则是在结句收束全篇的同时,还要开拓诗境,即姜夔所谓"篇中出人意表",亦即"词尽意不尽"③。五代僧神彧《诗格》谓"诗之结尾……须含蓄旨趣",并举例云"《登山》诗:'更登奇尽处,天际一仙家',此句、意俱未尽也"。④ 前写登山,结句谓"更登",所以照应全篇,且当收束之用;但"更"字所指,则又"宕开"一层,借以开阔意境,将读者的意想进一步引上"天际一仙家"的遥邈之境,而使意境无穷。但是"更登"的明白表述却显属有意"宕开",作意显然,不免补凑之迹。结句余味无穷者,莫若钱起《省试湘灵鼓瑟》"曲终人不见,江上数峰青"。全诗云:

　　善鼓云和瑟,尝闻帝子灵。冯夷空自舞,楚客不堪听。苦调凄金石,清音入杳冥。苍梧来怨慕,白芷动芳馨。流水传湘浦,悲风过洞

---

① 胡应麟:《诗薮》内编卷四,上海古籍出版社1979年版,第63页。
② 此义唐人已发,而晚唐五代诗格多有讨论。如《文镜秘府论·论文意》引王昌龄言,"落句须含意,常如未尽始好"。又齐己《风骚旨格》举"诗有六断",为"合题、背题、即事、因起、不尽意、取时"。
③ 姜夔:《白石道人诗说》,《历代诗话》,中华书局1981年版,第683页。
④ 张伯伟:《全唐五代诗格校考》,陕西人民教育出版社1996年版,第469页。

70

庭。曲终人不见，江上数峰青。

此诗按题以"善鼓云和瑟"发端，故结以"曲终人不见"；而上联写流水湘浦、悲风洞庭，故可承以"江上数峰青"，其承接前意、回应首联，略非作意，自然而至，水到渠成，又有无穷意绪，遗留篇外，使人怅然若失，显见结句"宕开"之于意境创造的重要功用。

二

关于诗之辞句与言外之意的关系，较早略见于刘勰《文心雕龙》的"隐、秀"之义："隐也者，文外之重旨也；秀也者，篇中之独拔也。隐以复意为工，秀以卓绝为巧。"范文澜注："重旨者，辞约而义富，含味无穷。陆士衡云'文外曲致'，此隐之谓也。"[①] 李曰刚《文心雕龙斠诠》："'隐以复意为工'，仍指辞之情理内蕴，余韵无穷，是为含蓄之体。"[②] 又范注："独拔者，即士衡所云'一篇之警策'也……所谓出语，即秀句也。"[③] 陆机《文赋》："立片言而居要，乃一篇之警策。""秀句"作为篇中独拔者，只是只语片言，以为警策之用。尽管诗中片言并不具有统摄全篇造语的普遍意义，但是诗句秀出，必赖句法锻炼，苟非锻炼，固非警策。从这个意义上说，所谓"隐、秀"的对举多少反映了言外之意对于诗中辞句的依存关系，那就是言外之意必须依靠诗中言辞，才有蕴含意境并借读者意想生发的可能。正是此种关系使言外之意的意境创造与辞句锻炼的切实操作紧密结合起来，这远比现代对于"意境"的纯粹理论阐述要切实得多。

但萧梁钟嵘论诗，以谓"文已尽而意有余"[④]，却偏于"隐"之一端。及唐，则如司空图"象外之象"、"景外之景"云云[⑤]，似乎益加无与言辞锻造的句法功用，而这也是现代理论阐发最感兴趣的要旨。尽管如此，但

---

① 范文澜：《文心雕龙注》，人民文学出版社1960年版，第633页。
② 詹锳：《文心雕龙义证》，上海古籍出版社1989年版，第1484页。
③ 范文澜：《文心雕龙注》，人民文学出版社1973年版，第633页。
④ 钟嵘：《诗品序》，《历代诗话》，中华书局1981年版，第3页。
⑤ 司空图：《与极浦书》，《全唐文》卷八〇七，上海古籍出版社1990年版，第3762页。

◇诗赋研究的语用本位

"景"、"象"云者,必先句内有之,然后方得生于言外。不过,像刘禹锡所云"片言可以明百意"①,则显然关乎言辞之用,虽谓"义得而言丧"②,但无穷之意的蕴含与生发必待"片言"的切实功用。而清刘熙载有谓"词以炼章法为隐,炼字句为秀",二者相成,"秀而不隐,是犹百琲明珠而无一线穿也"③,虽论词、曲作法而以炼章法为隐,但"炼字句为秀"之与"隐"的相得益彰却切中了"隐秀"之义的根本。诗语的"隐秀",最为切要的意义乃在句法锻炼之上:即句法锻炼以托言外之意,斯为得之;若无言辞之用,不讲句法而望出意言外,则必不至。

意境以言句论,便把握了言、意的关系,由此可谓"言不尽意",这正是"言外之意"之所以可能的前提。可是惟以"言不尽意"的限制,才需要"象"的参与,这就是《易传》所谓"立象尽意",固与《庄子》言不尽意之说密切相关。《庄子·天道》认为"意有所随,意之所随者,不可以言传也"。按成玄英疏,"意之所随者"即"道":"随,从也,意之所出,从道而来。道既非声非色,故不可以言传说。"④ 这里揭示了一个十分重要的问题,此一问题在现代的有关理论阐释中鲜有注意,那就是在此可以认识"意"的本质:"意"不是清晰的思想意识,即便是所谓"思想感情"的表述,也不能显现"意"的广大虚灵。根据《庄子》的形上思辨,"意"上通于"道",具有"道"的本体依托;因为"道"不可言传,所以"意"也不能凭借言辞完全传达出来,即言不尽意。"道"作为形上本体的境域,非声非色而无形无象,那么意通于道,也就不是清晰的思想感情,而具有广大、虚隐、灵动的特点,根本不能尽达于言。从经验上说,诗者缘情达意,而情意无端,即作者自己也不能清晰地了解到它的性质,在情意的困扰中,他不能置身度外,无法将无端而来的情意当作一个客观的对象,并以冷静的心态、客观的立场清楚而精确地反映情意的本来真实。在这里,言辞的作用只能给予闻听者一种隐约的暗示、一种情绪的表现,而

---

① 刘禹锡:《董氏武陵集纪》,《刘禹锡全集》,上海古籍出版社1999年版,第135页。
② 同上。
③ 刘熙载:《艺概·词曲概》,中华书局2009年版,第115页。
④ 郭庆藩:《庄子集释》,《诸子集成》第三册,上海书店出版社1986年版,第217页。

意境创造的诗法功用

不是清晰的反映、冷静的陈述。

语言的这种局限却正好比照出"象"的优越。"象"的传意功能之所以优于言辞之用,则在于它以具体个别的有形物色具有寓托深远之意的象征作用或可能的蕴含功能,这就是"立象尽意"的真正要义,所谓"尽意"乃是就象对于意的象征与蕴含的极强可能性而言。按王弼《周易略例·明象》,尽管肯定"意以象尽,象以言著",但以"言者所以明象"和"象者所以存意",所以必须"得象而忘言"并"得意而忘象"[①]。在此,言和象的意义乃在于寻意过程的实现,象则充当着寻意过程中一种引发、启示的功用。言、象在此过程中的作用只是暂时性的,它们必须被忘却,也只有被忘却才是有价值的,倘若执着于言、象而不舍,则言、象就成为达意的障蔽了。这里的关键问题是意和象的性质,象的"称名也小"[②]的具体个别性表明它在寻意过程中的有限性,这种限制使它不能穷尽虚灵、广大、深远之意。因为意上通于道,而道无形无象,不是具体感知和理性认识的对象,所以必须超越言的拘束,并超越象的执取,才能达到对意的领会和形上之道的体悟。由此看来,象是决然不可"尽意"的。那么,诗中之象也就不能视为意的清晰表达。诗中之象,或曰"意象"[③],也只是在于对"意"的象征或蕴含的可能性;唯以诗中有象,则有象外之象,而谓意境深远。但是"象"所"尽意"的象征与蕴含方式却绝非对"意"的细致无余的陈述和准确无误的表现,言辞于此不能,"象"也同样如此。究之"象"只是一个借以托意的形色之物,对于诗的诵读者而言,它只是一种丰富的暗示和可能的引发、一个有待意会领悟的有形"符号"而已。

对于本文的论旨来说,"言不尽意"与"立象尽意"的命题所显示的言、意、象三重关系,尤关诗之造语的切实运作,这就是诗语"以意为主"[④]的普遍主张。诗语惟以"尽意"为足,而"尽意莫若象"[⑤],故谓诗

[①] 王弼:《周易略例》,楼宇烈:《王弼集校注》,中华书局1980年版,第609页。
[②] 《周易·系辞上》,孔颖达《周易正义》,《十三经注疏》上册,上海古籍出版社1997年版,第82页。
[③] 凡诗中之象,既已为作者取以入诗,则有情意融其中,已非客观物象,所以成为"意象"。
[④] 刘攽:《中山诗话》,《历代诗话》,中华书局1981年版,第285页。
[⑤] 王弼:《周易略例》,《王弼集校注》,中华书局1980年版,第609页。

73

◇诗赋研究的语用本位

语出象为要。由此可知中国诗的造语，在本质上不是事实的交代陈述，不是说理的逻辑判断。诗以达意而以意为主，意则虚隐灵动，本非清晰之思，因而根本无须琐细的陈述和准确的判断。"诗语出象为要"，就是我们借助《庄子》、《易传》的哲学形上思辨而揭示的中国诗造语的本质属性。而这种本质属性却又恰好就合中国诗语精炼简约的独特形式，即由一定字数组成的稳定句式，计有三言、四言、五言、六言、七言，而以五、七言为常。

中国诗句式的稳定和简短必然造成句中语意的阙略，这就为"言外之意"、"象外之象"的意想提供了极大的空间。诗体除杂言之外，一体既定，不能杂用其他句式，那么诗中一句，无论表意出象，都必须在此一定句式所限定的字数之内完成，而不可能像散文句式那样铺展详说。如五言，一句五字，仅能示现一二物象。例若"明月松间照，清泉石上流"（王维《山居秋暝》），二句十字，只在呈现松间明月照临、石上清泉流淌之两重物象，而仅可说"明月"、"清泉"，不能进谓"淡淡的"（明月）、"涓涓的"（清泉）；也只说"照"、"流"二语，而未便说"默默"（而照）、"缓缓"（而流）。这就必然舍弃一切细节的陈述，而只剩下明月、清泉之象，相与辉映，合而成一清幽之意境，隐然存在于两句十字之外。又如"山雨初含霁，江云欲变霞"、"气蒸云梦泽，波撼岳阳城"（宋之问《度大庾岭》、孟浩然《临洞庭湖赠张丞相》），也只是呈现山雨、江云、云梦泽、岳阳城的意象；至于"初含霁"、"欲变霞"和"气蒸"、"波撼"的描写，并不指向"客观"的事实，而是呈现沛然大泽、巍峨城楼、雨霁浑茫、云霞变幻的意象。这正是中国诗语的本色，而最为典型地体现了中国诗语惟在出象托意的鲜明特征。

诚然在中国诗语中，也并不总是意象的呈现，从而也就并非随处具有"象外之象"的蕴含功能。然而，如果像古人那样打通物、事的界限，而概视凡有象状者皆象，则可以说诗之造语在本质上都是一种象的呈现。那么，从最为一般的意义上说，象的呈现必然在许多情况下舍弃一些构句成分，即使叙事之语也是如此。如杜甫《兵车行》"耶娘妻子走相送，尘埃不见咸阳桥"，"尘埃"之前的限定语"由于人们奔走所扬起的"，就成为语意的阙略,适借读者想接而已。由此可以证明我们所谓象的呈现,在中国诗造语中至少具有最低限度的一般意义。

三

对于中国诗的语意阙略,仅靠经验的描述并不足够,这可以转换成"句法成分"的普遍阙略。中国诗语"以意为主",而以出象为足,根本不需要"句法成分"的齐全搭配,抑且句式的限制决定了成分阙略的普遍性。因而所谓"阙略",实质上就是去除毫无必要的"语法成分",这与现代语法学所谓"省略"有着本质的区别。后者则认定句中本应具有某些成分而有意省略,通过语法的分析,还可以把这些省略的成分补充出来。

最常见的是所谓"主语的省略"。例如李白《静夜思》:"床前明月光,疑是地上霜。举头望明月,低头思故乡。"① 按现代语法分析,此诗省略了"主语",即作者之"我",其实是根本不需主语。"疑"而"望"者,作者亦可,游子亦可,思妇亦可,而万千读者诵之,则万千读者亦可。唯其一无主语,故能去除"我执"的封闭,读者遂得进入其中,而将诗中人恍然当作自己的虚影,以自身的生命经历作者的悲欢,从而体验作品的意境。当知意境的生产,乃是一个有待读者体悟的艺术再创造过程,读者的介入,是产生意境的必要条件;如果没有读者的进入,任何诗作都只是一个封闭的盒子,意境不会为读者自动敞开。设若为之补充"主语",则旁人安得有入?必其感人也浅。又如崔护《题城南庄》:"去年今日此门中,人面桃花相映红。人面不知何处去,桃花依旧笑春风。"唯以"主语"的阙略与"我"执的去除,则读者恍觉亲身经历之事,而有无穷眷顾,不觉怅然若失。事实上,在中国古代诗中,绝大多数诗作都是隐去"主语"的"敞开"述说,比较"新诗"的强烈主观色彩,则以"我"执之甚,究竟只是孤独的自语,而与读者毫无干系,遂使意境荡然无存。

至于所谓"谓语的省略",更是语法分析的无中生有。如王维"高鸟长淮水,平芜故郢城"(《送方城韦明府》),或为"高鸟"、"平芜"分别补

---

① 《全唐诗》卷一六五李白本诗:"床前看月光,疑是地上霜。举头望山月,低头思故乡。"

◇诗赋研究的语用本位

上"百寻"、"数里"两个谓语①，那么"长淮水"和"故邳城"也最好为之一齐补出，整个句子才算成分齐全。这样的成分添加究竟要达到怎样的目的呢？那无非是使整个诗句清楚、准确地陈述一个"客观"的事实。可是诗语惟以达意为主、仅以出象为足："高鸟"、"长淮水"，"平芜"、"故邳城"，两重意象并列组合，相与而成漠漠空阔、寂寂荒凉的意境，却绝非执定"百寻"、"数里"的高低长短这些"客观"的真实。读者入乎其中，亦有意绪茫然，而不是借此了解准确的事实、获得精确的知识。而且"高鸟"即示其高，"长淮"自言其阔，不需画蛇添足，以致徒生枝节。又如杜甫"空外一鸷鸟，河间双白鹭"（《独立》），也被认为"省略"一谓语"有"字，故为之补加而成"空外有一鸷鸟，河间有双白鹭"②。但补加的效果，却只是告诉我们画中有此物件而已，就如小童画画，辄标物名，而物乃成死物，遂使意境荡然。鸷鸟独翔，唯显苍穹寥廓；白鹭双飞，以见碧波荡漾，且有高兴逸致、孤意旷怀，洒然脱然，以成意境。这正可见出中国诗语以达意出象为务，并以句式之限故为阙略的鲜明特点，从而显现其意境创造的独在优势。由此可见，语意的阙略在意境创造中乃是一个关键性的因素，而其普遍性又适可证明中国诗语对于意境创造的基本可能。事实上，所谓"省略"的无所不在正可谓"触目惊心"③，凡属现代语法分析所见应有之"成分"，悉皆可以"省略"，以致只剩下名物字的孤独存在。如温庭筠"鸡声茅店月，人迹板桥霜"（《商山早行》），只有四个意象的简单排列，而一无语法关系的合理构成，从语法分析视之，竟至不成其语；但其唯意象呈现的独特句法，却深为隐含了"道路辛苦"之状、"羁旅愁思"之情（梅圣俞语）④，其句法之独特性，正是意境创造的绝佳条件。

中国诗语无所不在的"成分省略"实际上就是语法关系相当松散的表现，句中各种"成分"之间的相互配合和相互制约疏而不切，乃是中国诗

---

① 王力：《汉语诗律学》，上海教育出版社 1979 年版，第 262 页。
② 同上书，第 260 页。
③ 启功：《汉语现象论丛》，中华书局 1997 年版，第 2 页。
④ 欧阳修：《六一诗话》，《历代诗话》，中华书局 1981 年版，第 267 页。

语所固有的另一重要句法特征。反之，现代语法施之于中国诗语的成分分析则在强调句法结构之与诗之造语的强制要求，如王维《春日上方即事》"柳色春山映，梨花夕鸟藏"，论者定其为"目的语倒置"①，故为调整语序为"柳色映春山，夕鸟藏梨花"，意在强调述宾关系的严格限定，便拟排除"春山映柳色，梨花藏夕鸟"的潜在可能。然而究竟孰藏孰映，如此"客观"的事实，恐非作者所曾究心。春山可以映柳色，柳色也可映春山，唯春山、柳色并入眼目，相为映衬，以成柳色春山图或春山柳色图；梨花发而夕鸟藏，春晚景象，宛然在目，以成意境。唯以"语法关系"的疏而不切，诗语正可出脱事实陈述的客观制约，而竟以出象为务，以有意境为高，这是中国诗之造语的真实情形。

他如所谓"状语"的句法限定，也大都相当松散，而切忌穿凿为说。若杜甫"路衢惟见哭，城市不闻歌"（《征夫》），或定"路衢"、"城市"为表处所的"关系语"以限定"惟见"、"不闻"的施动行为②，亦即"（我在）路衢惟见（人）哭，（我在）城市不闻（人）歌"的清楚、准确而排除任何歧义联想的纯客观叙述。然而"路衢"、"城市"的方位"限定"本是相当松散，它只是指示一个大致的范围，甚至仅仅约略提到一个地方，而实际的所指却远远大于其所点到的"方位"。诗语正需引发字句之外的广阔想象，唯以路衢见哭，则他处亦然，并且更有甚者；而"城市不闻歌"尤非"只在城市"的方位限定，它只是以此令人想象城市的凄寂，并暗示我们，城市尚且如此，乡村僻壤更何以堪！对于诗语来说，如果限定太死而不能使人有所生发，则其造语必不称佳；对于读者而言，倘若拘于字句而不能领会言外之意、象外之象，从而把握诗外的意境，则其体悟必且不深。又如杜甫"晓漏追趋青琐闼，晴窗检点白云篇"（《赠献纳使起居田舍人澄》），按句法成分的分析，"晓漏、晴窗"是表"时令"的"关系"，仅就下句来说，则"在晴的日子"为时，"在窗边"为地，在此时此地检点"白云"之篇，这样的限定告诉我们什么呢？那只是一个人在晴窗边翻看书本的事实，就如"有一个人在窗边看书"的枯燥陈述，断乎不是

---

① 王力：《汉语诗律学》，上海教育出版社1979年版，第255页。
② 同上书，第265页。

◇诗赋研究的语用本位

诗家语的所为！其实"晴窗"云者，特虚指而已，旨在"晴窗"之与"白云"的意象交融，而有悠闲之兴，隐然字句之中，固非"时令"关系的限定所制约的平淡陈述所能具有。

　　语意的阙略和限定的松散典型地反映出中国诗的句法特征，这种特征的存在乃是意境创造的基本前提和必要条件。总的说来，中国诗的特定句法必然与意境创造密切相关，他如结构之紧缩、词序之倒置等中国诗的重要句法特征，大多适应意境创造的独特要求[①]。从诗法之大端而言，则"用事"以开拓诗境、"脱化"以上通古雅[②]，若此等等，都是意境创造的有利条件。而本文所述，只是略举数端，以见意境创造的诗法功用，借此证明意境的创造，不唯纯粹的理论空谈，而实实具有措之于手的切要途径。

[①]　易闻晓：《中国诗句法论》，齐鲁书社2006年版，第195—204、215—220页。
[②]　易闻晓：《中国古代诗法纲要》，齐鲁书社2005年版，第229—230、259页。

乐府古辞与古诗十九首关系考辨

古诗十九首与乐府的关系，向来纠缠不清。昭明《文选》以其风貌相类而合编一处，又不明作者时代，故总曰古诗而已。稍后徐陵《玉台新咏》将其中八首系于"枚乘杂诗"而言无实据。十九首中如《驱车上东门》，收入郭茂倩《乐府诗集》卷六一杂曲歌辞，《冉冉孤生竹》收入是书卷七四杂曲歌词。宋元以后若严羽、胡应麟诸人，每疑十九首率皆乐府之辞。反之，则不少乐府歌辞又被称为古诗，如《孔雀东南飞》，今人都谓乐府，但《玉台新咏》却题《古诗无名人为焦仲卿妻作》；《十五从军征》，收入《乐府诗集》卷二五横吹曲辞，然《古诗类苑》卷七七、《古今乐录》俱作古诗；《上山采蘼芜》，《玉台新咏》作古诗，《太平御览》引作"古乐府"[①]。有鉴于此，马茂元先生认为"古诗和乐府除了在音乐意义上有所区别而外，实际上是二而一的东西"[②]，于是众人之议，益便疏阔。

然而诚如清代冯班所言，乐府歌辞判为二途，一者"采诗入乐"，为民间歌谣。二者"制诗以协于乐"，或"古有此曲，倚其声为诗"[③]。文人制诗者如《郊祭歌》十九章，大抵因仍四言《诗·颂》，外此者文士倚声为诗，则多拟民间歌谣。乐府民谣以五言为主[④]，文士所拟仍之。而其拟

---

① 参刘旭清《古诗十九首为"歌诗"辨》，《中国韵文学刊》第19卷第4期。
② 马茂元：《古诗十九首初探》，陕西人民出版社1981年版，第2—3页。
③ 冯班：《钝吟杂录·古今乐府论》，丁福保辑《清诗话》，上海古籍出版社1978年版，第38页。
④ 乐府中即使是杂言，也以五言句式为主。如《有所思》一篇，凡17句，三言3句，四言3句，七言2句，而五言9句。

◇诗赋研究的语用本位

作不留作者姓名,《乐府诗集》"古辞"有之。昭明辑录"古诗十九首",大率其辞之流,以文人制作而别于民间之辞,故采撷一处。究之乐府、古诗的分途,是在民间歌谣与文人所拟五言的区别,这是讨论乐府与古诗关系的可靠前提。在此前提之下,本文试图从十九首言辞、主题、结构所本,寻找其与乐府古辞联系的蛛丝马迹。

一

"古诗多展转相袭"[①],"若相掇尔"[②]。在十九首中,言辞的重合乃是普遍的现象。例如:

> 人生天地间,忽如远行客。(《青青陵上柏》)人生寄一世,奄忽若飙尘。(《今日良宴会》)
>
> 良无盘石固,虚名复何益。(《明月皎夜光》)人生非金石,岂能长寿考。(《回车驾言迈》中)人生忽如寄,寿无金石考。(《驱车上东门》)
>
> 相去万余里,故人心尚尔。(《客从远方来》)相去日已远,衣带日已缓。(《行行重行行》)
>
> 客从远方来,遗我一端绮。(《客从远方来》)客从远方来,遗我一书札。(《孟冬寒气至》)

十九首诗的言辞复沓是值得注意的现象,但若拘限于十九首之内的相互援取,似乎难以建立一种圆通的解释。合理的推测是,昭明《文选》的辑录,大约有所取舍而不免遗漏。胡应麟《诗薮》杂编卷一引钟嵘《诗品》称陆机旧拟古诗十四首,外四十五首颇为总杂,可见此类之数,远较十九首为夥。兹于郭氏《乐府诗集》掇取若干"古辞"之例,以见与十九首大略相近云:

---

① 梁章钜:《退庵随笔》,郭绍虞编选,富寿荪校点《清诗话续编》上海古籍出版社1983年版,第1961页。
② 徐祯卿:《谈艺录》,何文焕辑《历代诗话》,中华书局1980年版,第770页。

饮马长城窟行

青青河畔草,绵绵思远道。远道不可思,宿昔梦见之。梦见在我旁,忽觉在他乡。他乡各异县,展转不相见。枯桑知天风,海水知天寒。入门各自媚,谁肯相为言?客从远方来,遗我双鲤鱼。呼儿烹鲤鱼,中有尺素书。长跪读素书,书中竟何如?上言加餐饭,下言长相忆。(《乐府诗集》卷三八相和歌辞十三瑟调曲)

长歌行

青青园中葵,朝露待日晞。阳春布德泽,万物生光辉。常恐秋节至,焜黄华叶衰。百川东到海,何时复西归。少壮不努力,老大徒伤悲。(《乐府诗集》卷三十相和歌辞平调曲)

长歌行

岩岩山上亭,皎皎云间星。远望使心思,游子恋所生。驱车出北门,遥观洛阳城。凯风吹长棘,夭夭枝叶倾。黄鸟飞相追,咬咬弄音声。伫立望西河,泣下沾罗缨。(《乐府诗集》卷三十相和歌辞平调曲)

伤歌行

昭昭素明月,辉光烛我床。忧人不能寐,耿耿夜何长。微风吹闺闼,罗帷自飘扬。揽衣曳长带,屣履下高堂。东西安所知,徘徊以彷徨。春鸟翻南飞,翩翩独翱翔。悲声命俦匹,哀鸣伤我肠。感物怀所思,泣涕忽沾裳。伫立吐高吟,舒愤诉穹苍。(《乐府诗集》卷六二杂曲歌辞)

这四首"古辞"风貌相类,情韵相同,尤其用语习惯,复沓可按。例如"青青河畔草,绵绵思远道"、"青青园中葵,朝露待日晞"之与十九首中"青青河畔草,郁郁园中柳";"客从远方来,遗我双鲤鱼"之与十九首"客从远方来,遗我一端绮";"上言加餐饭,下言长相忆"之与十九首"努力加餐饭,弃捐勿复道"、"上言长相思,下言久别离";"驱车出北门"之与十九首"驱车上东门"……重字叠句,一望而知。其所写物事与情韵风致,则《饮马长城窟行》与十九首中《行行重行行》;《伤歌行》与十九首中《明月皎夜光》及《明月何皎皎》,两者之间甚为相类,并《长歌行》

81

◇诗赋研究的语用本位

二首与十九首所写景物情事,其间存在交相互越的关系。仅如《饮马长城窟行》中的简略叙事,更多地显示出其于乐府民谣的模仿痕迹。倘若将此"古辞"之属视为"古诗"的同类,并联系十九首之内的辗转相袭,那么可以看到"古诗"的制作,可能存在着一个共通的语汇系统,从而表现为大致相近的言语习惯。不仅如此,更为重要的是一种潜在的运思定式的存在,表明"古诗"的制作,尽管已是文人的作为,但是尚未具有明显的"创作"意识和"作品"期待。换言之,古诗(十九首)的文人制作,非惟湮没作者姓名的隔代遐想,相反极有可能本来就是"代言体"般的借酒浇愁,至多也只是辗转相袭的共鸣抒写,于是"作者"的"创作"遂被遮蔽不彰,在对"古诗"的整体理解中,这或许应当成为一个重要的识见。

二

然而进一步的问题是:这种言辞习惯和运思定势是怎样形成的?它是否起因于对某种对象的共同模仿?根据文人"古辞""制诗以协于乐",或"古有此曲,倚其声为诗"的形成机制,答案是肯定的,这就是文人制作对民间歌谣的集体仿效。

如果说上面所引的"古辞"以其风貌相类、言辞相援、语气相袭而大约可视为十九首相近之类,那么如下"古辞"则明显与乐府民歌绝相类似,较多地保留了民间歌辞的原初态貌。尽管后者与十九首的关系不似上引古辞为近,但其主题及所写物事与十九首无疑具有密切的关联。古诗十九首的主题,大致在于对生活的牢骚不平和时代的哀愁苦闷,这些不知作者的篇什表现出悲忧愁怨的共同情感倾向,游子思妇的生命感叹,乃在于人生之奄忽、进身之不逮、虚名之落空、故乡之久别、相思之恒在,所以寄托于宴饮歌舞,沉湎于及时行乐。连同十九首之外的相关"古辞"若上所引《饮马长城窟行》、《长歌行》、《伤歌行》之属,可以看到这些主题在较大范围"古诗"中的普遍性,它们都可以在乐府歌辞中找到其所本从的原生因素,而脱化为文人的共有愁思。

下面若干"古辞"之例,其合乐、叙事以及言辞复沓、句式长短、语言俚俗各端，表明它们即使不是乐府民歌，也必与乐府民歌相去不远：

西门行

出西门，步念之。今日不作乐，当待何时？（一解）夫为乐，为乐当及时。何能坐愁怫郁，当复待来兹。（二解）饮醇酒，炙肥牛，请呼心所欢，可用解愁忧。（三解）人生不满百，常怀千岁忧。昼短而夜长，何不秉烛游。（四解）自非仙人王子乔，计会寿命难与期。人寿非金石，年命安可期。（五解）贪财爱惜费，但为后世嗤。（六解）（《乐府诗集》卷三七相和歌辞十二）

艳歌行

飞来双白鹄，乃从西北来。十十五五，罗列成行。妻卒被病，行不能相随。五里一反顾，六里一徘徊。吾欲衔汝去，口噤不能开。吾欲负汝去，毛羽何摧颓。乐哉新相知，忧来生别离，躇踌顾群侣，泪下不自知。念与君别离，气结不能言。各各重自爱，远道归还难。妾当守空房，闭门下重关。若生当相见，亡者会黄泉。今日乐为乐，延年万岁期。（《乐府诗集》卷三九相和歌辞瑟调曲）

艳歌行

翩翩堂前燕，冬藏夏来见。兄弟两三人，流落在他县。故衣谁当补，新衣谁当绽。赖得贤夫人，览取为吾绽。夫婿从门来，斜柯西北眄。语卿且勿眄，水清石自见。石见何累累，远行不如归。（《乐府诗集》卷三九相和歌辞瑟调曲）

长歌行

仙人骑白鹿，发短耳何长。导我上太华，揽芝获赤幢。来到主人门，奉药一玉箱。主人服此药，身体日康强。发白复更黑，延年寿命长。（《乐府诗集》卷三十相和歌辞五平调曲）

上引古辞中若《艳歌行》的夫妻别离之恨、兄弟流落之苦、《长歌行》的延年益寿之望，都是十九首的共通主题。为了具体说明问题，兹将古乐府、十九首及其他古辞常咏物事列表如下：

83

◇诗赋研究的语用本位

主题元素	常写物事	乐府古辞	十九首同类古辞	古诗十九首
人生短促、年命不永、服药求仙、饮酒作乐	昼短夜长	西门行		生年不满百
	年命、延年、生年	西门行、艳歌行	长歌行	生年不满百
	王子乔、仙人、神仙	西门行、长歌行		驱车向东门、生年不满百
	金石、服药、磐石	西门行、长歌行		明月皎夜光、回车驾言迈、驱车向东门
	亡者、黄泉、坟墓、陵	艳歌行		青青陵上柏、驱车向东门、去者日以疏
	宴饮、音乐、新声、清曲、美酒	西门行		今日良宴会、西北有高楼、东城高且长、驱车向东门
	秉烛游	西门行		生年不满百
四时代序、秋节萧索	四时、岁暮、阴阳、岁月、孟冬			驱车向东门、东城高且长、行行重行行、孟冬寒气至
	秋节、秋蝉、秋风、秋草、西风、凉风、寒气		长歌行	明月皎夜光、东城高且长、冉冉孤生竹、凛凛岁云暮、孟冬寒气至
天象云露	朝露、白露		长歌行	明月皎夜光、驱车向东门
	明月、夜、星、牵牛、南箕北斗、长夜、夜长		伤歌行	明月皎夜光、生年不满百、明月何皎皎、迢迢牵牛星、凛凛岁云暮、孟冬寒气至
	浮云			西北有高楼、行行重行行
草木飞鸟	河畔草、芳草、蕙兰花		饮马长城窟行	涉江采芙蓉、青青河畔草、冉冉孤生竹
	白杨、松柏、古柏、柳			驱车向东门、去者日以疏、青青河畔草
	飞鸟、双白鹄、燕、春鸟、双鸿鹄、玄鸟、双飞燕	艳歌行	伤歌行、长歌行	西北有高楼、明月皎夜光、东城高且长

84

续表

主题元素	常写物事	乐府古辞	十九首同类古辞	古诗十九首
游子远道、思妇独守	远行、游子、远行客、客行、荡子	艳歌行	饮马长城窟行	青青陵上柏、明月何皎皎、行行重行行、青青河畔草、凛凛岁云暮
	远道、长道、道路、路远、万余里		饮马长城窟行	回车驾言迈、涉江采芙蓉、行行重行行、庭中有奇树、客从远方来
	守空房、空房	艳歌行		明月何皎皎、青青河畔草
相思之苦	泪、泣、沾衣裳	艳歌行	长歌行、伤歌行	行行重行行
	尺素、书札		饮马长城窟行	孟冬寒气至
	加餐饭		饮马长城窟行	行行重行行
服饰穿戴	被服、纨素、罗裳、红粉妆			东城高且长、驱车向东门、青青河畔草
行路出望	驱车、回车、同车		长歌行	青青柏上陵、回车驾言迈、凛凛岁云暮
东都游居	北门、东门、郭门、东城		长歌行	驱车向东门、去者日以疏、东城高且长
	洛阳城、洛中		长歌行	青青陵上柏
身名之望	虚名、立身、荣名			明月皎夜光、回车驾言迈

从上表所列观察乐府古辞、十九首同类古辞与十九首之间主题要素的一脉相承与辗转相袭，可以引发如下考虑：

1. 上引乐府古辞除《伤歌行》为杂曲歌辞外，余者都属相和歌辞，它们对十九首的影响，当然包括音乐的属性；而《长歌行》的慨叹、《伤歌行》的哀怨、《艳歌行》的相思，在主题和音乐两个方面为古诗的咏叹确立了伤感的基调。

2. 人生短促、年命不永、服药求仙、饮酒作乐、游子思妇、相思之苦、飞鸟之象，是乐府古辞与十九首常见的主题要素，这显示着后者对于前者的主题相承；其中年命短促、飞鸟之象、游子之悲、思妇之怨，也是十九首之外相近"古辞"的所咏物事。

3. 秋节物候、天象云露、香草之兴、远道之叹、尺素书札、努力加餐、驱车行路、东都游居，是十九首及其同类古辞的共通咏写对象。其中尤为明显地带有香草之兴、悲秋之志，而托情缣素、代步车马、游居东都，更多地反映了文人的生活境况。

4. 浮云游子、松柏杨柳、空房思妇、罗裳粉妆、身名企望，是十九首较为独特的咏叹，显然更为切近文人及其家室的生活状况与情调追求，以此与乐府古辞的民间风俗形成较大的差别。

5. 乐府古辞对十九首主题的直接影响，主要在于《生年不满百》、《驱车向东门》、《明月皎夜光》之篇；次则《西北有高楼》、《东城高且长》、《行行重行行》、《青青陵上柏》、《青青河畔草》之篇；又次则《回车驾言迈》、《去者日以疏》、《今日良宴会》、《凛凛岁云暮》、《明月何皎皎》之篇。其主题元素上承乐府古辞者在13篇以上，反映了乐府古辞对十九首之作的遍在影响，而非仅特例而已。

三

在上引乐府古辞中，《西门行》一首与十九首中《生年不满百》、《去者日以疏》、《回车驾言迈》、《青青陵上柏》、《今日良宴会》诸篇关系最为切近，表现为各首对此篇言辞的集中因袭：

1. "出西门，步念之"，与十九首中"驱车向东门"、"出郭门直视"（《去者日以疏》）具有语言惯性的联系。

2. "人生不满百，常怀千岁忧。昼短而夜长，何不秉烛游。"十九首中"生年不满百，常怀千岁忧，昼短夜苦长，何不秉烛游"（《生年不满百》），几乎完全袭用。

3. "自非仙人王子乔，计会寿命难与期。"十九首中"仙人王子乔，难可与等期"（《生年不满百》），略易其字而已。

4. "今日不作乐，当待何时？夫为乐，为乐当及时。"十九首中"为乐当及时，何能待来兹"（《生年不满百》），显为前者改写，而就合五言，益加精练。联系第2、3例而观，则知十九首中《生年不满百》一篇，就是对《西门行》的提炼改写。又《艳歌行》第一首"今日乐为乐，延年万岁期"与《西门行》斯语略同。

5."人寿非金石，年命安可期。"十九首中"人生非金石，岂能长寿考，奄忽随物化，荣名以为宝"（《回车驾言迈》）、"人生忽如寄，寿无金石考"（《驱车上东门》）、"人生寄一世，奄忽若飙尘"（《今日良宴会》），言语辗转相袭。即如"人生天地间，忽如远行客"（《青青陵上柏》）、"人生寄一世，奄忽若飙尘"（《今日良宴会》）、"人生天地间，忽如远行客"（《青青陵上柏》），也还见出言辞脱化的痕迹。

特别是十九首《生年不满百》一篇，其为《西门行》乐府古辞的因袭改写之显著特例，反映了"古诗"相对于乐府古辞的构篇变化与音乐脱离，从而显现文人制作的重要特点。按上文所引《西门行》之文，本以音乐分"解"。"解"是乐府歌辞因配乐而分的章节片段。《西门行》六解，首言今日作乐，次言为乐及时，三言宴饮作乐，四言人生忧愁，五言年命短促，六以吝啬被嗤为结。而《生年不满百》掇取《西门行》成辞，则起言"生年不满百，常怀千岁忧"，同四解；次言"昼短苦夜长，何不秉烛游"，同三解；次言"为乐当及时，何能待来兹"，同二解；次言"愚者爱惜费，但为后世嗤"，同六解；末言"仙人王子乔，难可与等期"，同五解。依次为四、三、二、六、五，完全颠倒《西门行》的原有顺序。《乐府诗集》卷二六相和歌辞解题引《古今乐录》云："伧歌以一句为一解，中国以一章为一解。"① "伧歌"指北地乐府民歌。又引王僧虔启云："古曰章，今曰解。解有多少。当时先诗而后声，诗叙事，声成文，必使志尽于诗，意尽于曲。是以作诗有丰约，制解有多少。"② 叙事、合乐，正是乐府民歌的当行本色。至于《生年不满百》，虽谓北地"伧歌"一句一解，但其既属改写，则必非依循北地民谣的"解"构；其有可能的情形，却是较多考虑言辞的整饬简练，而不便顾及原辞的乐章安排，以致破坏"意尽于曲"的"声文"效果，于是配乐的歌辞遂成徒诵的古"诗"，这正是文人制作从乐府歌辞过渡到"诗"的真实情性。沈德潜说："乐府之妙，全在繁音促节，其来于于，其去徐徐，往往于回翔曲折处感人，是即依永和声

---

① 郭茂倩：《乐府诗集》，中华书局1979年版，第376页。
② 同上。

◇诗赋研究的语用本位

之遗意也。"[1]《西门行》古辞虽则冗杂蔓衍,正有于于徐徐之致;而《生年不满百》虽称精练简括,却也由此开始弃失依永和声的音乐之美。诚然这仅是十九首之一例,然而可以推想其普遍存在的言辞袭用,其多方撷取的结果,必定无法完全保留乐府古辞原有的配乐次第。

在《乐府诗集》卷四一录有相和歌辞《白头吟》两首,其间的比勘正如《生年不满百》之于《西门行》的因变关系:

皑如山上雪,皎若云间月。闻君有两意,故来相决绝。今日斗酒会,明日沟水头。蹀躞御沟上,沟水东西流。凄凄复凄凄,嫁娶不须啼。顾得一心人,白头不相离。竹竿何袅袅,鱼尾何簁簁。男儿重义气,何用钱刀为!

是为《白头吟》本辞,《西京杂记》谓"司马相如将聘茂陵人女为妾,卓文君作《白头吟》以自绝,相如乃止",虽或有假托,但其辞审练,当为文人所作。而下面这首却为晋乐所奏(载《宋书·乐志三》):

皑如山上雪,皎若云间月。闻君有两意,故来相决绝。[一解] **平生共城中,何尝斗酒会。**今日斗酒会,明日沟水头。蹀躞御沟上,沟水东西流。[二解] **郭东亦有樵,郭西亦有樵。两樵相推与,无亲为谁骄?**[三解]凄凄复凄凄,嫁娶不须啼。顾得一心人,白头不相离。[四解]竹竿何袅袅,鱼尾何**离**簁。男儿**欲相知**,何用钱刀为!**如五马啗萁,川上高士嬉。今日相对乐,延年万岁期。**[五解](黑体为加衬、改易之语)

本辞所称,谅有援取于乐府民歌者,以其文人制作,所以较为简练,而稍乖乐府本调;然晋乐所奏,由于合乎音乐,故当聊为蔓衍,以成于徐之效。这种由古诗衍为乐府的情形,其与乐府易作古诗之实,恰以相反的演

---

[1] 沈德潜:《说诗晬语》,《清诗话》,上海古籍出版社1963年版,第529页。

变路向相与印证了古诗、乐府二体的密切关系及其分途所由。在此尤为重要的是可以借此判断十九首是否入乐。对于这一重要问题，马茂元虽以古诗、乐府二而为一，但尚且谨慎表示"并不是说所有古诗都曾入过乐"的[①]；而近来刘旭清撰文认为，十九首都是入乐的歌诗，以上述实例观之，并非没有商榷的余地。而于兹对乐府民歌之与古诗十九首的关系进行若干考辨，借以证明后者对前者的普遍因袭，并为显示二者分途所由。然而十九首及其相类者又于典籍若《诗》、《骚》之属多所祖述，尤为显示文人制作的独具特点，于兹不暇取证，姑待另文专述。

---

① 马茂元：《古诗十九首初探》，陕西人民出版社1981年版，第2页。

《陌上桑》拟作的主题演变

乐府《陌上桑》拟作显示本辞主题的因袭与变易，这源于"桑林母题"的丰富性，而表现为"贞妇"道德因素的逐渐丧失、采桑女向文人欣赏情趣的转化、"夫婿"夸饰的浪子转换、"使君"形象的负面消减，结归于本辞主题的渐趋弱化，乃至完全消失。其主题演变的诸端轨迹反映了文人拟作之于乐府旧题及典实成辞的祖述机制，这与今世"创作论"的拘执不啻胡越。

一

《陌上桑》的写作，萧涤非[①]、游国恩先生认为当在东汉或两汉之交[②]。清代贺贻孙已指辛延年《羽林郎》模仿《陌上桑》之迹[③]，游国恩先生然之[④]，以断东汉初期为此篇下限，学界多所认同。然刘庆华先生颇有疑义，为引班固《汉书》礼乐、艺文二志所称自孝武立乐府而采歌谣，于是有赵代之讴、秦楚之风云云，而疑所存俗乐既少，且未提及是篇，但郭茂倩《乐府诗集》近代曲辞一固谓"两汉声诗著于史者，惟《郊祀》《安世房中歌》而已"，则《汉书》未录俗乐，不必否定《陌上桑》的存在可能。又以"罗敷"、"使君"称名"滞后"，但其所称武帝时已有"罗敷"之名并《后汉书》"使君"多见之实，适资反向为证。复指西汉采桑民歌率以"贞

[①] 萧涤非：《汉魏六朝乐府文学史》，人民文学出版社1998年版，第89页。
[②] 游国恩：《游国恩学术论文集》，中华书局1989年版，第384—386页。
[③] 贺贻孙：《诗筏》，郭绍虞编选，富寿荪校点《清诗话续编》，上海古籍出版社1983年版，第151页。
[④] 游国恩：《游国恩学术论文集》，中华书局1989年版，第684页。

妇"道德为主题,而《陌上桑》轻松诙谐的"戏剧性"于此不合,并以"夸夫"所尚"为人洁白晰,鬑鬑颇有须"为魏晋男子美容所尚,二者强半推测,未为切证。更以《陌上桑》句式纯为五言、文字趋于华美而断为魏晋造语,然"华美"形容,难乎切指。凡此数端,本在论证《陌上桑》出于东汉初期为非,但以考述不足而竟未自守,故其归旨仍指是篇出于东汉初期,止以认定"最终由魏晋间的文人润饰而成"为足[①]。其实乐府古辞流传,或经文人修饰,固无可怪,但其本辞所起,无关后世增饰与否。而本文设定的前提,是《陌上桑》出于东汉,下限不在魏晋;而且在确指《陌上桑》本辞先在的前提下,专注讨论魏晋以后此篇拟作的主题因袭与变异。

大抵公认的是《陌上桑》的"民歌"性质,尽管可能经由文人的润色,但其叙事敷衍、对话为用、造语散缓、言辞著俗、风格诙谐各端,明其民歌本色之存,如果意必指为文人创制,也当属模仿民歌所成。是篇收入郭茂倩《乐府诗集》卷二八,接后并录曹魏至唐文人傅玄、陆机、鲍照、谢灵运、吴均、王筠、张率、萧子显、萧子范等凡35人拟作共39篇。其中仍旧题者10篇,又其中一首《楚辞抄》,魏武帝、文帝各拟作一篇,以与《陌上桑》本辞不相雅属,不计其数,而实得7篇;外此则题《采桑》者14篇,题《艳歌行》者2篇,题《罗敷行》者3篇,题《日出东南隅行》者13篇,得32篇,合以7篇并本辞1篇,总计40篇之数。

关于《陌上桑》拟作的主题变化,唐会霞《〈陌上桑〉的接受历程》[②]、《接受与传播——论〈陌上桑〉的拟作》[③]、《唐人与〈陌上桑〉》[④]诸论蒐集魏晋至明清有关作品并作梳理阐发。其于《陌上桑》拟作的分类,归于咏写罗敷故事、艳情美女、相思及批判现实四端,虽不免失于粗略,然谓《陌上桑》主题丰富,而非限于一指,则是颇具识见的判断。

[①] 刘庆华:《〈陌上桑〉写定于魏晋时期新论》,《文史杂志》2006年第1期。
[②] 唐会霞:《〈陌上桑〉的接受历程》,《社会科学家》2007年第3期。
[③] 唐会霞:《接受与传播——论〈陌上桑〉的拟作》,《西北大学学报》2007年第3期。
[④] 唐会霞:《唐人与〈陌上桑〉》,《延安大学学报》2006年第5期。

◇诗赋研究的语用本位

《陌上桑》主题蕴含的丰富性，在新时期以来被不断反复追问于是诗的"主题渊源"，这大抵源于闻一多等人对于高唐神女的文化解读[①]，如赵国华《生殖崇拜文化论》[②]、傅道彬《中国生殖崇拜文化论》[③]等，类似于"文化人类学"的"生殖文化"考察每每着眼于桑林的祭祀和男女会合及其隐喻意义。大约黄崇浩《桑中故事与〈陌上桑〉》所论为早，指明此篇题材来源与古昔"空桑崇拜"及"桑中之风"有关[④]；同时刘怀荣《采桑之题的文化渊源与历史演变》认为"后世采桑主题的文学母题"虽本诸"空桑生人"和桑林之会的古俗，但以历史演进与文化观念的变化，却衍生为不同的主题[⑤]，是与本文思路固有相通。近年来欧阳萍、邱光华《〈陌上桑〉母题渊源》[⑥]、朱瑜章《〈陌上桑〉母题的嬗变及其整合艺术》[⑦]、蔡靖芳《试论桑主题的文化流变》[⑧]等大抵论此而相为援取，为引大禹涂山氏"台桑"之遇及《诗》咏桑中之事，以谓桑林之与生殖崇拜、祭祀、交欢密切相关，又引《列女传》"秋胡戏妻"等，以证汉代礼教融入桑林文化，率指《陌上桑》"母题渊源"，而以《陌上桑》即为上述"母题"的"全新整合"，其中既已渗入"贞妇"的道德观念，却又并未完全丧失桑林母题所本有的艳俗遗风，那么《陌上桑》主题蕴含的丰富性适资后世文士取用祖述的渊薮了。

二

尽管以上"母题渊源"的探求堪为把握《陌上桑》主题的丰富性提供多重思路，从而避免往日教科书"主题思想"概括的固有偏执，但是这种静态的学究式考索却不能进入《陌上桑》拟作的创作情境。可是现代意义

[①] 闻一多：《姜嫄履大人迹考·高唐神女传说之分析》，《闻一多全集》第三册，湖北人民出版社1993年版。
[②] 赵国华：《生殖崇拜文化论》，中国社会科学出版社1990年版。
[③] 傅道彬：《中国生殖崇拜文化论》，湖北人民出版社1990年版。
[④] 黄崇浩：《桑中故事与〈陌上桑〉》，《黄冈师专学报》1993年第4期。
[⑤] 刘怀荣：《采桑之题的文化渊源与历史演变》，《文史哲》1995年第2期。
[⑥] 欧阳萍、邱光华：《〈陌上桑〉母题渊源》，《学术界》2004年第4期。
[⑦] 朱瑜章：《〈陌上桑〉母题的嬗变及其整合艺术》，《河西学院学报》2002年第3期。
[⑧] 蔡靖芳：《试论桑主题的文化流变》，《重庆交通大学学报》（社会科学版）2007年第2期。

的"创作论"也并不能够完全切近文人拟作的实际运思。对于拟作者来说，不是"创作"的个性意识和明确的"作品"期待，而恰恰是本辞及其相关的主题要素、意象预定和语汇储备，才是拟作的必备条件和"创作"源泉。揆此以观不同时代的文人拟作，在很大程度上乃是某些共通主题要素、意象群体、语汇系统的不同组合，其中隐藏着大致相近的言语习惯与运思定势。换言之，文人拟作对乐府本辞的集体仿效，在某种角度上说，是如"代言体"般的借酒浇愁和辗转相袭的共鸣抒写，在对文人拟乐府的整体理解中，这是重要的识见。鉴于此中情形较为复杂，且具体问题相与牵缠，故拟两论为说，一在本文抉发《陌上桑》主题演变，并其所系意象流变论之；二在言语祖述与变异的精致考察，则拟另文为说。

在对《陌上桑》主题的把握上，固然不当完全否认此篇本有"贞妇"的"道德"因素，这在文人拟作诸篇也可以寻绎模仿的印迹，一些篇什大致保留了《陌上桑》本辞的故事"原型"，即采桑女的美貌及其对使君调戏的辞句。其中与《陌上桑》本辞最相接近者，莫若傅玄《艳歌行》：

  日出东南隅，照我秦氏楼。秦氏有好女，自字为罗敷。首戴金翠饰，耳缀明月珠。白素为下裾，丹霞为上襦。一顾倾朝市，再顾国为虚。问女安所居，堂在城南居。青楼临大巷，幽门结重枢。使君自南来，驷马立踟蹰。遣吏谢贤女，岂可同行车。斯女长跪对，使君言何殊！使君自有妇，贱妾有鄙夫。天地正厥位，愿君改其图。

此诗之为《陌上桑》拟作，一望而知，则可证《陌上桑》本辞在前，固无疑义。而其表彰"妇德"，不在《陌上桑》本辞之下。谢榛乃指此篇"全袭《陌上桑》，但曰'天地正厥位，愿君改其图'，盖欲辞严义正，以裨风教，殊不知'使君自有妇，罗敷自有夫'已含有此意，不失乐府本色"[①]。当知《陌上桑》本辞虽含道德因素，但以民歌调谑，固非"辞严义正"，也未必执于"以裨风教"的明确意识。反观今世学界尤其是"中学语文研

[①] 谢榛：《四溟诗话》卷一，丁福保辑《历代诗话续编》，中华书局1983年版，第1137页。

◇诗赋研究的语用本位

究"的狭迫视域，那种"对罗敷坚贞形象"或"对统治阶级荒淫的揭露与批判"的"主题思想"抉发，与此"以裨风教"的道德外烁何其相似！其实朱子早有解悟，以谓使君即是罗敷之夫，而明知是妻，因以共载戏谑，而罗敷之答，亦以明识其夫而戏之也①。虽其偶尔措说，不免疏阔无当，但于《陌上桑》本辞的诙谐性质实有发明，这正是乐府民间之辞的当行本色。而傅玄拟作之使人生厌，大约首先就是"风教"观念的固相执取和"辞严义正"的担板说教，遽使风华艳美的"桑林母题"单向偏主于"道德"一端，以致风韵全失。尽管如此，我们也只能认定其对于本辞固有道德因素的正面强化，而非无所本从。

而王士禛亦指"'一顾倾朝市，再顾国为虚'呆拙之甚，所谓点金成铁手也"，又云是诗"汰去菁英，窃其常语，尤厌者，本词'使君自有妇，罗敷自有夫'绰有余味，乃益以天地正位之语，正如低措大记旧文不全时，以己意续貂"②。然而应当看到，傅作"汰去菁英"，正是舍弃了本辞的铺陈描写和罗敷致辞的漫衍记录，作为文人拟作短制，其所追求的当是言辞的简洁，这正是民间乐府向文人拟作转化的关键所在。沈德潜曰："乐府之妙，全在繁音促节，其来于于，其去徐徐，往往于回翔曲折处感人，是即依永和声之遗意也。"③ 而文人拟作固以精练简括见长，尽管由此开始弃失依永和声的音乐之美，但无论如何，本于民歌的乐府"声诗"之向文人创制的演化，却必然经由拟作模仿的过渡阶段，这是自汉至唐诗学演进的一大关棙。

对于傅玄此篇，今人萧涤非益有指斥，以谓"改'罗敷自有夫'为'贱妾有鄙夫'尤可憎，'使君自南来'以下诸语，且亦非事理，殊欠允当，盖罗敷既未出采桑陌上，使君自无缘得见也"，至其斥论所由，固谓"文学贵独造，贵创作，舍己徇人，徒自取败耳"④。然其本诸今世"创作"之论，固与乐府拟作之制形貌不属。盖其既为文士拟作，则本不欲以故事

---

① 朱熹：《朱子语类》，中华书局 1994 年版，第 2085 页。
② 王士禛：《池北偶谈》，中华书局 1982 年版，第 415 页。
③ 沈德潜：《说诗晬语》，丁福保辑《清诗话》，上海古籍出版社 1978 年版，第 529 期。
④ 萧涤非：《汉魏六朝乐府文学史》，人民文学出版社 1998 年版，第 188 页。

铺陈与对话敷衍争胜，因其体制为短而着意祖述，则以本辞罗敷采桑以遇使君情事之固存，正自撮要可也；且"文学贵独造"是矣，然非今世本诸西方创作论之拘定"主体性"或"创作个性"者，弗由祖述可乎？所谓"无一字无来历"①，盖的论也；何况乐府拟作，既已标明仍题所拟，则其贵乎独造何由哉？倘以文人拟作之必非，且吾政恐唐诗之不作矣。

现在回到"以裨风教"的道德意义。可以想见的是，倘如《陌上桑》本辞并未出现使君其人以及罗敷答辩之辞，则所谓"贞妇"形象与道德因素便无从说起；而且固当注意到"使君形象"设置的陪衬功用，设使非是，亦得成就罗敷形象的佳好，罗敷之美正是《陌上桑》本辞的叙写要旨。是以除傅玄所拟之外，其他拟作之承续罗敷使君之事者，其"贞妇"、"道德"之意义，多半已经弃失于美女妖冶和良婿富贵的纯然夸饰中。例如萧子显《日出东南隅行》：

> 太明上迢迢，阳城射凌霄。光照桑中妇，绝世同阿娇。明镜盘鉴刻，簪羽凤凰雕。逶迤梁家髻，冉弱楚宫腰。轻纨杂重锦，薄縠间飞绡。三六前年暮，四五今年朝。蚕笼拾芳翠，桑陌采桑条。出入东城里，上下洛西桥。忽逢车马客，飞盖动襜袑。单衣鼠毛织，宝剑羊头销。丈夫疲应对，从者坐衔镳。柱间徒脉脉，垣上几翘翘。女本西家宿，君自上宫要。汉马三万匹，夫婿任嫖姚。鞬囊虎头绶，左珥兔庐貂。横吹龙钟管，奏鼓象牙箫。十五张内侍，十八贾登朝。皆笑颜郎老，尽讶董公超。

尽管是篇也还完整保留了妇人采桑并遇车马而夸饰夫婿的本辞"母题"，但是"桑中妇"的"形象"描绘却迥异罗敷的淳朴明快，取而代之的是富丽美艳的粉黛香脂："明镜盘鉴刻，簪羽凤凰雕"、"轻纨杂重锦，薄縠间飞绡"的刻意妆扮与"罗敷喜蚕桑"的"蚕作"生活意指不相为侔；而"梁家髻"、"楚宫腰"的典实援取则已投上了文士的"雅致"，它与"桑

---

① 黄庭坚：《答洪驹父书》，《豫章黄先生文集》卷十九，《四部丛刊初编》，影印宋乾道本。

◇诗赋研究的语用本位

林"的意象本出不同的渊源，亦且"蚕笼拾芳翠"娇弱多少传达出孤芳自赏抑或顾影自怜的文士伤感。

三

可以注意到萧氏是篇夸夫一节的描写，其富豪倜傥不在本辞铺陈之下。而陈张正见《艳歌行》则以相当长的篇幅来详写夫婿的形象：

> 二八秦楼妇，三十侍中郎。执戟超丹地，丰貌入建章。未安文史阁，独结少年场。弯弧贯叶影，学剑动星芒。翠盖飞城曲，金鞍横道旁。调鹰向新市，弹雀往睢阳。行行稍有极，暮暮归兰房。前瞻富罗绮，左顾足鸳鸯。莲舒千叶气，灯吐百枝光。满酌胡姬酒，多烧荀令香。不学幽闺妾，生离怨采桑。

这与《陌上桑》本辞夸夫已大异其趣。"独结少年场"的行迹，乃是"调鹰弹雀"的金吾任侠与"罗绮鸳鸯"的荡子调笑，而"满酌胡姬酒"的暗示却不能不令我们将此夫婿形象与冯子都的恶少习气连接起来，显然，"不学幽闺妾，生离怨采桑"的责怨已将这一形象置于否定的位次。且有北周王褒《日出东南隅行》述写夫婿形象云：

> 将军多事势，夫婿好形模。高箱照云母，壮马饰当颅。单衣火浣布，利剑水精珠。自知心所爱，仕宦执金吾。飞甍彫翡翠，绣桷化屠苏。银烛附蝉映鸡羽，黄金步摇动襜褕。兄弟五日时来归，高车竞道生光辉。明倡两行堂上起，鸳鸯七十阶前飞。少年任侠轻年少，珠纨出弹遂难追。

同样是"少年任侠轻年少，珠纨出弹遂难追"般的放浪，不知"仕宦执金吾"的点化是否有意提醒读者的联想？至少可以肯定，这与《陌上桑》本辞中"盈盈公府步，冉冉府中趋"的雍雅气象已是神貌不属了。考虑到贺贻孙、游国恩已指《羽林郎》有模仿《陌上桑》之迹，则两篇构结的相近固可引发后代拟作的同时模仿与并相援取。

更为突出的是使君形象的演变。本辞中的使君尽管未必真如批判者所谓"统治阶级荒淫的典型代表",但是"宁可共载不"的直截确实透露出恃于权势的轻狂,而且作为罗敷"贞妇形象"的反衬,其于篇中的地位必然是"负面"的。然而诸篇拟作的情形,却已减去使君形象的这一"负面"意义,以至于读者不觉其讨厌的存在,甚至成为一个少可予人可怜之感、或竟与罗敷略有相属的并列形象了!如陈徐伯阳《日出东南隅行》前段仍夸罗敷之美,而后半略云:"蚕饥日晚暂生愁,忽逢使君南陌头。五马停珂遣借问,双脸含娇特好羞。"是虽存诸使君之事,但"双脸含娇特好羞"的措说,即使不是传达一种"脉脉的温柔"从而勾起读者暧昧的联想,也绝非本辞那种略带轻蔑的嘲讽,那么"贞妇形象"的正面"斗争性"也就荡然无存。再如唐刘希夷《采桑》,通篇刻画"采桑女"之美并为摅写淡淡的相思,止于末后"薄暮思悠悠,使君南陌头,相逢不相识,归去梦青楼"云云,姑且保留使君之事的印记,可是"相逢不相识"的感叹和"归去梦青楼"的无奈却将使君置为可以同情的角色了。同样的是陈傅缚《采桑》"空劳使君问,自有侍中郎"的末句感慨,固以略带惆怅的歉意扭转了本辞对"使君形象"的憎恶。最为有趣的是北周萧撝《日出东南隅行》:

昏昏隐远雾,团团乘阵云。正值秦楼女,含娇酬使君。

短短四句诗中,夫婿形象的阙位恰好让使君与秦女获得单独相处的绝佳机遇,相"酬"语义的模糊性尤其是"含娇"的温存,显然可以引发两相怜惜的美好感受!如果我们的感觉并非完全失当的话,那么问题的重要性就在于,作为"罗敷形象"的"对立面"何以卒至完全扭转?倘使我们并不斤斤执着于《陌上桑》本辞的叙写模式和主题设定,则十分简单的解释就在于本辞所自的"母题渊源"之中。不当忘记"桑林"的朝云暮雨,那本是男女艳遇的销魂所在。实际上,设使不是"礼教"或曰"道德"的观念在汉代向"桑林"的渗透,也许《陌上桑》本辞就极有可能成为这种艳遇

◇诗赋研究的语用本位

的铺写。而一仍旧题的乐府拟作原本无须胶着于本辞的先在设定，对于风流倜傥的文士来说，他们丰富的典实储备堪令搦管之际随手拈取，妙相撮合，爰使词笔风流美艳，却大可不必拘守所谓礼教的固有规范，尤其在礼教松弛的南北朝时期，乃是最可理解的情形。

在此还可一提拟作对刘向《列女传》秋胡故实的援取，这是夫婿形象的又一转移。上引当代诸论业已将此纳入"桑林母题"的考察范围。而《秋胡行》自为另一乐府旧题，《乐府诗集》收入相和歌清调曲，那么相近题材要素的相与援取就是十分自然的事情。梁王筠《陌上桑》"秋胡始停马，罗敷未满筐"和唐李白仍题篇"使君且不顾，况复论秋胡"两用之。前述朱子之谓《陌上桑》本辞的夫妻戏谑，显即援诸秋胡故实。不论朱子的说法是否可靠，文人拟作拈取典实的自作主张却不曾略微考虑今世学者的琐屑考证，文学创制的虚廓无征确乎时时摧折考据学家的坚执信心和优越感受。对于古代文人乐府拟作的后世读者来说，则使君"轻狂"甚或"荒淫"的厌憎却在此遭遇秋胡连同罗敷的戏谑，对这种错愕的消解必待典故援用和成辞祖述的"诗法"说明。

在39篇拟作中，其实大多已经弃失使君形象的固有功用，而完全专注于采桑之女的美艳描写，这大约是因为叙写罗敷原属本辞主旨，而使君之事及其"形象"的次要性遂被逐渐淡出拟作者尤爱美色的视野。即使若干篇什存留使君之事的影迹，其所处篇末位次的章法设置也表明这一"形象"的附缀性质。如陈后主《采桑》末句"不应归独早，堪为使君知"并贺彻同题末句"自怜公府步，谁与少年同"，仅如远山淡笔，一抹以资遥想；而后魏高允《罗敷行》"王侯为之顾，驷马自踟蹰"，则显系聊作点缀而已。

当然最具讨论价值的还是罗敷或采桑女形象的演变。充盈于多数拟作的乃是美艳的摹写、相思的撩发甚或青楼的荡想，尽管尚且影掠桑间濮上的隐约风韵和仍名"罗敷"的迷人笑靥，但本辞那种"贞妇"的形象却很少保留下来。对于罗敷的美丽，在本辞中传达出明快、大方的色调，而且约略透出一点淳朴的本色。然而诸多拟作的普遍情形，却已较然呈露妖冶艳丽的招展容颜，尤其是南朝的篇什，倘以受到宫体的影响，毋宁说时代

98

《陌上桑》拟作的主题演变◇

审美风尚对于美人的鉴赏发生了不小的变化。例如陈后主《采桑》"采蘩勾手弱，微汗杂妆垂"的描写所呈现的娇弱倩影，以及陈张正见仍题一篇"叶高知手弱，枝软觉身轻"，并唐刘希夷仍题之篇"看花若有情，倚树疑无力"柔美身姿，并皆若是。而刘作"携笼长叹息，逶迤恋春色"的轻轻惆怅正好配合柔弱妖冶的摹写，至如梁萧子范《罗敷行》"城南日半上，微步弄娇姿"、"春风若有顾，惟愿落花迟"之饶有绰约风致而略带忧伤，其中隐含文人的美色雅好与多愁善感，已与《陌上桑》本辞的俚俗戏谑大异其趣。

在本辞的拟作中，大抵题作《陌上桑》、《采桑》与《罗敷行》者犹存本辞故事影迹，而题《艳歌行》、《日出东南隅行》者则并其影迹亦且荡然。总观《乐府诗集》所录拟作，大都旨在描摹美人形貌，而本辞情事多以若干成辞和既有意象影掠其迹而已。若陈后主《采桑》仅以"秦楼"、"南陌"、"聚枝"、"柯新"、"叶嫩"的字句显示本事的遗存，梁简文帝同名之篇亦止"采桑伴"及"枝高"、"叶细"、"笼"数字略带其意，而"连珂往淇上"的《诗》语撮取和"当窗望飞蝶"的"古诗"援用不惟示现文士多识名物的博学，更为重要的是表明文人的拟作已经基本出脱《陌上桑》本辞趋拟的拘执，其祖述脱化的开阔视野确证文人创制的成熟，只是我们固当注意这种"创作"的可能性，乃必基于广泛的祖述脱化[①]，所云推陈出新，固为一定之律，舍此而谓"创作"，不可得也。

相同的情况表明一定程度的普遍性。再如宋鲍照《采桑》"采桑淇澳间"及"卫风古愉艳，郑俗旧浮薄"的《诗》中意象，与陈后主的偶然点化尤为反映明确的祖述意识，注意到"桑林母题"的渊源传承，这是十分自然的事情。而鲍作"灵愿悲渡湘"的《楚辞》援取，乃至"宓赋笑洛"的曹赋拈合，则益为反映祖述范围的开阔，不仅大大加深了文人"创制"的学问涵养，亦且成辞的脱化和故实的袭用无疑表现出典雅的意趣，在

[①] "脱化"一语，引自清徐增《而庵诗话》："作诗之道有三，曰寄趣，曰体裁，曰脱化"。"脱"者"脱胎"之喻，辞有取于古昔他人也；"化"者变化之义，以己意化而用之。"脱化"二字，与黄山谷"夺胎换骨"之谓略同。参拙著《中国古代诗法纲要》，齐鲁书社2005年版，第250—279页。

◇诗赋研究的语用本位

"诗道高雅"的普遍文化情境中,这是文人撰作演进的明显趋向[①]。复如晋陆机《日出东南隅行》"扶桑升朝晖,照此高台端,高台多妖丽,浚房出清颜"的叙写,罗敷"个体形象"的专注描绘已经易作美女如云的艳丽铺陈,除去首句聊借"扶桑"、"高台"以为发端而外,实与《陌上桑》本辞了不相关。尤其下段字句,清晰显示着陈思《洛神赋》的言辞撮合和意象取用:

  清川含藻景,高岸被华丹。馥馥芳袖挥,泠泠纤指弹。悲歌吐清响,雅韵播幽兰。丹唇含九秋,妍迹凌七盘。赴曲迅惊鸿,蹈节如集鸾。绮态随颜变,沈姿无定源。俯仰纷阿那,顾步咸可欢。遗芳结飞飚,浮景映清湍。

令人诧异的是,明明题为《日出东南隅行》的乐府拟作却大半出之以辞赋的丽藻,尽管仍然是美艳的描写,但与《陌上桑》的明快朴实已是貌若天渊,假令必以"民间文学"的淳朴风格或"人民性"的"进步观念"作为评价的标准,则这样的"拟作"必然导致"堆砌辞藻"而"内容贫乏"的"形式主义"批判,这在现代中国的主流意识批评中屡见不鲜。

使人惊讶的还在梁刘邈《采桑》一篇,此篇拟作的特出之处,是将本辞采桑女的淳朴形象变成妖冶的倡妇:"倡妾不胜愁,结束下青楼。逐伴西城路,相携南陌头。叶尽时移树,枝高乍易钩。丝绳提且脱,金笼写复收。蚕饥日欲暮,谁为使君留?""倡妾不胜愁",必是浪子不来,寂寞难耐,于是"结束下青楼",逐伴相嚎,相携顾盼……可是使君之来,却不能就接绸缪。真正唐突的还是中间采桑一段,倡妾而事采桑?毋宁待客而已!如此的本事牵合若非一仍旧题的勉强凑泊,就是文士放浪的本然呈露,而这种"拟作"的意义,恐怕主要在于主题的脱节所示"乐府拟作"之于本辞"母题"的虚廓无当。

然而不管怎样,这种本事的牵合至少反映着文人创制的祖述依恃和脱

[①] 参拙文《诗道高雅的语用阐述》,《文学评论》2008年第2期。

《陌上桑》拟作的主题演变◇

化事实。迄至有唐，高才放逸若太白之流，不也多仍乐府旧题吗？只是某些"拟作"止存拟古的雅好，而其实际所写，却与本辞的"母题"相去胡越了。不妨在本文的最后引录李白、李贺《日出东南隅行》"拟作"云：

　　日出东南隅，似从地底来。历天又入海，六龙所舍安在哉？其始与终古不息，人非元气，安能与之久徘徊。草不谢荣于春风，木不怨落于秋天。谁挥鞭策驱四运，万物兴歇皆自然。羲和，羲和，汝奚汩没于荒淫之波？鲁阳何德？驻景挥戈。逆道违天，矫诬实多。吾将囊括大块，浩然与溟涬同科。（李白）

　　白日下昆仑，发光如舒丝。徒照葵藿心，不见游子悲。折折黄河曲，日从中央转。旸谷耳曾闻，若木眼不见。奈何烁石，胡为销人。羿弯弓属矢，那不中足，令久不得奔，讵教晨光夕昏？（李贺）

除去"日出东南隅"的现成"公取"[①] 以及"白日下昆仑"之日影浮掠以当本辞旧题的指称之外，全篇所咏，略无相关。所谓"拟作"的意义，只是唤起一缕恍若隔世的"母题情结"，于是作为乐府本辞《陌上桑》拟作的所谓"主题演变"考察，至此已无继续的必要了。

[①] （元）佚名：《沙中金集》指李白"公取古诗句"，见张健《元代诗法校考》，北京大学出版社2001年版，第402页。

黄庭坚诗学与宋人诗话的论诗取向

宋人诗话以其独特的言说方式表现为鲜明的论诗取向，这缘于黄庭坚诗学的直接影响，而与江西诗派的兴盛具有密切的联系。但是本文的论旨并不在于黄氏之学与江西诗论的关系这一广为讨论的话题，而是着眼于宋人诗话的言说与黄庭坚诗学的切近关联，在宋代诗学研究领域，这是一个有待探讨的重要问题。

黄庭坚的诗学理论乃是一个本末圆融的有机系统，在"诗本"上强调心性和学问涵养，在"诗用"层面则以诗法涵盖"规矩"、"句法"以及"夺胎换骨"、"点铁成金"的"脱化"之用，自本之末贯彻了对学问的高度重视和对脱俗之旨的坚执追求。周裕锴先生指出黄庭坚诗学注重储知蓄理、培养气质、积累诗材，都归学问之道[1]；钱志熙先生力证黄氏"根本"之说建立了一个"伦理道德体系"[2]，张毅先生则指"苏门一派的治性养心并不以道德人格的完成为最终目的，而是反观自身的心灵超悟"[3]。

我以为，所谓"心灵的超悟"，实际上就是心胸的脱俗。"脱俗"乃是山谷诗学总摄一如的要旨。黄庭坚执地认为"士大夫处世可以百为，唯不可俗"[4]，因论诗、书、画等，无不强调高雅脱俗。于诗，则称王荆公诗"脱去流俗"、王观复诗"气格已超俗"、徐师川诗"超然出尘俗之外"；于书，则主"养于心中无俗气"，又称"王令翰墨了无俗气"；于画，则谓苏

---

[1] 周裕锴：《宋代诗学通论》，巴蜀书社1997年版，第146—151页。
[2] 钱志熙：《黄庭坚诗学体系研究》，北京大学出版社2003年版，第43页。
[3] 张毅：《宋代文学思想史》，中华书局1995年版，第127—129页。
[4] 黄庭坚：《书缯卷后》，《豫章黄先生文集》卷二九，《四部丛刊初编》影印宋乾道本（以下注引黄庭坚语凡出是书者略去著者、书名）。

轼"胸中无有畦畛八窗玲珑"①,故得画品超绝。及于作诗造语,至谓宁"用字不工,不使语俗"②,正是嫉俗如仇。

　　脱俗悉归学问涵养,脱俗与学问,乃是黄庭坚诗学的两大要旨。所云"诗词高胜,要从学问中来"③,表明了山谷论诗的基本观点。学问的本末次第,首先在于"刻意于德义经术"以"深其渊源",意在"万事不到胸次"的精神涵养,如"学书要须胸中有道义,又广以圣哲之学,书乃可贵",反之"若其灵府无程……只是俗人耳"④,适见圣哲之学的道义涵养,要在主体精神的高尚脱俗,并非指向伦理道德的目标。其次在于"更精读千卷书"而不限于儒门经典的广读博诵,如"晏叔原……平生潜心于六艺,玩思百家",又如"(沈)存中博极群书,至于《左氏春秋传》、班固《汉书》",无论经、史、子、集,至于广博精熟,"书味犹在胸中",究使"胸中有万卷书,笔下无一点俗气"⑤。再次是在"诗用"的层面上,"学问"的切实所指,乃在诗法的学习,包括"规矩"、"句法"以及"点铁成金"、"夺胎换骨"的"脱化"之用。概言之,诗道高雅⑥的全面要求,便是"深之以经术之义味,弘之以史氏之品藻,合之以作者之规矩"⑦,后二者即属"诗用"层面的"学问"储积。凡此种种方面,都对宋代诗话产生了普遍而深远的影响。

一

　　黄庭坚诗学对宋代诗话的影响大致反映在何文焕《历代诗话》、丁福保《历代诗话续编》及郭绍虞《宋诗话辑佚》所收宋人诗话的引述

---

① 《跋王荆公禅简》卷二十;《跋书柳子厚诗》卷二六;《与徐帅川书》卷十九;《跋与张熙载书卷尾》卷二九;《题绛本法帖》卷二八;《东坡居士墨戏赋》卷一。
② 《题意可诗后》卷二六。
③ 胡仔:《苕溪渔隐丛话》前集卷四十七引,人民文学出版社1984年版,第320页。
④ 《答李几仲书》、《答洪驹父书三首》卷十九;《书缯卷后》卷二九。
⑤ 《书旧诗与洪驹父跋其后》卷三十;《小山集序》卷十六;《题王观复所作文后》、《书刘景文诗后》、《跋东坡乐府》卷二六。
⑥ 诗道高雅乃是古人论诗的普遍共识。清人张笃庆谓"诗,雅道也",适称不移之论,见《师友诗传录》,丁福保辑《清诗话》,上海古籍出版社1978年版,第138页。
⑦ 黄庭坚:《答王周彦》,文渊阁《四库全书》本《山谷别集》卷十九。

◇诗赋研究的语用本位

统计中：

著者	书名	黄	论	苏	王	欧	李	杜	韩	白	陈	简	吕	驹	徐	洪
魏 泰	临汉隐居诗话	2			2	1		4	7	3						
陈师道	后山诗话	18	6	9	2	3	1	5	6	1						
周紫芝	竹坡诗话	1		10	1			6	5	1	1		2			
洪 刍	洪驹父诗话	2			2		2	4	1	1						
范 温	潜溪诗眼	6	5	4		1	1	10	2	1						
惠 洪	冷斋夜话	12	2	29	16	4		3		1	1					1
王直方	王直方诗话	48	9	39	20	10		15		4	9					
潘 淳	潘子真诗话	3	1	2				2								
吕本中	紫微诗话	3			1			6	5				5			1
吕本中	童蒙诗训	13	5	5		2	1	5	5				2		5	
许 顗	彦周诗话	2		8	2	2	1	6	8	1	1					
叶梦得	石林诗话	1		6	6	4		1	1							
张表臣	珊瑚钩诗话	1		5	1			6	6	1	1					
蔡居厚	诗史	1		1	1	2	1		1	1						
蔡宽夫	蔡宽夫诗话				6	2	1	8	4	5						
吴 伒	优古堂诗话	4	1	6	3	2	1	3		4	3	1	1	3	1	2
李 顈	古今诗话	4	2	9		1	2	12	3	11						
张 镃	诗学规范	7	4	6	1	3			1							
葛立方	韵语阳秋	10	4	15	6	9	10	31	17	13	1	1		1		
周必大	二老堂诗话	1		3		3		5	1	2						
吴 聿	观林诗话	4		10	7	2		2		2	1					1
杨万里	诚斋诗话	9		11	3	1	1	3	3	2						
陈岩肖	庚溪诗话	1	1	4		2		3	2	1		1				
黄 彻	䂬溪诗话	1	1	13	6	5	1	33	10	8						
曾季狸	艇斋诗话	32		44	15	1	1	31	11	1	6	1	34	10	34	1
吴 可	藏海诗话	4		6	3	2		8		1			5	3		
赵与虤	娱书堂诗话	1		1	2	1			1				1			
佚 名	漫叟诗话	4		3	4	1		8	2							
曾 慥	高斋诗话	2		3	5				1	2						
佚 名	诗说隽永							2			2	1	2	2		
严有翼	艺苑雌黄	1	1	3	2	1										1

104

续表

著者	书名	黄	论	苏	王	欧	李	杜	韩	白	陈	简	吕	驹	徐	洪
范晞文	对床夜语				1		1	17	5	1						
张戒	岁寒堂诗话	6	1	4	3			37	3	1						
严羽	沧浪诗话	5		4	1	1	12	12	2	1	1					
合计	34	209	43	263	123	66	37	288	115	72	25	5	46	21	46	7

表中显示宋人34种诗话称引黄（庭坚）及其论（诗）之语，并苏（轼）、王（安石）、欧（阳修）、李（白）、杜（甫）、韩（愈）、白（居易）、陈（师道）、简（斋陈与义）、吕（本中）、（韩）驹、徐（师川俯）、洪（驹父刍）之被引述者。总计苏、黄为多，次则王安石，而欧阳修为少，表明宋代诗话推尊苏、黄的总体趋向；至其称述唐人，概以杜、韩为夥，可见宋人师法杜甫句法锻炼和韩愈以文为诗的普遍习尚。宋人诗话多称苏、黄，固因二氏齐名而风靡一世，但论诗则许山谷体系完整、法度赅备，在诗学理论上更能彰显苏、黄诗风的共同特点，因而说者持论，自不妨取例苏诗以证黄说。进而言之，宋人诗话称述欧、王及唐之李、杜、韩、白，实亦大都用为例证，以广山谷之说，论宋诗学者，固当会此。

是表所列诗话，大抵可分四类。其一类则著者为苏、黄同时或晚辈交游，论诗宗黄，最为明显。陈师道被尊为江西诗派"三宗"之一，自言"仆之诗，豫章之诗也"。洪驹父以山谷甥"得山谷句法"[1]，其《诗话》22条大抵考订字句讹误。范温为秦观婿，吕本中《紫微诗话》谓"表叔范元实既从山谷学诗，要字字有来历"[2]，所著《潜溪诗眼》，多说字眼、句法。潘淳新建人，《江西通志》卷一三四本传称其师事黄氏。《王直方诗话》谓山谷语以诗法，而多考诗语出处并正字句讹误。释惠洪为苏、黄方外交，《四库提要》谓其《冷斋夜话》论诗"引元祐诸人又十之八，而黄庭坚语尤多"。许颛《彦周诗话》称少从李端叔、高秀实闻苏、黄之学[3]。周紫芝

---

[1] 曾季貍：《艇斋诗话》谓"四洪兄弟皆得山谷句法"。见丁福保辑《历代诗话续编》，中华书局1983年版，第296页。

[2] 何文焕辑：《历代诗话》，中华书局1981年版，第361页。

[3] 据《彦周诗话》，颛自称李、高为父执，少从之游。见《历代诗话》，第388页。案李、高与苏、黄素善，俱入元祐党籍。

◇诗赋研究的语用本位

"犹及见张文潜、李端叔、晁以道、曾吉父、韩子苍诸人……获闻苏黄绪论",所撰《竹坡诗话》"泥于江西诸人点化之说而益趋极端"[1]。

另一类乃江西诗社诸人所作及其有关者,大约论诗兼述苏、黄而推尊山谷,但有以见诸学黄不化之弊,故渐以"活法"矫之,要皆不出法度。又其后出诗话,或不直接称引山谷之言,而转取江西之论,盖亦黄氏一脉。吕本中少作《江西诗社宗派图》,其《紫微诗话》论诗不主一家,而《童蒙诗训》及《与曾吉父论诗》诸帖,稍倡"悟入"、"活法",大抵出于山谷"规矩"而兼许苏轼。吴可《藏海诗话》并称苏、黄而谓"东坡豪,山谷奇,而于渊明则为不足",又多称韩驹、徐俯之言。二人俱入江西诗社,徐俯以山谷甥多获劝掖。曾季狸师事韩驹、吕本中等,所作《艇斋诗话》,称引苏、黄、吕、徐、韩(驹)为多。陈岩肖《庚溪诗话》尤许黄诗"清新奇特,颇造前人未尝道处",但于江西诗社诸人学黄"规行矩步",稍有微词。葛立方《韵语阳秋》称引唐宋诸人,而于苏、黄并无轩轾,然亦颇称山谷之言,故论诸家诗而重法度、用事、考证。杨万里晚年诗风不类江西,然《诗话》多发"点铁成金"之旨,的然江西之论。

又一类则其著者虽与苏、黄及江西诸人关系不切,但所论固近山谷、江西之学。若吴开《优古堂诗话》悉考诗语出处,周必大《二老堂诗话》主乎考证,并契黄学。张表臣《珊瑚钩诗话》多述苏轼、杜、韩,说诗以意为主而贵字句锻炼。蔡居厚《诗话》、《诗史》,郭绍虞以为当即一书,虽以主乎自然而"忌用工太过",但亦多说佳句、用事、脱化、属对等。吴聿《观林诗话》为述山谷之论并多考诗语出处。赵与虤《娱书堂诗话》多言句法而称韩驹、诚斋。张镃《诗学规范》颇称山谷论诗语,且多句法、用事之说。严有翼《艺苑雌黄》称述"夺胎换骨",率多诗语注释、出处考求。黄彻《䂬溪诗话》以"中存风雅"为宗、"外严律度"为用,并"创为语法修辞之规律"[2],如诗"用经传全句"、"律诗一对通用一事"之

---

[1] 郭绍虞:《宋诗话考》,中华书局1979年版,第70—71页。
[2] 丁福保:《历代诗话续编》,中华书局1983年版,第244页;郭绍虞:《宋诗话辑佚》,中华书局1989年版,第67页。案此固非黄彻首创,盖宋人诗话中凡举一法而为诗家通用者,非不可以"修辞之规律"视之。

类，显见法度考求，不异江西之论。又《古今诗话》摘录各种诗话，其旨固近黄学；曾慥《高斋诗话》25条，多求诗语出处；《诗说隽永》20条，杂录徐俯、韩驹、陈与义诗，殊无论断。他如表内未列者《垂虹诗话》2则、《诗宪》3则，《潜夫诗话》1则，悉称山谷之论；又《休斋诗话》、《玉林诗话》等，所论皆在字句、脱化之间。

最后一类虽在理论设定上对黄庭坚及江西诗派存在批评倾向，但于字句具体讲求，往往不出其囿。魏泰《临汉隐居诗话》倡言"余味"，更指山谷取用陈言，"其实所见之僻也"，然其切实之论，亦在用事、句法之际。叶梦得《石林诗话》贵乎"浑然天成"，但所说多为佳句、警句、炼字、脱化之属。至如严羽《沧浪诗话》高标"兴趣"、唯尚"妙悟"而指斥苏、黄，并世所熟知。然其说仅在《诗辩》一节，及《诗体》之论，则犹许"元祐体"与"山谷体"，又于《诗法》一节具说字句、属对、声韵诸法，更置《考证》一节详究诗语原委，究未脱离山谷与江西影响，而论者不察，固以理论见惑使然。此类诗话中唯张戒《岁寒堂诗话》本诸诗教之旨，不务字句之谈，直攻苏、黄之失，仅此特例而已。

二

黄庭坚诗学关于学问、脱俗的诗本之说为宋人诗话预设了普遍适用的理论前提，因而诗话谈说的任务，就只是在此理论的设定之下展开各种诗法的全面考求。宋人诗话对于理论兴趣的缺乏恰好显示了黄庭坚诗学的先在影响，而且诗话体制本来适合诗法的探讨，这与"诗文评"的理论空谈迥然不同。尽管如此，对于书本学问和高雅脱俗的普遍强调，在某些诗话的言谈中也有明确的表现，如《童蒙诗训》称引山谷"诗词高深要从学问中来"，亦自强调"必从学问该博中来"[1]。关于脱俗之旨，或谓"诗以风调高古为主"，或推"选诗有高古气味"，或言为诗"脱去世俗眭眦"，而《彦周诗话》以"作诗浅易鄙陋之气不除，大可恶"，甚至在论诗宗旨上力矫黄学及江西诗派的《沧浪诗话》，也明确主张学诗先除俗体、俗意、俗

---

[1] 郭绍虞：《宋诗话辑佚》，中华书局1980年版，第596、603页。

◇诗赋研究的语用本位

句、俗字、俗韵之"五俗"[①]。至如周紫芝《竹坡诗话》谓郑谷雪诗"'江上晚来堪画处,渔人披得一蓑归'气象浅俗",白乐天"'梨花一枝春带雨'句工而俗"[②],则将脱俗之旨贯通于具体的字句讲求。

在"诗用"层面,黄庭坚诗学强调"观古人文章"以储积"学问",期以在诗法运用上得古人之规模,亦即"左准绳右规矩"的法度趋拟[③],这是初学的门径。黄氏对此十分强调,故论诗每恨"但少古人绳墨"[④],而辄归于"读书少"、读书"不熟"、"读书未精博"、"读书未破万卷"[⑤]。但是应当看到黄庭坚对"规矩准绳"的超越,最终达到"不烦绳削而自合"的境界,若"杜子美到夔州后古律诗……简易而大巧出焉……文章成就,更无斧凿痕,乃为佳作耳"[⑥]。山谷规矩之说在宋人诗话的代表性称述,就是陈师道"学诗当以子美为师,有规矩故可学"的简要论断[⑦]。规矩之在篇法,则范温《潜溪诗眼》引"山谷言文章必谨布置",而《诗宪》、《古今诗话》又转述范温之言[⑧]。但如张表臣所说"篇中炼句,句中炼字"的章、句连通,以及杨万里所言"一篇之中,句句皆奇"的篇、句融合[⑨],则知篇法之切要处,又必措实于句法之上。及《沧浪诗话》论作诗"用工有三",犹以起结、句法、字眼的前后关联彰显句法之学的重要功用[⑩]。

山谷诗学对于规矩、准绳的切要讲求,主要就是概言为"句法"的用字造语之法。杜甫有谓"佳句法如何"、"为人兴僻耽佳句",诚"可见句之宜有法矣"[⑪]。黄庭坚诲人作诗,每言观杜诗"便得句法",又常许人

---

① 《李希声诗话》、《童蒙诗训》,《宋诗话辑佚》,第 479、605 页;《紫微诗话》、《彦周诗话》、《沧浪诗话》,《历代诗话》,第 367、401、693 页。
② 何文焕辑:《历代诗话》,中华书局 1980 年版,第 341、346 页。
③ 《跋书柳子厚诗》卷二六。
④ 《答洪驹父书三首》卷十九。
⑤ 《答洪驹父书三首》、《与徐师川四首》、《与王观复书》卷十九;《跋书柳子厚诗》卷二六。
⑥ 《与王观复书》卷十九。
⑦ 陈师道:《后山诗话》,《历代诗话》,中华书局 1981 年版,第 304 页。
⑧ 郭绍虞:《宋诗话辑佚》,中华书局 1980 年版,第 323—324、266—267、534 页。
⑨ 张表臣:《珊瑚钩诗话》,《历代诗话续编》,中华书局 1983 年版,第 129 页。
⑩ 何文焕辑:《历代诗话》,中华书局 1980 年版,第 678 页。
⑪ 刘熙载:《诗概》,见郭绍虞编选、富寿荪校点《清诗话续编》,上海古籍出版社 1983 年版,第 2441 页。

黄庭坚诗学与宋人诗话的论诗取向

"得老杜句法",其于人凡有推尊劝勉,亦自多称"句法"。但于"句法"之义,黄氏并无所指,今人望文生义,以为即同"语法、结构"之属,实则毫无关涉。黄庭坚所谓"句法",广为涵盖诗家造语的风格特征以及用字、声律、用事、脱化等多种内容,凡用字造语的种种方面,都为"句法"所摄,而在宋人诗话中悉皆展开为广泛深细的讨论。

《彦周诗话》说:"诗话者,辨句法,纪盛德,录异事,正讹误也。"[①]此语道破了宋人诗话以句法辨求为首务的普遍实情,而被推为"宋人对诗话之体在认识上的飞跃"[②]。清人吴乔亦指"宋人诗话多论字句"、"所说常在字句间"[③],上表所列诗话除张戒《岁寒堂诗话》外,莫不如是,反映了黄庭坚诗学的深远影响。此前欧阳修《六一诗话》、司马光《温公续诗话》及刘攽《中山诗话》,大抵杂录与诗有关故事以资"闲谈"[④],是所谓"纪盛德,录异事"之类,尽管后来诗话也还保持着相似的言谈,但在字句讲求的风尚之下已然降为次要的内容。

"多论字句"反映了宋人诗话摘句为说的言谈方式,这与"诗文评"专篇和序跋书札所阐发的"诗学理论"形成了明显的区别,也与往代诗品的诠别品次、集句的例资广读,以及诗格、诗式的格套拘定不同,而是以诗之语言运用为其切实讲求的系统创作论,并贯通着对于书本学问的高度强调和脱俗之旨的坚执追求。摘句为说本来就是黄庭坚论诗的基本方式,其但凡说诗,每谓得于"句法",时或仅称"佳句",如称王复观、胡少汲"佳句"[⑤],并不究其构句之"法"。至诗话之说,则如《王直方诗话》、《洪驹父诗话》、《石林诗话》等都称"佳句",《后山诗话》、《洪驹父诗话》、《蔡宽夫诗话》、《高斋诗话》、《童蒙诗训》、《石林诗话》、《唐宋名贤诗话》等则多言"警句"、"警策"、"警绝"[⑥],甚者如《诗史》凡称某人诗,皆仅

---

① 何文焕辑:《历代诗话》,中华书局1980年版,第378页。
② 蔡镇楚:《中国诗话史》,湖南文艺出版社1988年版,第68页。
③ 吴乔:《围炉诗话》卷一、卷五,《清诗话续编》,第506、603页。
④ 欧阳修《六一诗话》卷首序云:"居士退居汝阴,而集以资闲谈也。"见《历代诗话》,第264页。
⑤ 《与王观复书》、《与胡少汲书》卷十九。
⑥ 《宋诗话辑佚》,第29、436页;《历代诗话》,第411、307页;《宋诗话辑佚》,第425、406、495、587页;《历代诗话》,第409页;《宋诗话辑佚》,第530页。

◇诗赋研究的语用本位

摘句而已。

　　摘句为说的诗学学理,首先在于诗家造语乃是创作风格的切实体现,作者创作个性不一,造语其异如面,因而学习古人,规模其语,最得法要。句法"规矩"的习得,并不只是琐屑技巧的死板搬用,更重要的是基于前人造语风格的潜移默化、浸淫濡染而渐次形成的一种潜在的导向和自然的习惯,于是"佳句"或"警句"的摘句为说就具有某家"句法"范例的意义。黄庭坚尝谓"杜诗法出审言,句法出庾信",又"自谓得句法于谢师厚",而洪驹父言"山谷父亚父诗自有句法……山谷句法高妙,盖其源流有所自云",曾季狸又谓"四洪兄弟皆得山谷句法",可见"句法之学,自是一家工夫",故谓"前人文章各自一种句法",而"学者若能遍考前作,自然度越流辈"①。所谓"规矩"模拟,要在句法相承。

　　黄庭坚的"佳句"取向,是对"奇壮语"的特别欣赏,如谓"王定国……时出奇壮语,惊天下士",又称徐师川诗"词气甚壮"②,并在出奇惊人,期以不落凡庸,究归脱俗之旨。至如《庚溪诗话》、《王直方诗话》、《诚斋诗话》对"奇语"的偏爱,并《彦周诗话》之尊"壮语"、《艺苑雌黄》之许"豪句"、《后山诗话》之尚"老健",《藜藿野人诗话》之爱"清健"③,俱以山谷同好而显现为宋人诗话的句格取向。但如叶梦得《石林诗话》独许"池塘生春草"的"无所用意",则表明宋人诗话对于造语风格的全面认识;而《珊瑚钩诗话》并举杜诗"奋迅、清旷、华艳、侈丽、发扬蹈厉"等多种句格而并无轩轾④,更是这种认识的突出体现。

　　在法度讲求上,句法之学的要旨,是造语工、拙的两相斟酌。正如钱志熙所言,"法"与"工"表里相依⑤,但凡造语之工者,自为"佳句"。

----

① 《后山诗话》,《历代诗话》,第303页;《艇斋诗话》,《历代诗话续编》,第299页;《洪驹父诗话》,《宋诗话辑佚》,第428页;《艇斋诗话》,《历代诗话续编》,第296页;《潜溪诗眼》、《童蒙诗训》,《宋诗话辑佚》,第330、586页。
② 《王定国文集序》卷十六;《题所书诗卷后与徐师川》卷二六。
③ 《历代诗话续编》,第180、182、184页;《宋诗话辑佚》,第62页;《历代诗话续编》,第139页;《历代诗话》,第378页;《宋诗话辑佚》,第536页;《历代诗话》,第311页;《宋诗话辑佚》,第522页。
④ 《石林诗话》、《珊瑚钩诗话》,《历代诗话》,第426、453—454页。
⑤ 钱志熙:《黄庭坚诗学体系研究》,北京大学出版社2003年版,第194页。

但黄庭坚的造语追求，是宁"用字不工，不使语俗"①，过求工者易落小巧，巧则著俗，在这种情况下，取舍的原则就是宁拙勿工。在宋人诗话，则陈师道《后山诗话》以"宁拙勿巧"②的论断表明了不以拙语为病的普遍态度。甚至《潜溪诗眼》乃谓古人文章类皆工拙相半，"使其皆工，则峭急无古气"，而《古今诗话》、《诗学规范》并为称引③，可见拙语之见取，亦唯尚雅避俗之意。

与工、拙相应的是人工锻炼与造语自然的关系，如《对床夜语》比较诗语高下，自以"工妥"为上；《彦周诗话》则称"梅圣俞诗，句句精炼"，而以为佳句之例赏之④。句法锻炼，使"诗有力量"而见才力，若"李长吉云'杨花扑帐春云热'，才力绝人远甚，如'柳塘春水漫，花坞夕阳迟'……不迨长吉之语"⑤。但《竹坡诗话》、《石林诗话》、《沧浪诗话》、《岁寒堂诗话》等均主造语自然，这不仅是对黄庭坚及江西诗派执着句法锻炼的反正，而且反映了工力与自然的相反相成在法度运用上的固有张力。

三

句法讲求的具体内容，第一是句式与句法的关系。宋人诗话主要注重五、七句式的难易及其造语特点。《对床夜语》以"双字用于五言，视七言为难"，是因为五字为短而尚坚整，七言为长而可加衬字；《艇斋诗话》说七言"一句中必有剩字"，《石林诗话》谓"七言难于气象雄浑，句中有力"⑥，亦以七言衬字，虽使语句流转，但也易致软弱。

第二是句法与声律的关系。《碧溪诗话》所谓"斡旋其语，使就音律"⑦，最称切要之言。近体格律谨严，造语因顺其势，往往"以句法就声

---

① 《题意可诗后》卷二六。
② 何文焕辑：《历代诗话》，中华书局1980年版，第311页。
③ 郭绍虞：《宋诗话辑佚》，中华书局1989年版，第263、322—323、621页。
④ 《历代诗话续编》，第441页；《历代诗话》，第384页。
⑤ 何文焕辑：《历代诗话》，中华书局1980年版，第388、383页。
⑥ 《历代诗话续编》，第419、336页；《历代诗话》，第432页。
⑦ 丁福保：《历代诗话续编》，中华书局1983年版，第358页。

◇诗赋研究的语用本位

律"①，在某种情况下必须变化字词顺序，这与文句的一顺陈述形成明显的区别。《古今诗话》引杜甫"红稻啄余鹦鹉粒，碧梧栖老凤凰枝"，谓"此语反而意奇"，《漫叟诗话》以为若顺之云"'鹦鹉啄残红豆粒，凤凰栖老碧梧枝'，便不是好句"，《诚斋诗话》亦指"此倒语也，尤为诗家妙法"②，这是倒装以使语健，具有拗峭格力。《苕溪诗话》则引韩愈"一蛇两头见未曾"、"欲进不可又"等语，以为造语"奇变"③。在句法与声律的关系上，最为重要的是宋人诗话对山谷"宁律不谐，而不可使句弱"的"拗体"创制的极度推重。《王直方诗话》引张耒盛称黄庭坚"一扫古今……破弃声律"，《诗学规范》、《垂虹诗话》等皆有称扬，《艇斋诗话》则谓七言律诗"易得俗，是以山谷别为一体"④，都得黄氏拗体避俗之意。周裕锴认为，这是以声律的有意"陌生化"来消除近体的格律精整⑤，考虑到宋初"白体"、"昆体"和"晚唐体"的音律甜熟，其拔俗的高格确乎具有切实的针对目标。

第三是用字的讲求。诗家撰作，"积字成句"，"因字而生句"，固当"句中炼字"⑥，"句法"之学自然涵盖用字的讲究。黄庭坚称梅圣俞诗"用字稳实"、高子勉诗"置字有力"⑦，本属句法之论。尽管《蔡宽夫诗话》、《石林诗话》等主自然之旨而对炼字过甚的现象表示了某种程度的担忧，但是"句中炼字"仍是宋人诗话的普遍主张。《潜溪诗话》谓"句法以一字为工"，强幼安述《唐子西文录》以律诗"殆近法家"而"等闲一字放过则不可"，《彦周诗话》称"李义山诗，字字锻炼"⑧，并皆主张炼字。值得注意的是诗话多举一字为证的谈说方式，此类绝多，如《童蒙诗训》、

---

① 冒春荣：《葚原诗说》卷一，《清诗话续编》，上海古籍出版社1983年版，第1580页。
② 《宋诗话辑佚》，第152、350页；《历代诗话续编》，第140页。
③ 丁福保：《历代诗话续编》，中华书局1983年版，第369页。
④ 《宋诗话辑佚》，第101、607、483页；《历代诗话续编》，第335页。案山谷亦非不顾音律，如指王观复诗"不谐律吕"，固以为病。见《与王观复书》，卷十九。
⑤ 周裕锴：《宋代诗学通论》，巴蜀书社1997年版，第547页。
⑥ 张谦宜：《絸斋诗谈》卷三，《清诗话续编》，上海古籍出版社1983年版，第811页；《文心雕龙·章句》；《珊瑚钩诗话》，《历代诗话》，中华书局1981年版，第455页。
⑦ 《跋雷太简梅圣俞诗》，《跋欧阳元老诗》卷二六。
⑧ 《宋诗话辑佚》，第383页；《历代诗话》，第420页；《宋诗话辑佚》，第333页；《历代诗话》，第445、391页。

《诗学规范》、《优古堂诗话》、《庚溪诗话》悉指杜诗"身轻一鸟过"之"过",虽一字锻炼,人皆不到①;《竹坡诗话》举杜甫"春色浮山外,天河宿殿阴",以谓"宿"若易为"没",则无意味,并认为"大抵五字诗,其邪正在一字之间",而《石林诗话》、《对床夜语》、《艺苑雌黄》都引荆公称老杜"暝色赴春愁"下得"赴"字最好②。与此相关的是"改句"一目,《王直方诗话》、《漫叟诗话》并谓诗不厌改,以易一字生色,正是字句锻炼的精要之义,《陈补之诗话》、《玉林诗话》、《彦周诗话》、《娱书堂诗话》等多述其例③。

用字的具体讲究,一在字之虚实,如《对床夜语》之说用字虚、实、死、活,若"老杜多欲以颜色字置第一,却引实字来",《漫叟诗话》等则论"诗中语助",《竹坡诗话》以"诗用双叠字易得句"④,悉称切要之论。二在字音考求,如《洪驹父诗话》考正"欸乃"读音,《古今诗话》、《李希声诗话》辩"始"字上、去,《韵语阳秋》论"县"字平、去⑤,都属精细之讲。三在尚雅避俗。黄庭坚尝示"以俗为雅、以故为新"之要,《韵语阳秋》深以为然⑥。"以俗为雅"是取用俗语的原则,也是"点瓦砾为黄金"的灵丹妙法。如《艇斋诗话》谓陈子高"'江头柳树一百尺,二月三月花满天,袅雨拖风莫无赖,为我系着使君船',乃转俗为雅,似竹枝词"⑦。《竹坡诗话》引苏轼言"街谈市语,皆可入诗,但要镕化耳",如非化俗为雅,则俗字不用,若"'绽、葩'二字,是世间第一等恶字,岂可令入诗来!"⑧

第四是属对的讨论。属对一联,上下构句,形成一个独立的句法单位。《藜藿野人诗话》引"三过门中老病死,一弹指顷去来今",以谓"句

---

① 《宋诗话辑佚》,第595、620页;《历代诗话续编》,第229、168页。
② 《历代诗话》,第340、426—427页;《历代续诗话续编》,第437页;《宋诗话辑佚》,第582页。
③ 《宋诗话辑佚》,第50、355、294、501页;《历代诗话》,第399页;《历代诗话续编》,第499页。
④ 《历代诗话续编》,第418、423页;《宋诗话辑佚》,第354页;《历代诗话》,第349页。
⑤ 《宋诗话辑佚》,第430、218、479页;《历代诗话》,第532页。
⑥ 《再次韵杨明叔序》卷六;《历代诗话》,第504页。
⑦ 丁福保:《历代诗话续编》,中华书局1983年版,第333页。
⑧ 何文焕辑:《历代诗话》,中华书局1980年版,第354、358页。

◇诗赋研究的语用本位

法清健，天生对也"①，确指对仗的句法属性。《洪驹父诗话》、《古今诗话》、《三莲诗话》、《石林诗话》皆尚属对工切精巧；《王直方诗话》则谓"诗不可泥于对属"、《藏海诗话》认为"凡诗切对求工，气必弱"；《韵语阳秋》言"近时论诗者，皆谓偶对不切，则失之粗，太切则失之俗，如江西诗社所作，虑失之俗也，则往往不甚对，是亦一偏之见"②。关于属对之格，《王直方诗话》、《蔡宽夫诗话》、《观林诗话》、《漫叟诗话》等说"假对"，即假声为对，而《观林诗话》又说"双声叠韵对"③；《韵语阳秋》、《沧浪诗话》论"十字作一意"与"十字对、十四字对"，实即流水对④。属对讲求的重要方面，是一联上下两句的关系，或上重下轻，或"下句胜上句"，或上下错位⑤，均非惬当。而属对之最可称道者，则《诗学规范》所谓"作诗要开广"，如山谷"桃李春风一杯酒，江湖夜雨十年灯"，虽上下胡越，而竟成姻娅，固可以"奇语"视之⑥。

第五是用事的辩求。用事虽取于事类，但事类以成辞载诸典籍，而使事亦借字句之用，故以句法融摄用事，庶几近之。用事之讲本为山谷诗学的内容，如称高子勉诗"用事稳贴"、唐彦谦诗最善用事⑦；而黄氏作诗喜用故事，并与苏轼同尚，影响诗话之论。《蔡宽夫诗话》称杜诗用事浑成，《漫叟诗话》谓"东坡最善用事"、"用事亲切"⑧。然《对床夜语》谓诗家使事太多，取事与题类合，乃是"编事"，《彦周诗话》亦谓"凡作诗正尔填实，谓之'点鬼簿'，又谓之'堆垛死尸'"，又称山谷"平生几两屐，身后五车书"、"管城子无食肉相，孔方兄有绝交书"为"精妙明密，不可

---

① 郭绍虞：《宋诗话辑佚》，中华书局1989年版，第522页。
② 《宋诗话辑佚》，第427、240、487页；《历代诗话》，第416页；《宋诗话辑佚》，第90页；《历代诗话续编》，第331页；《历代诗话》，第486页。
③ 《宋诗话辑佚》，第25、400页；《历代诗话续编》，第118—120页；《宋诗话辑佚》，第359页；《历代诗话续编》，第114页。
④ 何文焕辑：《历代诗话》，中华书局1980年版，第485、692页。关于"流水对"，参拙著《中国古代诗法纲要》，齐鲁书社2005年版，第222—223页。
⑤ 强幼安述：《唐子西文录》，《历代诗话》，第446页；《藏海诗话》、《艇斋诗话》，《历代诗话续编》，第336、283页。
⑥ 《宋诗话辑佚》，第622页；《王直方诗话》，《宋诗话辑佚》，第62页。
⑦ 《跋欧阳元老诗》卷二六；《洪驹父诗话》，《宋诗话辑佚》，第426页。
⑧ 郭绍虞：《宋诗话辑佚》，中华书局1989年版，第390、363、370页。

加矣"①。故事之必用，在于诗之言辞与故事、典籍的历史关联，遂使诗意通古、言辞典雅而具书卷气，究归脱俗之旨。

第六是"活句"的问题。江西诗派"活法"之说，人皆视之为对山谷"规矩"、"准绳"的消解。但如吕本中倡言"活法"，却是"规矩具备而能出于规矩之外，变化不测而亦不背于规矩"②，固非破弃规矩。"活法"的切实所指乃是句法的讲求，盖有启于禅家之"参活句"，如曾几所谓"学诗如参禅，慎勿参死句"，又《石林诗话》引禅家"三种句"之说、《沧浪诗话》"须参活句，勿参死句"之谈③，并述江西之论。在吕氏之前，陈师道已有学仙换骨之谓。《王直方诗话》引潘邠老云："陈三所谓'学诗如学仙，时至骨自换'……然余见山谷有'学诗如学道'之句，陈三所得，岂其苗裔耶？"其实山谷、后山取说于仙道，吕氏及后来诸人援引乎佛禅，并主规矩之活用，一归于"不烦绳削而自合"的运法自然，而《韵语阳秋》以"鲁直谓陈后山学诗如学道，此岂寻常雕章绘句者可拟哉！"④且以黄说在前，后来之说必其苗裔无疑。

四

在"诗用"理论上，黄庭坚对宋代诗话影响最巨的话语是"点铁成金"和"夺胎换骨"，二者并系于陈言的化用而可入于句法的范畴，所以《玉林诗话》直以"句法相似"论之⑤。"点铁成金"出于山谷《答洪驹父书》：

> 自作语最难，老杜作诗、退之作文，无一字无来历，盖后人读书少，故谓韩、杜自作此语耳。古之能为文章者，真能陶冶万物，虽取古人之陈言入于翰墨，如灵丹一粒，点铁成金也。

---

① 《历代诗话续编》，第437页；《历代诗话》，第379页。
② 《夏均父集序》，《四部丛刊》影印《后村先生大全集》卷九五引。
③ 曾几：《读吕居仁酒食有怀其人作诗寄之》，见陈起《前贤小集拾遗》卷四；《历代诗话》，第406、694页。
④ 《宋诗话辑佚》，第57页；《历代诗话》，第495页。
⑤ 郭绍虞：《宋诗话辑佚》，中华书局1989年版，第501页。

◇诗赋研究的语用本位

诗取陈言,即"以故为新",而"点铁成金"则是以我意驱遣陈言,亦即《诚斋诗话》所言"用古人语而不用其意,最为妙法",例如黄庭坚《猩猩毛笔》"平生几两屐,身后五车书",盖"猩猩喜著屐,故用阮孚事,其毛作笔,用之抄书,故用惠施事,二事皆借人事以咏物,初非猩猩毛笔事也"①。此所谓"用事",只是略取述事之语而非实用事义,所以不是真正意义上的"用事"。"夺胎换骨"说见于惠洪《冷斋夜话》:

> 山谷云:诗意无穷而人才有限,以有限之才追无穷之思,虽渊明、少陵不得工也。然不易其意而造其语,谓之换骨法;窥入其意而形容之,谓之夺胎法。②

周裕锴认为,"'夺胎'与'换骨'的原始意义都是模仿前人诗意而点化之"。后人或称"脱化"、"脱换"③,适与"点铁成金"之取陈言相对。然古人之意存诸言辞,今用其意而造其语,实亦本于陈辞而变化用之,只是"点铁成金"是直取陈言,"夺胎换骨"是有所改易,二者并无本质的不同。莫砺锋先生注意到"语言的巨大稳定性"④,当知任何作者都必须依赖既定的语汇系统进行诗的写作,虽谓"语言艺术"的"创作",其实只是前人陈辞的运用,那么诗用脱化,固属不得不然⑤。借如诗用俗语,亦必"化俗为雅",所谓"点瓦砾为黄金手也"⑥。周裕锴引胡晓明《中国诗学之精神》之论,认为"夺胎换骨"的提出,意味着中国诗歌"意义原型之自

---

① 丁福保:《历代诗话续编》,中华书局1983年版,第141页。
② 见释惠洪《冷斋夜话》、《风月堂诗话》、《环溪诗话》合订本,中华书局1988年版,第15—16页。关于"夺胎换骨",周裕锴认为是惠洪之说,而非山谷之论,莫砺锋则持相反意见,本人同意后者的观点。案"夺胎换骨"与"点铁成金"相近,与黄庭坚诗学并无龃龉。至其具体说法与举例为证,则虽惠洪之见而不必尽合山谷之意,要亦无伤大体,不必胶柱琴瑟。周说见《惠洪与换骨夺胎法》,莫说见《再论"夺胎换骨"说的首创者》,俱载《文学遗产》2003年第6期。
③ 周裕锴:《宋代诗学通论》,巴蜀书社1997年版,第189页;(清)徐增:《而庵诗话》、顾嗣立:《寒厅诗话》,《清诗话》,第426、87页。
④ 《江西诗派研究》,第286页。
⑤ 关于诗用脱化的必然性,参拙著《中国古代诗法纲要》,齐鲁书社2005年版,第254—259页。
⑥ 《诗学规范》,《宋诗话辑佚》,中华书局1989年版,第622页。

觉",这出于宋人"后天相似环境中所产生的文化心理结构"①。这种"文化心理"是什么?我以为就是尚雅避俗的明确意识,为诗之所以必本陈言,固以陈言存诸典籍,而有典雅之致,取以入诗,爰使诗意高雅。无论后人对黄氏之说如何诋毁,其避俗之旨却本来契合诗道高雅的本质特点,正如清人杨际昌所言"诗家恶剿袭,不忌脱俗"②,俗者于诗无与,固宜诗家所轻。明人杨慎亦言,为诗不尚古雅,"则凡道听途说、街谈巷议,凶徒之骂座、里媪之詈鸡,皆诗也,亦何必读书哉"③!

"夺胎换骨"说尤为诗话所称,《王直方诗话》、《古今诗话》、《诗学规范》、《诗宪》等都有引述④。按惠洪所说,"夺胎"与"换骨"不同。《诗宪》云:"夺胎者,因人之意,触类而长之,虽不尽谓因袭,又能不至于转易,盖亦大同而小异耳……换骨者,意同而语异也。"或以"夺胎"乃改变作语之意,其实是因其意而转生我意;"换骨"则直仍其意,《韵语阳秋》称"诗家有换骨法,谓用古人意而点化之,使加工也"⑤。夺胎、换骨,并系作语之意,关键在于言辞的化用,这与"点铁成金"的直取陈言不同,然都属陈辞的运用。唯以夺胎、换骨相近,而诗话举例,又多有参互,所以论者讲求,或竟不加分别。对于此一问题,诗话的解说往往只是着眼于脱化的要旨,却并不拘于固定概念的精审定义。如《艺苑雌黄》并举宋徽宗、沈佺期、苏子美诗,概谓"夺胎换骨";《诚斋诗话》则举杜甫、苏轼、黄庭坚、吕本中脱化之例,并称"以故为新,夺胎换骨";又《艇斋诗话》举多人脱换之语,而指"皆夺胎换骨手"⑥。但《韵语阳秋》以此为"学者之大病",则可以看作宋人诗话对于脱化一途的自我警觉;尽管如此,宋人诗话对于脱化的基本态度,仍然是普遍的肯定,即如魏泰直言"诗恶蹈袭",但也明确承认"亦有蹈袭而愈工"者⑦。

---

① 周裕锴:《宋代诗学通论》,巴蜀书社1997年版,第191页。
② 杨际昌:《国朝诗话》卷二,《清诗话续编》,上海古籍出版社1983年版,第1719页。
③ 杨慎:《升庵诗话》卷五,《历代诗话续编》,中华书局1983年版,第719页。
④ 郭绍虞:《宋诗话辑佚》,中华书局1989年版,第102、260、612、534页。
⑤ 何文焕辑:《历代诗话》,中华书局1980年版,第495页。
⑥ 《宋诗话辑佚》,第540页;《历代诗话续编》,第148、309页。
⑦ 何文焕辑:《历代诗话》,中华书局1980年版,第483、328页。

◇诗赋研究的语用本位

"点铁成金"、"夺胎换骨"说反映了黄庭坚关于诗家造语因袭与创新关系的深刻见解,也是宋人诗话的重要认识。《后山诗话》引"以故为新,以俗为雅"之论,此本梅圣俞语,但山谷述之,甚为切合其学要旨,反而影响尤巨;又引王安石谓韩愈"力去陈言夸末俗,可怜无补费精神"①,然山谷反谓"老杜作诗、退之作文,无一字无来历"。韩愈"力去陈言"的戛乎生造,正唯脱化之实,十分典型地体现了因袭与创新的相即关系。《诗宪》则以因袭为难,而"转意者,因袭之变也……皆不失为佳"②。又《童蒙诗训》区别"循习陈言"与"规摹旧作",以前者为非而后者为是,并以唯山谷造语能达此妙,盖"未尝似前人而卒与之合,此为善学"③。

宋人诗话对于"点铁成金"、"夺胎换骨"之说的广泛支持,要在脱化之旨。《竹坡诗话》谓"自古诗人文士,大抵皆祖述前人作语",《艺苑雌黄》引江朝宗言"前辈为文皆有所本"④,二语与山谷"无一字无来历"之言,都以明确的论断深刻揭示了古人诗用脱化的普遍实情。《优古堂诗话》谓"诗人有沿袭不失为佳者"⑤,全书以脱化为宗,悉考诗语出处,在宋人诗话中最有典型性。《碧溪诗话》则分别"用事出处"与"造语出处"⑥,识见最为精审。他如《诚斋诗话》谓"句有偶似古人者,亦有述之者",《对床夜语》以"诗人发兴造语,往往不约而同",《石林诗话》谓"读古人诗多,意所喜处,记诵之久,往往不觉误用为己语"⑦,都解释了脱化之所以普遍存在的客观缘由。

在宋代诗话中,诗语出处的祖述考求乃是极为普泛的言说内容。略举其例,则谓王维诗取前人句、江淹李白诗相似、杜诗来历及"杜子美诗喜用《文选》语"、东坡用老杜诗意、东坡似乐天,若此等等,又如杨衡、

---

① 何文焕辑:《历代诗话》,中华书局1980年版,第314、304页。
② 郭绍虞:《宋诗话辑佚》,中华书局1989年版,第534页。
③ 同上书,第596页。
④ 何文焕辑:《历代诗话》,中华书局1980年版,第346页;《宋诗话辑佚》,第570页。
⑤ 丁福保:《历代诗话续编》,中华书局1983年版,第269页。
⑥ 同上书,第391页。
⑦ 《历代诗话续编》,第136、433页;《历代诗话》,第421页。

张籍、卢象、贺知章、严坦叔诸人之诗叙回乡之意而递相祖述①，都是此类内容的经常谈说。与此相关的是诗语出处注释、典故考证与讹误订正，如《洪驹父诗话》对杜甫诗注的多条订正、杜诗"黑暗"解、杜牧"未雩何龙"辨等，又如《艺苑雌黄》论注杜得失并考杜甫"黄独"、张衡"金错刀"、谢朓"澄江"等②，都以切实的字句考求反映为宋人诗话注重学问的整体倾向。

宋人诗话接续黄庭坚"点铁成金"、"夺胎换骨"之说展开诗语脱化的全面讨论，对后世诗学产生了广泛而久远的影响。诗语出处的考证，仍然是明清诗话谈论的主要内容，所云"须知推陈出新"、"能以陈言而发新意，才是大雄"③，表明了清人对于脱化一途的高度肯定；而王寿昌《小清华园诗话》断言"诗有三可借，故事可借，字意可借，古人句可借"④，则是对黄庭坚"点铁成金"、"夺胎换骨"说的坚定辩护。方南堂《辍锻录》说："要之作诗至今日，万不能出古人范围，别寻天地，唯有多读书，镕炼淘汰于有唐诸家……若舍此而欲入风雅之门，则非吾所得知矣！"⑤诗凭才情，亦赖学问，诗道高雅的本质特征决定了典雅成辞的点化妙用，而非俗语白话的随意敷衍。进而言之，宋代诗话的句法辨求乃至整个诗法的讨论，以其"多论字句"的言说方式出脱唐人诗格、诗式的刻板拘执，又将"诗文评"的玄虚理论落实于言辞的切实讲求，其独特的批评模式和论诗取向深刻影响后代诗话，使中国诗学走出空浮不切的印象式描述，从而构成了以语用讲求为基本模式的文本批评的庞大系统，这才是中国诗学的主要内容。应当承认的是，所有这些都不能不赖黄庭坚诗学的创辟之功。

---

① 《王直方诗话》、《诗史》、《潘子真诗话》，《宋诗话辑佚》，第76、470、300页；《韵语阳秋》，《历代诗话》，第505页；《高斋诗话》、佚名《纪诗》，《宋诗话辑佚》，第489、516页；《对床夜语》，《历代诗话续编》，第426页。
② 郭绍虞：《宋诗话辑佚》，中华书局1989年版，第423、424、427、535、542、544、546—547页。
③ 清方薰：《山静居诗话》引叶凤占言、薛雪《一瓢诗话》，《清诗话》，上海古籍出版社1963年版，第957、687页。
④ 郭诗绍虞编选，富寿荪校点：《清诗话续编》，上海古籍出版社1983年版，第1856页。
⑤ 同上书，第1944页。

程恩泽诗宗韩、黄与道咸诗风

　　王赓《今是楼诗话》云："有清一代诗体，自道咸而一大变，开山之功首推吾歙县程春海侍郎……崇尚朴学……诗宗昌黎、双井。"[1] 陈衍《石遗室诗话》亦谓程恩泽诗"私淑昌黎、双井"[2]。杜甫五、七古开启叙议一途，韩愈就此张大其绪，以文为诗，以叙议为事；但《南山诗》、《陆浑山火》、《石鼓歌》等篇，想象奇越、充塞经籍难僻字面，险怪绝伦，乃以学问为诗，自中唐开出一路，当许"别体"、"别派"[3]。宋人学韩以文为诗，才学大者如苏、黄力可当之，学力不逮者则徒以叙议为务，便成浅直敷衍。及道咸学宋、学韩，并无二致，盖宋人学韩，路径一致，程恩泽"诗宗昌黎、双井"以此。张穆《程侍郎遗集初编序》则云："公诗初学温、李，年长学厚，则昌黎、山谷兼有其胜。"[4] 又称诗"乙酉以前之作，竟无一字存"[5]，但其所传之作，造语略有绮艳蕴藉之迹。陈衍《石遗室诗话》谓程恩泽、祁寯藻皆"诗宗杜、韩"，以韩诗"别派"，正从杜甫五、七古开出，宋人学韩尊杜，并无相悖。而道咸宗宋，实自程氏倡之。陈衍又谓"祁文端为道咸间巨公工诗者，素讲朴学，故根柢深厚……常与唱和者，惟程春海侍郎"[6]。由云龙《定场诗话》则以道咸宗宋断自祁氏始，而不及

---

[1] 钱仲联：《清诗纪事》第十二册，江苏古籍出版社1989年版，第8647页。
[2] 同上书，第8645页。
[3] 贺裳：《载酒园诗话》，郭绍虞编选，富寿荪校点《清诗话续编》，上海古籍出版社1983年版，第411页。
[4] 程恩泽：《程侍郎遗集》第一册，中华书局1985年版，《丛书集成》本，第3页。
[5] 同上书，第4页。
[6] 钱仲联：《清诗纪事》第十二册，江苏古籍出版社1989年版，第8693页。

程氏①，显然不尽事实。但以春海早逝，春圃耆年，与曾氏同居上流，天下向风，则是实情。何绍基、郑珍同出程门，但为学为诗取径不一。郑珍精于文字之学，坚守许郑，而以学者终身；何氏学问驳杂，旁及子史百家释氏，颇类其师，而游心书艺。郑、何才情充沛，想象奇越，然何学苏、郑学韩，何诗宕佚，不免芜累，郑诗"古色斑斓，如观三代彝鼎"②，莫友芝与之同调，形成黔诗一脉，都归程氏倡导之功。

一

阮元《程春海公墓志铭》云："公幼颖异，毁齿经传皆成诵，尤好读古书，遇疑意，必考问释然而后快……居京师，益勤于学，天算、地志、六书、训诂、金石、皆精究之。"③张穆《程侍郎遗集初编序》亦云："公负奇气，博观强诵，于经训、史笈、天象、地舆、金石、书画、壬遁、太乙、脉经、格学，莫不穷究要眇。"④程恩泽论诗，亦主学问。程氏《金石题咏汇编序》云：

金石文字，自欧、赵著录以后，书不下百种。而裒其题咏为一集，则自甘君实庵始。或曰：诗以道性情，至咏物，则性情绌，咏物至金石，则性情尤绌，虽不作可也。解之曰：《诗》、《骚》之原。首性情，次学问。《诗》无学问，则雅、颂缺；《骚》无学问，则《大招》废。世有俊才洒洒，倾倒一时，遇鸿章巨制，则瞢然无所措，无它，学问浅也。学问浅，则性情焉得厚？况吉金多三代物，其文字与经表里，可补经阙。乐石之最古者与金同，其文字与史表里，可补史阙。宋人弃训诂，谈义理，自谓得古人心，不知义理自训诂出，训诂舛则义理亦舛。又史传年月官系之紊，非碑碣不能证。譬若群子姓议祖旧，忽引一数百岁人在侧，哑然指其妄，而议者纷

---

① 钱仲联：《清诗纪事》第十二册，江苏古籍出版社1989年版，第8694页。
② 陈田：《黔诗纪略后编》，见白敦仁《巢经巢诗钞笺注》，巴蜀社1996年版，第1486页。
③ 程恩泽：《程侍郎遗集》第一册，中华书局1985年版，第5页。
④ 同上书，第3页。

◇诗赋研究的语用本位

  纷退矣。然则吉金乐石之有关于经史如此，宜其自唐宋以来，题咏不绝，至我朝尤盛也。况训诂通转，幽奥诘屈，融会之者，恍神游于皇古之世，亲见其礼乐制度，则性情自庄雅……是性情又自学问中出也……①

  是为《程侍郎遗集》中仅见论诗完本，所可发抉者三。第一，性情学问并重。诗以导性情，本是儒门诗教，《毛诗序》"吟咏情性"之说，后世仍之。诗本性情，固无疑义，其谁曰不然？但如"性灵"荡越、子才才性，不免空疏；而沈德潜标举"温柔敦厚"，固以性情为本。程氏拈出"学问"，以与"性情"并举，并非不主性情，良以古来共识，老生常谈，其理自明，不需为论，而学问则诗家往往所轻，故必重加申明，而以《诗》、《骚》资于学问，乃指学问为本，以与性情并重。

  第二，性情自学问中出。程氏所指融会训诂者，性情自庄雅，是以学问涵养性情。黄庭坚有云，"诗词高胜，要从学问中来"②。山谷诗论足为宋人代表，主张"刻意于德义经术"以"深其渊源"，意在精神涵养，"万事不到胸次"；如"学书要须胸中有道义，又广以圣哲之学，书乃可贵"，反之"若其灵府无程……只是俗人耳"③，适见学问涵养，要在高尚脱俗；但"更精读千卷书"，则必资广博，如"晏叔原……平生潜心于六艺，玩思百家"，又如"（沈）存中博极群书，至于《左氏春秋传》、班固《汉书》"，无论经、史、子、集，至于广博精熟，"书味犹在胸中"，究使"胸中有万卷书，笔下无一点俗气"④，并以脱俗为的。程氏之论，有似山谷，但山谷取于诗人精神脱俗，程氏期于融会训诂，以造学者庄雅，一本于诗，一重于学，是其不同。

  第三，就吉金之物、乐石之考，可补经史之阙，程氏所重者固在学问

---

  ① 程恩泽：《程侍郎遗集》卷七，第二册，中华书局 1985 年版，第 143 页。
  ② 胡仔：《苕溪渔隐丛话》前集卷四十七引，人民文学出版社 1984 年版，第 320 页。
  ③ 黄庭坚：《答李几仲书》、《答洪驹父书三首》、《书缯卷后》，《豫章黄先生文集》卷十九、二九，《四部丛刊初编》第 164 册影印宋乾道本。
  ④ 黄庭坚：《书旧诗与洪驹父跋其后》、《小山集序》、《题王观复所作文后》、《书刘景文诗后》、《跋东坡乐府》，《豫章黄先生文集》卷三十、十六、二六。

考据，而金石题咏"至我朝尤盛"，必与考据之学密切相关。程氏讲求朴学，穷究天算、地志、六书、训诂、金石之要眇，岂独作诗之备？山谷之论读书，则纯以为诗之需。而道咸之咏金石，悉以考据家之所深癖，故以考据入诗，或竟以考据为诗。金石而外，举凡书画、笔砚、钟鼎，凡遇一物，咸喜考据拟诸韵语。是为程氏论诗要旨。程恩泽题书画最夥，他如《绨仔玉印诗》[①]及《郴州五盖山》[②]之叙砚石，祁寯藻《水轮歌》[③]、《福州督署观右旋白螺歌》[④]，何绍基《铜鼓歌》[⑤]、《觉生寺大钟歌》[⑥]、《书韩苏石鼓歌后》[⑦]，莫友芝《红崖古刻歌》[⑧]、《黄琴坞辅辰观察所藏古双松卷歌》[⑨]、《巢经巢释跋汉人记扶风丞武阳李君永寿未完褒斜大台刻字而系以诗》[⑩]，曾国藩《太学石鼓歌》[⑪]等，并资考据，可见一时风尚。按诸程氏所论学问考据，相符若契，盖师韩愈《南山诗》、《陆浑山火》、《石鼓歌》一路。而如郑珍题写书画、碑铭、钟鼎、异物，甚至农具、作物、饮食、病症，率多长篇大制，题材、篇什远过韩、程及同时诸人。

二

程恩泽论诗崇尚学问，盖发于韩愈以学问为诗，黄庭坚主于学问亦然。以学问为诗，自是以文为诗之义。宋诗学韩、道咸学宋，一归以文为诗之本。韩愈以文为诗，一任叙议，宋人及道咸皆然，每况愈下。程氏为诗，已发是途。陈衍《石遗室诗话》举例论其诗云：

> 程春海侍郎，肆力为诗，多于句调上见变化。如《澧州》云：

---

① 程恩泽：《程侍郎遗集》卷五，第二册，中华书局1985年版，第103页。
② 程恩泽：《程侍郎遗集》卷二，第一册，中华书局1985年版，第33页。
③ 钱仲联：《清诗纪事》第十二册，江苏古籍出版社1989年版，第8695页。
④ 同上书，第8704页。
⑤ 曹旭校点，何绍基：《东洲草堂诗集》，上海古籍出版社2006年版，第119页。
⑥ 同上书，第5页。
⑦ 同上书，第84页。
⑧ 张剑等编校：《莫友芝诗文集》，人民文学出版社2009年版，第383—386页。
⑨ 同上书，第381—382页。
⑩ 同上书，第232页。
⑪ 王澧华校点：《曾国藩诗文集》，上海古籍出版社2005年版，第92页。

◇诗赋研究的语用本位

"当天昏垫际，悔不疏瀹早。及夫洒澹后，晏坐食新钞。"《赠王大令香杜兼呈邓湘皋》云："吾拜先生笔，欲作每箝口。吾拜邓子诗，握管最棘手。"《赠沈栗仲》云："恨君不识袁孝尼，恨我不识元鲁山。"又："进观君艺何斒斓，能诗书画弈剑丸。所可测者器数间，不可测者海波澜。"《乙未春闱知贡举作》云："其学有马郑，其文有班扬。不乃命世才，借文为梯桄。不乃福果人，其文无短长。"《邗沟舟次》云："月饮更诗饮，絮语到夜阑。忽然几席近，忽然海天宽。"《大庾岭》云："谁其凿此张子寿，谁欲塞此丞相嘉。"《送季高行》云："几年诇帝丞相庐，几年手把种树书。几年泱涕伏垩室，一日作赋凌空虚。"又："倪喜博观拓眼界，则有群玉琅环居。倪喜射生战禽兽，则有惊翎金仆姑。"《沧岩》云："左揖元道州，右揖柳柳侯。兹岩者不得两先生姓字留，得无草木含泣泉石羞。两先生者不得兹岩游，得无神物闷惜铿其求。"①

兹所举例，是谓"句调上见变化"者，实即以文为诗、以散语为韵语、以叙议为造语常态。诗以意象为主②，正如严沧浪之说"兴趣"，妙在"不涉理路"③，兴象宛然；而叙述本属文章职用，虽诗中不免，但究非本职，即为措用，亦必带情韵、意象以行④。而凡陈氏举程诗之例，如"当天"、"悔不"、"及夫"、"所可测者"、"不可测者"、"其学"、"其文"、"不乃"、"忽然"、"谁其"、"谁欲"、"倪喜"、"则有"、"兹岩者"、"不得"、"得无"、"铿其求"诸语，都以文言虚字连带，职当议论、叙述之用，理路较然，是禅家所谓"比量"，亦为死句，不称"活句"，著于拟议推求，不是"现量"，不称兴象宛然，究之以文为诗、以散语为诗语。抑且虚字故意迭用，所云"句调变化"则成重沓，如"吾拜……吾拜……"、"恨君……恨我……"、"其学……其文……"、"不乃……不乃……"、"忽

---

① 钱仲联：《清诗纪事》第十二册，江苏古籍出版社1989年版，第8644页。
② 参拙著《中国诗句法论》，齐鲁书社2005年版，第38—40页。
③ 何文焕辑：《历代诗话》，中华书局1980年版，第686页。
④ 参拙著《中国古代诗法纲要》，齐鲁书社2005年版，第376页。

然……忽然……"、"谁其……谁欲……"、"几年……几年……"、"悦喜……则有……悦喜……则有……"、"左揖……右揖……得无……得无……"句调叠加，聊以间破散语板质，但以虚字重复，益为疏阔无物，徒凑字面，并皆油腔滑调，一语直下，略无顿挫，读之了了，倾泻太尽，绝非好语。陈氏称之，亦自惑于宋调而已，不可为训。宋人叙议，尚未如此泛滥，而苏、黄卓出，苏以才情胜，黄以酌句显，并资学问。

程诗学黄所得，非在散语敷衍，得在气格不凡、造语生峭。程氏七古短制如《春浦三叠前韵见柬又和》："殿前走马拂花雾，人道子昂无可铸。独抱明月掩朱户，便欲回山作长住。谁知上林借一树，天路漫漫此翔步。君到要津莫回顾，泂酌忠信须挹注。"① 是诗每句压仄韵去声，读来便有奇气。黄庭坚诗虽资叙议，但未多敷衍，而是构句谨严，以取拗峭，如《次韵王炳之惠玉版纸》略云："王侯须若缘坡竹，哦诗清风起空谷。古田小笺惠我百，信知溪翁能解玉。"② 将须比竹，措思奇峭。程诗"殿前走马拂花雾"、"独抱明月掩朱户"，虽不借典故比喻，但凿空虚说，写出才人潇洒，略得黄诗"哦诗清风起空谷"之趣。"谁知上林借一树，天路漫漫此翔步"，上句运思有致，下句散语奇峭。论程诗学黄，当于此处求之，不惟"句调变化"，导人误入魔道。

三

兹论程氏近体。陈衍《石遗室诗话》云："七律多涩体，如《渡淮》云：'遂磨洪泽而东镜，似筑深江以外墙。'《澥水道中》云：'用世岂如洴澼絖，持身安得橛株枸。'伯岩近体，多学此种也。"③ 陈氏亦以"涩体"学黄，既谓"涩体"，便非兴象浑融、造语圆转之如盛唐诗者，而是虚字转接如"而东"、"以外"、"岂如"、"安得"之属，职在语法连带、方位确说、理路推求，显见古体叙议移于近体者，而一经切实叙说、精确推求，则兴象不存、不复韵外之致。然用字如"洴澼絖"之直援经书僻涩字面、

---

① 程恩泽：《程侍郎遗集》卷三，第一册，中华书局1985年版，第60页。
② 《豫章黄先生文集》卷二。
③ 钱仲联：《清诗纪事》第十二册，江苏古籍出版社1989年版，第8644页。

◇诗赋研究的语用本位

"橛株枸"之取罕用名物,看来"古色斑斓",程氏古体常见;但近体轻便,难僻字之用,易使板质,用之则取厚重,唐人近体绝少。而"磨镜"、"筑墙"云云,用思险峻,以避凡庸,以取生新,的然山谷一路。又如《沁芳叔外舅五十寿》"一刲肉已通神理,三折肱能求结瘕"①,李贺《长平箭头歌》"折锋赤璺曾刲肉",古谓"割股疗亲",黄庭坚《寄黄几复》"持家但有四立壁,治病不蕲三折肱",程氏祖之,并出《左传·定公十三年》"三折肱知为良医"语。程句"已"、"能"虚贴,自是散语文句,用于律体,以平仄、属对限制,反较古体一顺敷衍者觉有奇崛拗兀,盖是山谷"拗体"常用,程氏得之。再如《过腰站有感》:"叔子去人真远甚,房公食鲊最凄其。"②《诗·邶风·绿衣》:"絺兮绤兮,凄其以风。""凄其"对"远甚",虚字用于句尾,律诗造语罕见,较诸自然流美,别是一格,惟非律诗造语常格,偶用反觉生新拗峭。

程氏近体多著议论,唐人不多,自韩愈古体叙议,晚唐近体渐有,宋人学韩,漫恣议论,程氏及道咸诸人益为疏阔,良由古体叙议惯性使然。程诗如《鸟语》"但能悦耳斯为快,岂料呼春别有情"③,"斯为"以配"别有",虚字衬贴以为议论,适使浅薄,若唐人"处处闻啼鸟",出以意象为足,两相比较,高下自别。《赠徐樗亭大令》"鸣和岂特岑高调,网佚真同马郑才"④,"岂特"、"真同"无谓,止以"剩字"闲言,敷为议论。程氏近体用事,也多称名字,如《毕子廉》"诗心直接陈芳国,才气几同祢正平"⑤,《春浦中允以余卜居邻近投诗相贺即步元韵奉酬》"论文喜得元才子,取友无如左伯桃"⑥,"直接"、"几同"、"喜得"、"无如"虚字连带,止足拈带古人名字,用典有乏点化,不称妙手,是如义山"獭祭"。但程氏七律也有风致,或以早年曾学义山,尚存影迹。诗如《扈跸东陵途中口

---

① 程恩泽:《程侍郎遗集》卷四,第二册,中华书局1985年版,第93页。
② 程恩泽:《程侍郎遗集》卷三,第一册,中华书局1985年版,第57页。
③ 程恩泽:《程侍郎遗集》卷二,第一册,中华书局1985年版,第25页。
④ 程恩泽:《程侍郎遗集》卷四,第二册,中华书局1985年版,第89页。
⑤ 同上书,第91页。
⑥ 程恩泽:《程侍郎遗集》卷三,第一册,中华书局1985年版,第45页。

程恩泽诗宗韩、黄与道咸诗风◇

占呈同直祁春圃》"踏碎月华花款段,摇残灯影锦屠苏"①,又如《挈眷定居藤花老屋》"驯鹿过山知草馥,流莺啼雨觉花深"②,味之端有绮艳之思,可证流丽之才。又录《倾城》见之:

倾城一笑玉无瑕,惯作新妆恼孟家。
缠帛纤纤轻采凤,翘鬟楚楚幻灵蛇。
但教翡翠娱兰畹,莫使蟾蜍蚀桂华。
一样笙歌明月夜,南栖萧寂北楼哗。③

美玉、新妆、缠帛、翘鬟、采凤、灵蛇、翡翠、兰畹、桂华、笙歌、明月,语词取用颇同义山《无题》之属,用字修饰细密,用思颇著巧致,与古体叙议敷衍,判若霄壤。大抵才人本色,学于温李擅能,但以学人倔强,便拟叙议为功,直如握拳击蚤。又如《忆春》:

钿毂金鞍竞五都,衣香鬓影仿三吴。
海棠庭院春如绣,燕子年光雨似酥。
画里游丝难捉搦,梦中佳句半模糊。
谁怜读易扃扉客,看取芜菁饶砌铺。④

昔日金鞍游冶,及今萧斋落寞,就如义山《无题》,绮艳辞笔,隐含无端伤感,诗中流露,情不自禁,柔情似水,相思如梦,必乃发之以情,出之以象,托诸金粉香腻,总在钿钗鬓影,固属才情本色。方此之时,凡学者之倔强、经籍之忆诵,尽皆抛诸云外。

李商隐诗有得于六朝,程氏博学,亦能仿佛,古体亦然。如《西邻柬祁春圃》⑤"只有霜雪浸吾颠,登临惆怅私自怜","私自怜"为宋玉《九

---

① 程恩泽:《程侍郎遗集》卷三,第一册,中华书局1985年版,第46页。
② 同上书,第60页。
③ 同上书,第64页。
④ 程恩泽:《程侍郎遗集》卷五,第二册,中华书局1985年版,第109页。
⑤ 程恩泽:《程侍郎遗集》卷三,第一册,中华书局1985年版,第61页。

◇诗赋研究的语用本位

辩》语;"梅李桃杏年复年",颇类六朝咏叹;"身非金石何能坚",自是《十九首》风调。"宝钗楼上通侯眠",汉武帝建宝钗楼,盖托之往古,故事风流;"看取鱼戏青田田",合取汉乐府《相和歌辞·相和曲》"莲叶何田田"及"鱼戏莲叶间"语。盖语词脱化,颇见所好,可证清丽之才。然"但思善闭遗钩键,肯以豨膏运方穿"及"昔也往蹇今来连"、"何如吾侪岸牵船"、"独我守此鲲桓渊"诸语,则以散语出之,虚字连带,叙议为主,滥入韩、宋句调,遂减风流本色,识者覆掌可按。

四

韩诗以文为诗而以叙议为务,本非诗之正途,其所可贵者,乃在以学问为诗,运以奇越想象,宋人学韩、道咸学宋之可取者,亦唯在此。陈衍谓程氏"七言古柏梁体十之八九,否则提韵,否则转韵,实学山谷者"[①],毋宁直说学韩为妥,究在韩愈《南山诗》、《陆浑山火》、《石鼓歌》一路,程集中《郴州五盖山》[②]写砚石,最近《石鼓歌》,可以为例。序曰:"郴州五盖山至峻屹,其颠有峰益高,戴龙湫,湫下坎产石,若端溪。郴人取而砺,不知砚材也。刺史曾君钰识而宝之,以为胜端溪下岩。丁亥秋,余在长沙,忽一夕梦造刺史室,室尽砚,邀赏之,遂怀一去。觉而寓书于刺史,以为笑。时绝不知有得砚之事也。刺史答书,述果得砚,故且诧我梦,我亦自诧。其腊小除,刺史饷砚二,启视之,皆梦中所见也。刺史有诗,作此奉酬。"诗云:

五盖齿齿龆云霄,上犹有峰安可穷。
其峰崒兀戴神瀵,云是雷电龙所宫。
潜源一线穴南澥,灵液馈鳎蒸云红。
云乾液枯渐可割,化作百万圭璋琮。
何人欲斫不敢斫,斧凿落处飞晴虹。
尺寸偶挂使君眼,云此实与端溪同。

---

① 钱仲联:《清诗纪事》第十二册,江苏古籍出版社1989年版,第8644页。
② 程恩泽:《程侍郎遗集》卷三,第一册,中华书局1985年版,第32—33页。

试琢平坦著子墨，其色黝黝花丛丛。
能饮陈思八斗血，能了潘谷三年舂。
左右惊譀诧瓊玮，使君荷臿亲相从。
使君能文善隶古，以石为友书为农。
故因华妙闻帝所，册以即墨诸侯封。
况复俎豆韩张李，得不诚感昌黎公。
报以文玩助文藻，濡染郴笔倾湘东。
却怪迟锦与江管，无乃梦幻空其空。
而我以梦诣君所，自堂徂室窥帘栊。
画屏棐几发奇怪，是何物者光熊熊？
如肌肉活怯指按，如烟雾凝愁风攻。
紫者腻墨比刮竹，青者摧墨侪拔虉。
一庐之内卧磥砢，有似马磨环其躬。
我怀其一拜君去，仿佛度岳闻清钟。
觉来挑灯索席扈，依旧败瓦欹诗筒。
乃修鱼素博群哂，君答有鹿藏隍中。
我欲顺途咏其事，君乃锦帕双其蒙。
绳开匣启烂然出，与梦所见无殊踪。
魁急井华过一斗，不暇作字专磨砻。
麝香沤郁衫袖飐，一笑残岁峥嵘终。
转怜砚不入君鉴，女以捣练男铦锋。
有若伟士遁荒陬，头白志拙无遭逢。
即今走马望五盖，欲诣君室偏匆匆。
何妨昔昔梦为仆，手把椎斫披蒙茸。
并儗撰铭五千首，一一剿遍仙芙蓉。
大呼石超尔何在，曷亦拜倒曾南丰。

首先是想象奇特，如"云是雷电龙所宫"、"能饮陈思八斗血"、"潜源一线穴南澥"，怪绝无伦，骇人心魄；而"灵液馈鳛蒸云红"、"斧凿落处飞晴

129

◇诗赋研究的语用本位

虹"则奇丽绝美，想落天外。但是诗此类不多，而以平铺直叙为主，较诸韩愈之作，腾跃逊之。其次则体物细腻、形容贴切，"如肌肉活怯指按，如烟雾凝愁风攻"、"紫者腻墨比刮竹，青者摧墨侪拨虋"，叙写砚石肌理形貌，"麝香沤郁衫袖黰"，写磨墨体味，都从心中潜玩，物我相合，颇得神理。再次则句法拗折，是昌黎、山谷之所尚者，如"故因华妙闻帝所，册以即墨诸侯封"、"况复俎豆韩张李，得不诚感昌黎公"，"故因华妙"、"册以即墨"、"得不诚感"，深得韩愈文句拗折紧凑之致；"自堂徂室窥帘栊"，与韩愈《山石》"升堂坐阶新雨足"、"觉来挑灯索席虋"，同得文句叙述简密洗练之致；"云乾液枯渐可割"、"乃修鱼素博群哂，君答有鹿藏隍中"、"女以捣练男铦锋"，大抵一句能言两三事，虽用虚字连带，然无散缓拖沓之弊；但如"而我以梦诣君所"、"我怀其一拜君去"、"我欲顺途咏其事"、"与梦所见无殊踪"，则文句直述，未加锤炼，平白无味，散漫敷衍，固亦韩、黄发之。复次则难僻字之用，援以经典，古色斑斓，如"其峰硉兀戴神灒"，"灒"出《列子·汤问》"有水涌出，名曰神灒"；"硉兀"又作"硉矹"，出郭璞《江赋》"巨石硉矹以前却"；"麝香沤郁衫袖黰"，"黰"，《集韵》月韵引《说文》谓"黑有文也"。然难僻字之用，犹不若郑珍为多。

程集学问诗不少，都似学韩。例如《为煦斋师题赵松雪兰亭十三跋真迹残本》[①]叙王书遇火而残，"右军鬼入荣禄腕，天欲一火焚其真"，就此选题而著兴趣，或有启于韩愈《陆浑山火》，诗云"六丁取去定无恙，半在人间半天上"，就一物遇火宕开想象；"丹霞烧月色愈皎，赤舌焦桐声益壮"，想象益奇，写火而至美，是其着意追求。又《缞仔玉印诗》：

<blockquote>
截肪方寸腴可餐，缪篆鸟头纷屈盘。
日华映雪愁燖涾，点朱入肉红而殷。
缞仔妾赵文四言，缞衣为缞称妇官。
</blockquote>

---

① 程恩泽：《程侍郎遗集》卷五，第二册，中华书局1985年版，第103页。

程恩泽诗宗韩、黄与道咸诗风◇

亦云倢伃纡舒安，大当以下推崇班。
天水一姓三其饕，钩弋高居尧母门。
双燕飞啄仓琅根，若云拳握玉钩阑。
得无纤指亲控抟，金霞帐底月蛤团。
得无擎此掌中看，夜光珠照肤体寒。
得无佩此来珊珊，可怜姊妹承恩欢。
父冯万金非赵曼，何如望气求河间。
奇女子有黄云漫，时无昭仪位尤尊。
金章紫绶同赐颁，此纽文采鸳鸯蟠。
扣鸳无语深可叹，寻其流传自冰山。
亦弆墨林紫桃轩，比来归龚复归潘。
日千挲挈百循环，媚虹妩月秋宵干。
想当印信初封完，婵娟烟视花破颜。
无论锦带谁礴刌，总贮金屋珠奁端。
三千年来数梁园，此尤芬逸夸季兰。
愿将紫泥印干缙，艳呼官氏留人寰。①

是诗取材，大类韩愈《石鼓歌》，作法则《陆浑山火》一路。诗叙文物，追述往古，荡越想象，漫加议论，句句押韵，句法拗折，佶屈聱牙，难僻充目，虫鸟阙蚀，古色斑斓。"缪篆鸟头纷屈盘，日华映雪愁燖潎"写玉印形状，如睹上古之物。"点朱入肉红而殷"，写出红泥玉润，有如美人凝脂，与"得无纤指亲控抟，金霞帐底月蛤团"等一段，及"金章紫绶同赐颁，此纽文采鸳鸯蟠"之状形，颇见绮艳，切合器物人事，令人嘘唏。凡此悉资想象，必赖学识。句式屈折，则"纷屈盘"、"红而殷"，"三其饕"、"同赐颁"，散语受七言限制之紧缩，加之刻意回避近体平仄之"三平"、以及柏梁体每句押韵，故求奇崛不畅，有得韩愈《陆浑山火》真味。但如"绬仔妾赵文四言"云云，殆不可读。用字则"燖、潎、缠、倢、弆"等，

---

① 程恩泽：《程侍郎遗集》卷五，第二册，中华书局1985年版，第110—111页。

◇诗赋研究的语用本位

取用难僻,望之而有古色,适可镇压散语敷衍。"得无……得无……得无"之排比,以求句法一顺,间破诘屈晦涩,却显敷衍。而造语略存绮艳之迹,时时流露,点缀"烂砖碎瓦"①之间,是为庞垲所嘲韩愈《南山诗》语,《石鼓歌》尤甚,程诗亦然,盖叙写故旧文物而时见难僻之字,宜有此譬。而程氏《丙申七月七日携酒食就友石同年宅……各携书画会看荷屋有诗因答其意》②,则难僻字尤多,如写"七月七日宜曝书,东邻竿曳貂襜褕",《汉书·何并传》"林卿迫窘,乃令奴冠其冠被其襜褕自代",颜师古注谓"襜褕,曲裾禅衣也";"褾绫碧鸾锦挎蒲","褾绫"为装裱绫纸,"挎蒲锦"为蜀绫,其纹似挎蒲之形,两尾尖削而中宽故称,此用周密《齐东野语》卷六"僧梵隆杂画横轴"条"挎蒲锦褾,碧鸾绫里"语。"亦携躞玉籤珊瑚",米芾《书史》"白玉为躞黄金题"。凡此字画语,必谙其事,而后取用自如,信乎程氏深于金石、书画,"莫不穷究要眇",而学问诗叙写一物,端赖读书之博,自韩愈、苏黄及道咸莫不如此,学问深浅,于此立判。

五

程恩泽倡导尊韩学宋,首在叙议一途,"句调变化"见之,是即以文为诗;次在考据入诗,要归想象、学问,而经籍难僻字之用,最为标识。程、祁酬和,共倡朴学、宋诗,为诗固有同尚,则睹一物而述之,散语叙议,所在一如,唯充以典事、运以想象,至与未至,所造不等,则视学力而判。

祁诗叙写一物者如《福州督署观右旋白螺歌》③云:"百川东注天左旋,地轴入海枢在天。灵螺抱珠独石转,乃与七曜精光联。"境界阔大,驰想奇越。又称乾隆丁未,帝赐白螺,可定风波,藏班禅所献,"帝谓尔众涉大川,赐尔白螺神所虔"云云,叙述直白;"海邦从此得宝镇,不惟其物惟其贤,大哉皇心契真宰"云云,议论浅切。较之程氏之叙砚石,显

---

① 庞垲:《诗义固说》,《清诗话续编》,上海古籍出版社1983年版,第738页。
② 程恩泽:《程侍郎遗集》卷五,第二册,中华书局1985年版,第111页。
③ 钱仲联:《清诗纪事》第十二册,江苏古籍出版社1989年版,第8704页。

见浮薄,良以叙述所运、想象所之,非资经籍,用字平常,固无古色,有乏厚重。但资于经籍者,亦略可见。

何绍基诗"出入苏黄,才思皆有余"[①],钱仲联则推晚清学苏第一,然"篇什富有,不免有平庸之作"[②]。但所至似亦可观,如《觉生寺大钟歌》,必是韩愈《石鼓歌》、程恩泽叙砚石之属,诗云"海波夜掣鲸鱼尾,蒲牢一吼天飚驶",腾挪想象,气势不凡。又云:"红炉大冶腾金精,欹山欱野烟飞紫。千辟万灌铸始成,崇牙笋虡森错峙。椹椎古色焕陆离,蛟螭蹴破沧溟水。"则益加着力,"欹"、"欱"、"虡"、"椹",取诸经籍,诗中罕用,用于叙写文物,正谓古拙厚重、古色斑驳。但如"前者已误后则难,水昌毓秀皆基此",以及"百余年后世界移"、"我今瞻仰岂偶然"云云,却以叙议敷衍,其中无物,不免平直浅薄。

曾国藩有《太学石鼓歌》,一任散语叙议,如"坐卧其下三徘徊"、"诏移此石归汴水"诸语,散缓拖沓,敷衍成篇。只如"周宣秉旄奠八柱,岐阳大狩鞭风雷",气势亦为可观;"霜饕日剥空黄埃",稍寓感慨;"始异泮沼剜苍苔",略有古色。盖既乏想象而不能腾挪,非资经籍而不能厚重,徒以叙议影掠,必且失之浅浮。莫友芝号为学人,故多文物题咏,《红崖古刻歌》首云:"《禹经》黑水既茫昧,笺疏苦索金沙壩。三危入海向何处,一任北辀驰南辕。"驰思旷古,漫考蛮荒,笺疏苦索,茫昧难求。接云:"神迹恍遇随山刊。洪水坤维患匪剧,四载所勩排瀹便。"洪荒渺茫,龙蛇遁迹。又云:"劓辰凿宿咨兴会,六丁雷霆相先后。形成五岳气九鼎,光怪烂溢朱明天。"惊心动魄,振聋发聩。并其想象邈杳,才思驰越。而上既索笺疏,下则复云:"矩州鬼国复行省,循声误读讹沿讹。儒生考古别羿些。"以下则考事实,信知考据为诗。及其散语叙议,如"鬼方九侯一国耳"、"乃知等尔非事实",不免敷衍,自是道咸同尚。用字则"勩、瀹、劓"等,并皆难僻,以取古色。

至于郑珍为诗学韩,最为称能,良以谨守师训,粹业经典,便资取

---

① 陈衍评语,见《清诗纪事》第十四册,江苏古籍出版社1989年版,第10005页。
② 钱仲联:《清诗纪事》第十四册,江苏古籍出版社1989年版,第10007页。

◇诗赋研究的语用本位

耨。考据入诗写钟如《安贵荣铁钟行》①、写碑如《腊月廿二日遣子俞季弟之綦江吹角坝取汉卢丰碑石歌以送之》②等,足为道咸学韩代表。郑集中写一物而资学问,以为考据,在在有之,例如《竹王墓》③考竹王传说;《玉蜀黍歌》④考玉蜀黍,旁征博引,纯乎考据;《播州秧马歌》⑤详叙秧马制式及其操作,可当《考工记》为读;《四橘堂歌》⑥写都匀郡署内堂后四株橘树;《㰁木诗》⑦叙遵义特产,并据经籍,述之甚详。甚至人馈干鱼,则有《谢芝园致干鱼》⑧诗,衍为长篇;门生馈黑饭,则为《青精饭》⑨诗,详考里中风俗所自;孙儿种痘,则作《玉孙种痘作二首》⑩,其二益资考据,详其疾病所由。凡此都写一物,极称博洽,道咸诸人有所不及,良以才力分限、学力深浅、并其性情不同,为诗取径不一,非可一律概之。但道咸诸人,率皆出入唐、宋,总在韩杜、苏黄之间,咸以叙议为事、学问为能、考据为癖,是非然否,都归程氏开启之途。

---

① 白敦仁:《巢经巢诗钞笺注》,巴蜀书社 1996 年版,第 696—697 页。
② 同上书,第 667 页。
③ 同上书,第 1198 页。
④ 同上书,第 117—118 页。
⑤ 同上书,第 69 页。
⑥ 同上书,第 625—626 页。
⑦ 同上书,第 1207—1208 页。
⑧ 同上书,第 1037 页。
⑨ 同上书,第 933 页。
⑩ 同上书,第 1106—1107 页。

郑珍"学人诗"的学韩路向

胡先骕云:"郑子尹卓然大家,为有清一代冠冕。纵观历代诗人,除李、杜、苏、黄外,鲜有能远驾乎其上者。"① 仅从"学人诗"的学问显现视之,其说可解。而钱锺书云:"清人号能学昌黎者,前则钱箨石,后则程春海、郑子尹……程、郑皆经儒博识……得昌黎以文为诗之传。"② 程、郑深于学问,足以"学人诗"接续韩诗一脉。陈衍《近代诗钞序》谓嘉、道以来程恩泽、祁寯藻、何绍基、郑珍、莫友芝、曾国藩一变王士禛标举"神韵"、沈德潜主张"温柔敦厚"的风尚,"而后学人之言与诗人之言合"③。同光体"尊巢经巢诗为宗祖"④,郑诗被推为"学人之诗"的典范。郑珍为诗深受其师程恩泽影响。程恩泽论诗,"首性情,次学问"而强调学问一端⑤,以为考据诗张目,较宋人为诗看重书卷学养、资于典实脱化⑥愈骛愈远。郑珍亦主读书学赡⑦,是为其诗之本。莫友芝⑧、姚永概⑨、翁同书⑩等论郑诗,都指性情、学问,而重在后者。郑诗想象奇越,富于才情;而典实赡

---

① 胡先骕:《读郑子尹〈巢经巢诗集〉》,张大为、胡得熙、胡德焜编《胡先骕文存》,江西高校出版社 1995 年版,第 114 页。
② 钱锺书:《谈艺录》,中华书局 1984 年版,第 177 页。
③ 陈衍:《近代诗钞序》,郑朝宗、石文英校点,陈衍《石遗室诗话》,人民文学出版社 2004 年版,第 822 页。
④ 钱仲联:《清诗纪事》第十四册,江苏古籍出版社 1989 年版,第 10028 页。
⑤ 程恩泽:《程侍郎遗集》卷七,第二册,中华书局 1985 年版,《丛书集成》本,第 143 页。
⑥ 参拙文《黄庭坚诗学与宋人诗话的论诗取向》,《文学遗产》2008 年第 4 期。
⑦ 白敦仁:《巢经巢诗钞笺注》,巴蜀书社 1996 年版,第 595 页。
⑧ 张剑等编校:《莫友芝诗文集》,人民文学出版社 2009 年版,第 587 页。
⑨ 钱仲联:《清诗纪事》第十四册,江苏古籍出版社 1989 年版,第 10025 页。
⑩ 同上书,第 10022 页。

◇诗赋研究的语用本位

富、多用经籍难僻字面，又必资学问，所以最称学韩，而与程氏同调。

陈衍谓程恩泽、祁寯藻诗宗杜、韩，而何绍基、郑珍、莫友芝相从，"率以开元、元和、元祐诸家为职志"[1]，又谓程诗"私淑昌黎、双井"[2]。他如由云龙谓祁寯藻、曾国藩"显然主张宋诗"[3]，施山谓曾国藩"学韩而嗜黄"[4]，钱仲联谓何绍基诗学苏轼[5]，余武祥谓莫友芝诗"取经于山谷、后山而蕲造于杜、韩"[6]，其述道咸诸家所尚，率皆出入唐、宋而归于尊宋。此中唐、宋的分途与交越，最为切近的因缘就是程恩泽倡导宋诗，而为诗学韩。宋人以文为诗、以议论为诗、以学问为诗，在根本上都受韩愈的深刻影响。迄道咸诸人学韩与学苏、黄，大体路向并无向背，初则发于叙议一途，继则必有分轨：学韩而至者厚实，程恩泽、郑珍当之；学苏无节者宕佚，何绍基有之；学后山者严谨，莫友芝诗得之；拟山谷者傲兀，曾国藩诗为然；至学放翁则趋平易，祁寯藻诗如此。韩愈以文为诗，要在博识，唯程、郑学力可以当之。

一

韩诗为宋诗本从，程、郑主宋而学韩，是为善达其本。韩愈以文为诗，要在运用散语以为叙述议论。随检韩集中如《赠侯喜》"吾党侯生字叔起，呼我持竿钓温水，平明鞭马出都门，尽日行行荆棘里"[7]，散语平铺直叙，与记叙文写法略无二致，只是七言入韵，才称为"诗"；又同篇"我今行事尽如此，此事正好为君规"云云，散语浅白议论，韩集触目即是。陈师道批评"韩以文为诗……故不工耳"[8]，宋人学韩以文为诗，也深著浅直

---

[1] 钱仲联：《清诗纪事》第十二册，江苏古籍出版社1989年版，第8645页。
[2] 同上。
[3] 同上书，第8694页。
[4] 钱仲联：《清诗纪事》第十四册，江苏古籍出版社1989年版，第10090页。
[5] 钱仲联：《梦苕盦诗话》，齐鲁书社1986年版，第212页。
[6] 钱仲联：《清诗纪事》第十四册，江苏古籍出版社1989年版，第9652页。
[7] 钱仲联、马茂元校点：《韩愈全集》，上海古籍出版社1997年版，第13页。
[8] 陈师道：《后山诗话》，何文焕辑《历代诗话》，中华书局1981年版，第303页。

之病。田雯《古欢堂杂著》卷二谓"山谷诗从杜、韩脱化而出，创新辟奇"①，贺裳《载酒园诗话》谓韩诗本为"别体"、"别派"，并指欧阳修学韩而失之浅直②，吴乔然之③，是属宋人通弊。

叙述议论本是文章职用，诗则主于兴象，严羽《沧浪诗话》指宋人"以议论为诗"，深中要害，但批评宋人"以才学为诗"④，却导人徒关"妙悟"。迄清王士禛援以专主"神韵"，朱庭珍斥为"一偏之见"，盖"名手制作，正在使事与议论耳"⑤。使事资于学问，必从多读书来。神韵说的弊端正是道咸诸家不规于王士禛标举神韵、转而学宋、学韩的切近原因。韩诗以散语叙述议论，固多平直粗陋，但以才力学力之大，运以奇绝想象、驱遣丰富典事与经籍难僻之字，加以险韵，则形成奇崛排奡的显著特色，在《南山诗》、《陆浑山火一首和皇甫湜》，以及写一物者如《石鼓歌》诸篇表现最为明显，而程、郑学韩所得，也终究在此一路。李东阳《麓堂诗话》指韩诗"偏长独到之处"⑥，窃以要在想象、学问两端。张戒《岁寒堂诗话》卷上谓"退之诗，大抵才气有余，故能擒能纵，颠倒崛奇，无施不可"⑦，诸篇足资为证。

《南山诗》"粗叙所经觏"，知以记叙为主。宋魏仲举辑《五百家注昌黎文集》卷一引韩醇曰："是诗凡百有二韵，始总叙四时之变，次叙南山连亘之所止，其末则叙其经历之所见焉。"⑧写经历所见，"中间连用五十余'或'字，又连用叠字十余句"⑨。诗云："或连若相从，或蹙若相斗。或妥若弭伏，或竦若惊雊。或散若瓦解，或赴若辐辏。或翩若船游，或决若马骤……或覆若曝鳖，或颓若寝兽。或宛若藏龙，或翼若搏鹫。"想象

---

① 田雯：《古欢堂杂著》，郭绍虞编选，富寿荪校点《清诗话续编》，上海古籍出版社1983年版，第701页。
② 贺裳：《载酒园诗话》，《清诗话续编》，上海古籍出版社1983年版，第411页。
③ 吴乔：《围炉诗话》卷五，《清诗话续编》，上海古籍出版社1983年版，第624页。
④ 严羽：《沧浪诗话》，《历代诗话》，中华书局1981年版，第699页。
⑤ 朱庭珍：《筱园诗话》卷一，《清诗话续编》，上海古籍出版社1983年版，第2333页。
⑥ 李东阳：《麓堂诗话》，丁福保辑《历代诗话续编》，中华书局1983年版，第1373页。
⑦ 张戒：《岁寒堂诗话》卷上，《历代诗话续编》，中华书局1983年版，第458页。
⑧ 魏仲举辑：《五百家注昌黎文集》卷一，文渊阁《四库全书》本。
⑨ 叶矫然：《龙性堂诗话》初集，《清诗话续编》，上海古籍出版社1983年版，第976页。

◇诗赋研究的语用本位

奇特，才力赡富，正可谓"姿态横生，变怪百出"，不能以常态观之，当许"别体"、"别派"，独具一格。而典事和难僻字的运用，则充分显示韩愈的博识。诗中如"飘簸"、"沮洳"、"犖崒"、"歊歘"等，出于《诗》、《礼》、《周易》、《左传》、《尔雅》、《说文》、《老子》、《庄子》、《史记》及汉赋，征引浩博；而诸字难僻，唐人罕用，近体则惟避之，以有碍灵动；用于古体长篇，则可矫敷衍之弊，若白居易歌行，连篇累牍，流丽有余，而失之浮滑，正惟使事少、内涵薄，用字过于平易，不能深厚。但庞垲《诗义固说》卷下指此诗"如烂砖碎瓦，堆垛成丘耳，无生气，无情致，无色泽"[1]。谢榛《四溟诗话》卷二亦云：《诗》曰："游环胁驱，阴靷鋈续。"又曰："'钩膺镂钖，鞹鞃浅幭。'此语艰深奇涩，殆不可读。韩、柳五言，有法此者，后学当以为诫。"[2] 若以情致灵动言，二氏之说有以，谓之非诗亦可；但以"别体"视之，当许独创一格，难僻字之用，正是著意追求古雅拙重、古色斑斓。

《陆浑山火一首和皇甫湜用其韵》，《五百家注昌黎文集》卷四引韩醇谓此诗"始则言火势之盛，次则言祝融之御火，其下则水火相克相济之说"[3]。写山火之盛云：

山狂谷很相吞吐，风怒不休何轩轩，摆磨出火以自燔。有声夜中惊莫原，天跳地踔颠乾坤。赫赫上照穷崖垠，截然高周烧四垣。神焦鬼烂无逃门，三光驰骤不复暾。虎熊麋猪逮猴猿，水龙鼍龟鱼与鼋。鸦鸱雕鹰雉鹄鹍，燖炰煨爊孰飞奔。

摆磨出火，莫原吹风，天踔地跳，神焦鬼烂，奇绝想象，惊心动魄。后四句排比飞走鳞甲，焚炙无逃，千万情状，堆垛而出，有似大赋铺排，可谓以赋为诗。其中用字，祝充注"燖"出《仪礼》"唯燖者有肤"，"炰"出

---

[1] 庞垲：《诗义固说》卷下，《清诗话续编》，上海古籍出版社1983年版，第738页。
[2] 谢榛：《四溟诗话》卷二，《历代诗话续编》，中华书局1983年版，第1168页。
[3] 魏仲举辑：《五百家注昌黎文集》卷四。

《诗》"毛炰胾羹";"爤"见《广韵》"埋物灰中令熟"①,并皆经籍难僻之字,若此甚夥,充塞章句,故取古质厚重,较唐人虚灵清空之作,不啻胡越,实以非诗为诗,是其倔强追求。

《石鼓歌》叙写文物,对后世直至道咸影响至深。明冯惟讷《古诗纪》卷一百四十一引《金精山记》云汉代张芒女张丽英作《石鼓歌》②、梅鼎祚《古乐苑》卷五十一亦为收录③,事涉幽怪,但言辞古朴,大类汉代乐府歌辞。宋何谿汶《竹庄诗话》卷十九引同代《笔墨间录》谓韩愈"此歌全仰止杜子美《李朝八分小篆歌》"④。而韦应物已作《石鼓歌》,其中"风雨缺讹苔藓涩"、"惊潜动蛰走云云"二语,固有斑驳古色,其余则直述无味。韩愈《石鼓歌》不然。首段叙述石鼓流传纲绪,"周纲陵迟四海沸,宣王愤起挥天戈"、"诸侯剑佩鸣相磨",描写极具声威,不唯直叙事实。叙石鼓之状,则"雨淋日炙野火燎,鬼物守护烦㧑呵",滥入幽怪想象,是其本色。至状石鼓文字之迹,则"年深岂免有缺画,快剑斫断生蛟鼍",祝充注引《礼记》"伐蛟取鼍";"鸾翔凤翥众仙下,珊瑚碧树交枝柯",孙氏注引班固《西都赋》"珊瑚碧树,周阿而生";"金绳铁索锁纽壮,古鼎跃水龙腾梭",韩醇注谓"汉武帝得鼎于汾水,梭,织具也"⑤。并皆驰想奇绝,险怪无伦,取资古籍,浩渺不测,此所以韦苏州万一不及之故。而宋王正德《余师录》卷二谓此诗"曾不得鼓之仿佛"⑥,以其驰想飞越,并不胶着此物叙写,论者征实,不足为训。后世苏轼、明李延兴亦有同题之作,可见影响深远。

程恩泽学韩为能,要归学问深厚。阮元、王赓谓程恩泽深于许郑朴学,谭献则指其"诗文似皆学韩"⑦。陈衍谓程诗"多于句调上见变化"⑧,

---

① 魏仲举辑:《五百家注昌黎文集》卷四。
② 冯惟讷:《古诗纪》卷一四一,文渊阁《四库全书》本。
③ 梅鼎祚:《古乐苑》卷五十一,文渊阁《四库全书》本。
④ 何谿汶:《竹庄诗话》卷十九,文渊阁《四库全书》本。
⑤ 《五百家注昌黎文集》卷五。
⑥ 王正德:《余师录》卷二,文渊阁《四库全书》本。
⑦ 钱仲联:《清诗纪事》第十二册,江苏古籍出版社 1989 年版,第 8642、8643、8647 页。
⑧ 陈衍:《石遗室诗话》,辽宁教育出版社 1998 年版,第 157 页。

◇诗赋研究的语用本位

实即以散语为韵语。陈氏所举诗例①，如"当天"、"悔不"、"及夫"、"不乃"、"忽然"、"其学"、"其文"、"谁其"、"所可测者"、"不可测者"云云，都以文言虚字连带，职当议论、叙述之用，理路较然，是禅家所谓"比量"、实惟死句。句式故意迭用如"吾拜……吾拜……"、"恨君……恨我……"、"其学……其文……"、"不乃……不乃……"、"忽然……忽然……"、"左揖……右揖"等，油腔滑调，一语直下，倾泻太尽。韩诗散语固未至此，是由宋人学韩，至于轻滑，程氏承之，益复恣傥，而陈氏称之，亦自惑于宋调而已。陈衍又谓程诗"七言古柏梁体十之八九……七律多涩体②，所谓"涩体"，究其本从，就是韩愈《陆浑山火》之属，柏梁体也学此篇。程诗如《郴州五盖山》写砚石，取材如韩愈《石鼓歌》一类，叙写一物，加以想象，运以学问，颇得韩诗之旨，而启郑诗之途。

二

程、郑俱"得昌黎以文为诗之传"，都以"经儒博识"力可当之。而郑珍为学为诗，皆启于程氏。郑珍子知同《勒授文林郎征君显考子尹府君行述》叙云：

> 乙酉，拔贡成均，学使者为程春海侍郎。侍郎邃于古学，天下称文章宗伯，见先子文，奇其才。旋移视学湖南，先子廷试归，即招以去，期许鸿博，为提倡国朝师儒家法，令服膺许、郑。先子乃博综五经，探索六书，得其纲领。③

服膺许郑、博综五经、探索六书，正是为诗学韩的必备基础与先决条件。其师海之，其徒守之，终生不辍，而成《说文逸字》、《说文新附考》、《汉简笺正》、《仪礼私笺》、《轮舆私笺》、《郑学录》等，卒以学人名家，在程门一人而已。郑珍考订《说文》逸字、大徐新附字和郭忠恕《汉简》"古

---

① 陈衍：《石遗室诗话》，辽宁教育出版社1998年版，第157页。
② 同上书，第158页。
③ 白敦仁：《巢经巢诗钞笺注》，巴蜀书社1996年版，第1475页。

140

郑珍"学人诗"的学韩路向

文",都以《说文》为准,但以考辨正俗,必资征引浩博,礼学诸书亦然,这是郑珍学韩,尤其是遣用经籍难僻字力当韩氏的资本。对于韩愈,郑珍深为景仰,《次韵东坡密州除夕韵》云:"吹灯读韩集,忽忽夜将半。望古卷书坐,苍茫起长叹……假令生并世,知不中供盥。"① 又《同陶子俊方伯往观小井李》云:"我爱昌黎公,乘云往醉玉泉家。大句淋漓斡玄造,万堆雪作连天花。"② 后二语颇得韩诗之致。观其《留别程春海先生》所述③,对程氏学韩一路深悟洞彻,也是自己学韩的深刻体会。诗云"我读先生古体诗,蟠虬咆熊生蛟螭",即是韩诗惊心动魄;"我读先生古文词,商敦夏卣周尊彝",正如韩诗古色斑驳;"捣烂经子作醢齑,一串贯自轩与羲",是韩诗经籍难僻字之用;"当厥兴酣落笔时,峭者拗者旷者驰,宏肆而奥者相随",韩诗恣肆横溢,适为绝妙形容;"譬铁勃卢铁蒺藜,戛摩摧撺争撑持",大约硬语盘空之类。凡此征诸程诗固有,而不免夸饰,倒是郑珍为诗,胜处有以过之。

程、郑有同物之咏,程恩泽《郴州五盖山》④ 写砚石如"云是雷电龙所宫"、"能饮陈思八斗血"、"潜源一线穴南澥",奇绝特异,惊心动魄,但此类不多,而以平铺直叙为主,较诸韩愈之作,腾跃逊之。用字则如"其峰碑兀戴神瀵","瀵"出《列子·汤问》"有水涌出,名曰神瀵";"碑兀"又作"碑矶",出郭璞《江赋》"巨石碑矶以前却";"麝香沤郁衫袖黫","黫",《集韵》月韵引《说文》谓"黑有文也"。然通篇难僻字不多,平铺直叙中便失去了厚重的内涵。郑诗题《五盖山砚石歌赠曾石友刺史》⑤,兹录其诗云:

斧柯腹烂老龙死,碧瞳破地走龙子。
神渊自楗北壁钥,野石踊腾压珠市。
暗潮濆濆逾岭南,毕弗凸透五盖山。

---

① 白敦仁:《巢经巢诗钞笺注》,巴蜀书社1996年版,第747页。
② 同上书,第916页。
③ 同上书,第46页。
④ 程恩泽:《程侍郎遗集》卷三,第一册,中华书局1985年版,第32—33页。
⑤ 白敦仁:《巢经巢诗钞笺注》,巴蜀书社1996年版,第31页。

◇诗赋研究的语用本位

> 霜磹电䃔蓄蟾鸱，白虎固抱黄睛耽。
> 鸣刎咽劓堕臧榖，夜半无人玉灵哭。
> 冤精耿耿射城譙，摘岩冠拜郴州牧。
> 老夔昼鼙不及闻，赳遣持节即墨军。
> 温肌腻乳晕光泽，狻猊骨软挼香云。
> 黯澹滩头凤皇毂，是君席间同乡友。
> 忍使怨缺作附庸，石即能言杜其口。
> 绿珠端捧当帘钩，红蕉气韵纤笋修。
> 小湘山鬼碎黄褐，偷觑欲攫投大幽。
> 琦瑰乃挺荒遐地，壮夫空识数丁字。
> 斩朦剥络始见材，瀵底深囚岂天意。
> 异时请看岩户集，郴人笑歌端人泣。
> 不见宏农陶家儿，至今配食陈公密。

程、郑二诗所写题材一致，俱在韩愈《南山》、《陆浑山火》一路。但郑诗虚字为少，较程作更为精炼而少敷衍，除"是君席间同乡友"、"石即能言杜其口"、"异时请看岩户集"等语固属平直外，其余颇为缜密。又难僻字与典实之用，郑珍过之，更觉古质厚实。程诗上半想象腾跃，然中途见竭，下半转入叙述，造语随之，以至敷衍。郑诗神思腾掷，一气磅礴，滚将不尽，愈出愈奇，始终力气饱满，贯注全篇。"斧柯腹烂老龙死，碧瞳破地走龙子"，较程氏"五盖齿齿齧云霄，上犹有峰安可穷"的直截叙述更为奇绝，颇得长吉险怪语意；"暗潮潏潏逾岭南"，或祖程诗"潜源一线穴南澥"，盖有同然之妙；但程诗想象即止于此，而郑诗霜电、白虎、老夔、山鬼，咸来凑会，"鸣刎咽劓堕臧榖，夜半无人玉灵哭"云云，不减长吉幽怪；而譬喻形容，温肌腻乳、狻猊骨软、绿珠端捧、红蕉气韵，博喻层出不穷，程诗则显拮据。郑珍学韩，启于其师，而才力过之，所以能张大其绪，卒为道咸冠冕。

三

陈田《黔诗纪略后编》谓郑珍"通古经训、奇字异文，一入于诗，古色斑斓，如观三代彝鼎"①；翁同书亦谓郑诗"古涩奥衍，大率如先秦以上诸子、汲冢坠简、两汉碑版文字，及马第伯《封禅记》之属"②。两家最善形容，深契鄙意。郑珍叙写一物之作最能显现"学人诗"的特点，题材、篇什远过韩、程，如书画、碑铭、钟鼎、异物，甚至农具、作物、饮食、病症，率多长篇大制，援以经籍学问，运诸典实考据，出以叙述议论，古来韩愈、苏黄而外，罕其匹俦。此类题材经过宋代文人化，但宋人以为赏玩而得书卷气，郑珍则以考据入诗，甚至竟以考据为诗，韩诗则仅资典实难僻以取怪异奇特。郑诗用字繁难，过于韩愈、苏黄。然叙述敷衍亦较韩诗为甚，散语益加恣纵，不及韩诗警练缜密、故求佶屈聱牙，惊悚世俗。

考据入诗写钟如《安贵荣铁钟行》③，序谓钟在黔西洲东门外观音阁，并有考证。起始写钟形云："郭张郭东大士居，有巨铁钟悬屋隅。旋虫啮朽篆带缺，空腹黯黲巢蜘蛛。"是如虫鸟蝌蚪，古文考据家之所深癖。后写钟之造制及其流传所由，援引西南边地风俗传说，如"固知罗鬼世任昧"，所谓"黑罗罗"者，平远、黔西、威宁亦名鸟蛮，俗尚鬼，故曰罗鬼，以见世昧幽眇；"卜麻白么定声近，者老都老宁似诬"，仅在称名奇异，便觉蛮荒风俗，别具一境④。

直以考据为诗者如《玉蜀黍歌》⑤，可以称为"考据诗"。首言"濒湖能知蜀黍即木稷，不识玉黍乃是古来之木禾"。李时珍号濒湖。《广雅·释草》："蘆梁，木稷也。"接下即谓"我生南方世农圃，能究原委如星罗"：

此穀从何来？远在稷播以前燕岷嶓。昆仑山高一万一千里，五寻之穀修峨峨。灵井灌根地力厚，自然能没九槖驼。鸾凤戴盾日栖啄，文树圣木连枝柯。开明兽北接六诏，此穀远映西洱波。神禹所见益所记，《西经》具在言岂讹？

---

① 白敦仁：《巢经巢诗钞笺注》，巴蜀书社1996年版，第1486页。
② 同上书，第1506页。
③ 同上书，第696—697页。
④ 本文述郑诗语词出处，多取于白敦仁先生笺注，下同。
⑤ 白敦仁：《巢经巢诗钞笺注》，巴蜀书社1996年版，第117页。

◇诗赋研究的语用本位

《山海经·海内西经》云：" 昆仑之虚，方八百里，上有木禾，长五寻，大五围。""六诏"即南诏，是谓滇地多种。接下状写玉蜀黍，多引经籍难僻字而驰越想象。后段又复转入考据：

> 忆昔周穆宾王母，八骏远从西极过。尔时此谷定入上方馔，不然亦拂芝盖摩鸾和。我读《竹书》又知更名为苷菫，其时见之黑水阿。黑水今在云南中，益见我言非炙锅。上古地广谷类亦多种，天降地出知几何。《职方》五种载周官，较之尧称百穀已无多。木禾自是梁益产，远与蒟酱惊黄皤。周公歌豳道方物，体从刊落非刻苛。《尔雅》半成秦汉人，道里隔绝安知他。自通夜郎略邛筰，伏猪名乃传清河。景纯博物昧形状，目所未见难尽诃。亦如九谷中有梁与苽，南人未闻名者徒摩挲……

此段历考《竹书纪年》、《职方》、《周官》、《尔雅》等书，并黔中地理风物，直以考据为诗，散语叙述议论，漫加敷衍，索然寡味。

散句叙议，在韩诗本属平衍，宋人益加疏阔，道咸愈发不堪。惟以取资经籍、充塞繁难，庶几有物，而觉古拙厚重、古色斑斓。郑珍《腊月廿二日遣子俞季弟之綦江吹角坝取汉卢丰碑石歌以送之》[①]"我生嗜此屡长喟，廑存增爱等饩羊"云云，"廑"通"僅"，见《汉书·邹阳传》"茅焦亦廑脱死"颜师古注"廑，少也，言才免于死也"。"廑存"古文散语，诗当避之，然写古碑正有古色。《论语·八佾》："子贡欲去告朔之饩羊。子曰：'赐也，尔爱其羊，我爱其礼。'"此以经语掇用，不唯以取古色，亦且具有仪礼的文化内涵。又"泐甚拓粗末从读，建安七年明首行"，"泐"谓石以风化、遇水所成纹理。《周礼·考工记序》："石有时以泐。"郑玄注引郑众曰："泐，谓石解散也，夏时盛暑大热则然。""泐"字之用，益显石纹斑斓，经历风雨，正如汉砖磨缺，时间成就艺术。又"百丈深谼石排春，端妥斗状陈中央"，"谼"，《广韵》呼东切，《史记·司马相如传》"岩

---

① 白敦仁：《巢经巢诗钞笺注》，巴蜀书社1996年版，第667页。

岩深山之箜箜兮"，颜师古注"箜箜，深通貌"；"叠"，见《集韵》、《广韵》，训众多，聚貌。僻字之用，一经点缀，顿觉古雅厚重。又"数年敲火已剜角，不即收拾愁毁伤"，韩愈《石鼓歌》"牧童敲火牛砺角，谁复著手为摩挲"，此正学韩，《石鼓歌》最称张本，必无疑义。"敲火"一写石鼓，一写石碑，正是邈漠难征，令生远古之想，石火电光，恍然一瞬。当许韩愈"牧童敲火"尤奇，盖牧童年少，不识几世，正有沧桑之慨。最后"人日前后上梅屺，听尔邪邪许许趋山堂"，"邪许"取《淮南子·道应》："今夫举大木者，前呼邪许，后亦应之，此举重劝力之歌也。"此句古语，适写古物归我，如远古而来，闻之愈近，则思古愈远，一时欣喜，托乎往古，则杳渺倏忽，是惟古语功用。

郑集中题书画者如《题莫邵亭藏文衡山西湖图》、《题北海亭图》、《书子何藏明周东村竹林七贤图卷后》、《周渔璜先生〈桐野书屋图〉》、《题周渔璜先生〈西崦春耕图〉》、《题周春甫〈判花吟馆图〉》等，以及写箫者《玉屏箫歌》、《得玉屏箫二闲辄与方仲坚鸣之樾峰以诗戏赠次韵和答》，写一井如《神鱼井》、写一屋如《四橘堂歌》，写一农具如《播州秧马歌》，甚至写一虫如《梆之虫次程春海先生韵》，若此等等，或资考据，或假典实，或托想象，或寄情感，而难字僻字在在而有，要归经籍学问，足见才力赡富。他如游历之作、日常之事、亲情之咏，凡其所写，率多学问点缀，第以性情为宗，不主考据而已。

四

道咸诸人出入唐宋，率皆以文为诗，程、郑以学力学韩为能，祁寯藻、何绍基、曾国藩则不在学韩一路，非以"学问诗"当行。莫友芝诗与郑诗最近，拟作另文专论。陈衍《石遗室诗话》云："祁文端为道咸间巨公工诗者。素讲朴学，故根底深厚……常与唱和者，惟程春海侍郎，盖劲敌也。"[①] 由云龙《定场诗话》则云："祁文端、曾文正出，而显然主张宋诗。其门生属吏遍天下，承流向化，莫不瓣香双井，希踪二陈。"[②] 郑珍、

[①] 陈衍：《石遗室诗话》，辽宁教育出版社1998年版，第156页。
[②] 钱仲联：《清诗纪事》第十四册，江苏古籍出版社1989年版，第8694页。

◇诗赋研究的语用本位

何绍基同出程门,深受影响,不待祁、曾倡导;但以春海不寿,而文端耆年,与湘乡同居上流,推波助澜,卒至天下向风。曾国藩云:"昔年深不以公诗为然,兹多阅数十百首,其中多可取者。"① 徐世昌称祁诗"出入东坡、剑南,而归宿于杜、韩"②,钱仲联谓"馒飤亭诗……力追苏黄"③。

举其诗例,则如《乐泉诗用昌黎〈山石〉诗韵》④,既用韩韵,则以熟其字句,意中自有影迹,不觉流于笔端;而就事叙述,句法紧密,颇得韩愈以文为诗笔意,如"跳珠咽草泉声微,雨过石桥雏燕飞",一句三事,以及"诛茅甃井水甘冽",三事顺序井然。"攀蹑奥旷如脱鞿",用字造语略得韩诗仿佛,然仅此一句。若使程、郑为之,正资经籍书卷,奇文僻字,烂然纸上,则祁氏学力不及二氏,约略可知。至于"老人一去数十载"、"余性亦有泉声癖",则造语散缓,虚字衬贴,平白直述,有乏厚重,自是道咸通弊。特如"洗砚忽惊月在手,煎茶不觉云生衣",构思精巧,颇有想象,略得苏、黄茶诗雅致⑤。又如《望庐山》"我出黄梅六十里,隔江已是江西山,人言此是庐山背,熨眼顿觉超尘寰"云云⑥,散语平直叙述与浅白议论,流于口头白话,不复诗语意味。又《新乐府三章》第一章"鸦片烟,来自西南洋外之估船",及"大哉圣德中外无不该,彼洋乃以鸠为媒"之语⑦,假令王士禛评之,固谓"下劣诗魔,适足喷饭"。因无想象腾跃、经籍援取、繁难充塞,徒以白话敷衍,立见僵仆。祁诗稍称"学人之诗"者如《水轮歌》取用老、庄书,所用名物字,则"桔槔"、"浑天盖"、"竹筩"、"鼓鼙"、"蓱翳"之属⑧,略见古质,但远不及程、郑厚重。其以文为诗,"出入东坡、剑南",取法乎下,不能径至韩愈,盖学力不可当之。

何绍基与郑珍为同门生,为学为诗,则取径不同。何氏论诗主乎"性

---

① 钱仲联:《清诗纪事》第十二册,江苏古籍出版社1989年版,第8692页。
② 同上书,第8693页。
③ 同上书,第8694页。
④ 同上。
⑤ 如苏轼《汲江煎茶》、黄庭坚《双井茶送子瞻》,最具文人雅趣。
⑥ 钱仲联:《清诗纪事》第十二册,江苏古籍出版社1989年版,第8695页。
⑦ 同上书,第8701页。
⑧ 同上书,第8696页。

情"，或曰"我心"、"吾意"①。张穆《使黔草序》谓之"本色"而已②，未脱"性灵"影响。性情、学问，乃是道咸宗旨，程恩泽等偏主学问，何氏强调性情。其实何氏博学，朱琦谓"平日既肆力于经史百子、许郑诸家之学，其所为诗，不名一体，随境触发，郁勃横恣"③，源于性情之真，出于学问之厚，有类苏轼"滔滔汩汩"之论④。陈衍谓何诗"出入苏、黄，才思皆有余"⑤，钱仲联则推晚清学苏第一，然"篇什富有，不免有平庸之作"⑥；陈、钱又俱指何诗喜用俚语，钱氏又谓尚有乾嘉人结习⑦，盖指"性灵"轻薄，何诗不免。何氏才情荡越，为诗未自节制；学问博洽，然不及郑珍专精持守而以学者终身。郑珍为学谨守许、郑，为诗取耨经籍而古色厚重；何绍基博观子史释氏，为诗随意驱遣，不假拣择，乃至繁芜宕佚。

钱仲联盛推何氏《飞云岩》为压卷⑧，首先可见才力雄富，长篇一将滚出，千变万化，若不费力，妙在腾挪想象，层出不穷，有若东坡七言古体如《百步洪》之博喻，愈转愈奇。"如神如鬼如将相，如屋如塔如桥梁，如龟蛇蛰虎咒吼"，又若庄子之说天籁，不可方物。写云拟人，若"无心"、"闲云"，若谓云懒，为得云之物性，是咏物即物见意之义⑨；但如"欢喜"、"丑云"、"妍云"、"饥云"、"饱云"、"病云"、"健云"云云，则以执情强物⑩，牵强诡谲，殊大不伦。而郑珍叙物，多以学问宕开，不著此物拟人，是其迥异。其次，则境界空灵，随所写物，谲幻恍惚，多采释道之语，而著头陀气，如"太虚缥缈"、"世间人我与众生"及"老僧慈悲"、"千万亿云即佛"云云。若郑珍写之，大约险怪奇崛，惊心动魄，而

---

① 何绍基撰，曹旭校点：《东洲草堂诗集》，上海古籍出版社2006年版，第889页。
② 同上书，第894—895页。
③ 同上书，第889页。
④ 苏轼：《文说》，《东坡全集》卷一〇〇，文渊阁《四库全书》本。
⑤ 钱仲联：《清诗纪事》第十四册，江苏古籍出版社1989年版，第10005页。
⑥ 同上书，第10007页。
⑦ 同上书，第10006页。
⑧ 同上。
⑨ 参拙著《中国古代诗法纲要》，齐鲁书社2005年版，第367页。
⑩ 钱锺书：《谈艺录》，中华书局1984年版，第55页。

◇诗赋研究的语用本位

多取经籍字面。何氏此诗,只在起首"太古阴风莽吹洰",以及"鸾凤翀揪虬龙纠"颇资险怪,其余则幽媚戏狎。再次,则是诗造语,得东坡七古之势,一气直下,轻捷快易,酣畅淋漓,而不甚谨严,不费经营,不求屈折,不避重字,不避俚俗,不免轻滑。例如"一云向前一云却"、"云不飞回龙亦罢"、"幻为百千万亿云"、"百千万亿空中悬"、"谓千万亿云即佛",率皆直拙重沓,殊足生厌,亦属道咸通弊。至于何绍基的"学问诗",当以《杨性农寄示近体……用原韵奉答》为代表,是诗真道学问,信其通于字学,所以叙述文字演变、金石源流、俗书错讹,历历指掌。但平白直述,略无想象腾跃,有如学术史账,不及郑诗古字纷呈,古拙厚重。

曾国藩自谓"余于诗亦有功夫,恨当世无韩昌黎及苏、黄一辈人可与发吾狂言者",又称"自仆宗涪公,时流颇忻向"①。施山谓曾诗"学韩而嗜黄"②,徐世昌亦指"独宗西江"③。曾国藩"学韩而嗜黄",与程恩泽倡宋而学韩,其宗宋路向,并无隔越,只是程、郑学力足以学韩。他人或力有不及,或性情所钟,因而所取不同,何绍基才胜而学苏,曾国藩气胜而学黄。林钧《渔樵诗话》则云:"《曾文正公全集》,诗如其人,直抒胸臆,毫无矫揉造作,记其有句云:'苍天可补河可塞,惟有好怀不易开。'深叹此言可出自公口,而不可出自他人之口也……夫公本有补天塞河之才,又当此补天塞河之境……固宜其出此言而无愧焉。"④黄庭坚诗,自有傲兀之气,造语随之,故求拗折,曾氏学之,盖亦性情相类。但黄诗作意谨严,点铁成金,又资学问。曾氏宗黄,亦为"学问诗",道、咸同尚如此。例如《太学石鼓歌》⑤,首叙周宣铭镌云:

周宣秉旄奠八柱。岐阳大狩鞭风雷。
四山置罘匝天布,群后冠带如云来。
东征北伐当氊秽,方召哗哗何雄哉!

---

① 王澧华校点:《曾国藩诗文集》,上海古籍出版社 2005 年版,第 80 页。
② 钱仲联:《清诗纪事》第十四册,江苏古籍出版社 1989 年版,第 10090 页。
③ 同上。
④ 同上书,第 10092 页。
⑤ 王澧华校点:《曾国藩诗文集》,上海古籍出版社 2005 年版,第 93 页。

> 铭功镌石告无极，欲镇后土康八陔。

此段写周宣王狩猎，颇谓三代盛观，令人驰想，但造语平易，不能厚重。又叙石鼓流传始末：

> 自从七国战龙虎，荒荒王迹沦蒿莱。
> 嬴颠刘蹶六代沸，把酒但劝长星杯。
> 陈仓流落一千载，霜饕日剥空黄埃。

也是一气直述，唯"霜饕日剥空黄埃"一语，令人歔欷。然后叙写石鼓流落民间及如何搜求，如何放置，一气直下，并无警策以顿其势。如云："是时十鼓嗟失一，抛弃不辨何山隈？博搜民间得异白，秦关复赎连成回。"只益七言散语敷衍。述其置放，则"承以砖坛护以楹，清阴四幂连疏槐"，语句自然一顺，不得山谷拗折之气。至议论，则"细思物理穷显晦，茫茫人事不可推"，浅白直切，诚以"诗如其人，直抒胸臆"，得失俱在，固以可取为足。

近世佚名《醉余随笔》云："曾文正学韩而嗜山谷。学韩太似处，正所谓驴夫脚跟、恶诗藜杖，其主张山谷，又岂今日魔道。世有解人，定当不堕彼法。"[①] 其学韩、学黄太似处，多在散语叙述议论，固属道咸同尚，其未似之处，则想象、学问不敌，而程、郑得之，但方之此论，亦属"魔道"。章炳麟《国故论衡·论诗》曰：

> 末世诗势已尽，故其吟咏情性，多在燕乐。今词又失其声律，而诗尨奇愈甚，考征之士，睹一器，说一事，则纪之五言，陈敷首尾，比于马医歌括。及曾国藩自以为功，诵法江西诸家，矜其奇诡，天下鹜逐，古诗多诘诎不可诵，近体乃与杯珓谶辞相等，江湖之士，以为至美，盖自商颂以外，歌诗失纪，未有如今日者也。[②]

---

① 钱仲联：《清诗纪事》第十四册，江苏古籍出版社1989年版，第10093页。
② 章炳麟：《国故论衡》，上海古籍出版社2003年版，第90页。

◇诗赋研究的语用本位

章氏论诗，高标秦汉，穷溯本原，主于音律，悬诸歌诗，自魏晋以下，多所不取。然唐人犹本性情，主于兴象，妙在兴趣，故有"言外重旨"[1]、"韵外之致"[2]，一唱三叹，兴味无穷。但自杜甫叙论，已开一绪，韩愈就此张大，以矫中唐平熟，而《南山》、《陆浑山火》、《石鼓歌》诸篇，独创险僻怪异一格，恃仗学问，驰骛想象，振竦世俗，警动后人。宋人承流学之，才学高者如苏、黄可以力当，才学下者徒以叙论为事，失之平易浅直。迄清力矫前明七子学唐之失，更以考据兴盛，发于学问，益恣散语，叙述议论，充斥篇章，举世如此，荡然不返。而程、郑唯以才力学力足以学韩，运以想象，取诸经籍，充以繁难，稍免敷衍之累。以"考征之士，睹一器，说一事"而为"学人诗"，固非"诗"及"诗人"本义，但唯以"学问"与"学人诗"视之，则庶有可观，则谓为特色。因人喜好不同，所以褒贬不一。自《诗》、乐府、唐诗而降，固宜有此一路，以备"别体"、"别派"，而谓"郑子尹卓然大家"、"一代冠冕"，当许于韩愈、苏黄出一头地，然考据为诗，愈骛愈远，盖可传不可诵，思之慨然而已。

---

[1] 皎然撰，李壮鹰校注：《诗式》，人民文学出版社2003年版，第42—43页。
[2] 司空图：《与李生论诗书》，《司空表圣文集》卷二，文渊阁《四库全书》本。

莫友芝为诗路向的体制分殊

论道咸为诗宗宋，当辨体制之殊。七古长篇，句式畅纵散缓，篇幅不限，适于叙议敷衍，宋人学韩，道咸学宋，此体最为代表。莫友芝诗亦然，祖法苏轼、韩愈、李白、白居易，都以叙议为本，而以敷衍相从。但五言坚整，莫诗取径陈师道、孟郊，要归作意谨严，而写景刻画，上溯二谢，并援六朝诸家，在道咸诗风中取径独特。莫氏七律造语缜密，构对多学杜甫；五律精工锻炼，亦多取法二谢；七绝固饶风致，五绝精约隽永。诸体都以尊体而佳，师法上乘，但率著叙议，则以七古敷衍惯性，一代风尚使然。

一

关于道、咸之际的为诗取向，陈衍谓程恩泽、祁寯藻诗宗杜、韩，而何绍基、郑珍、莫友芝相从，"率以开元、元和、元祐诸家为职志"[1]，又谓程诗"私淑昌黎、双井"[2]。由云龙谓祁寯藻、曾国藩"显然主张宋诗"[3]，施山谓曾国藩"学韩而嗜黄"[4]，钱仲联谓何绍基诗学苏轼[5]，余武祥谓莫友芝诗"取径于山谷、后山而蕲造于杜、韩"[6]。其述道咸诸家所尚，率皆出入唐、宋而归于尊宋。宋人以文为诗、以议论为诗、以学问

---

[1] 钱仲联：《清诗纪事》第十二册（嘉庆朝卷），江苏古籍出版社1989年版，第8645页。
[2] 同上。
[3] 同上书，第8694页。
[4] 钱仲联：《清诗纪事》第十四册（道光朝卷），江苏古籍出版社1989年版，第10090页。
[5] 钱仲联：《梦苕盦诗话》，齐鲁书社1986年版，第212页。
[6] 钱仲联：《清诗纪事》第十四册，江苏古籍出版社1989年版，第9652页。

◇诗赋研究的语用本位

为诗，在根本上都受韩愈的深刻影响。迄道咸诸人学韩与学苏、黄，大体路向并无向背，初则发于叙议一途。继则必有分轨，学韩而至者厚实，程恩泽、郑珍当之；学苏无节者宕佚，何绍基有之；拟山谷者傲兀，曾国藩诗为然；至学放翁则趋平易，祁寯藻诗失之；学后山者严谨，莫友芝诗得之。

郑珍等论莫诗，多指取径后山、东野，要在作意严谨，在叙议敷衍的道咸宗宋风尚中表现为独特的路向，尤其五言古、近如此，但七古长篇则一同时尚。晋李充《翰林论》、挚虞《文章流别论》及梁刘勰《文心雕龙》之"论文叙笔"，都以明确的文体观念反映体制的区分。后世诗文体制，分辨益加细密，论诗首严体制之辨，最称切要。张戒《岁寒堂诗话》卷上云："论诗文当以文体为先。"① 元佚名《文章欧冶序》云："不知体制……失于文体，去道远也。"② 胡应麟《诗薮》内编卷二云："文章自有体裁，凡为某体，务须寻其本色，庶几当行。"③ 在诗的写作中，体制之辨表现为各体造语的不同讲求。就句式论，则如明人陆时雍所言，四言优婉，五言倨直，六言自在，七言畅纵④，凡八字得之。七言"畅纵"，较五言增益二字，声气流畅恣纵，但不及五言坚劲整练，所以范晞文说七言"语长气短"而"易流于卑"⑤，造语易致散缓。而七言长篇，尤其歌行适合叙议漫衍，因而宋人如苏黄乃至道咸诸人为诗，其叙述议论漫无节制者，多在七古长篇歌行，莫诗亦然。例如《书赠曾涤生侍郎寄撰〈刘芣云志传〉拓本后》⑥首云"昔年我识刘博士，乃在春官贡士之选场"，散语以资叙述；下云"当是自喜得此友"、"是时夏雨寒瑟瑟"，只当记时之用；"君乃自视才似初还乡"云云，则直白议论，虚字一同文句之用，诗味索然。

莫诗七古取径所可指实者，首在学苏一路。宋世苏、黄学韩，固以学力可当，而才学不及者，徒以叙议为务，必然流于浅直。莫友芝在道咸诸

---

① 张戒：《岁寒堂诗话》卷上，丁福保辑《历代诗话续编》，中华书局1983年版，第459页。
② 佚名：《文章欧冶序》，张健《元代诗法校考》，北京大学出版社2001年版，第467页。
③ 胡应麟：《诗薮》内编卷二，上海古籍出版社1958年版，第21页。
④ 陆时雍：《诗镜总论》，《历代诗话续编》，第1403页。
⑤ 范晞文：《对床夜语》卷二，《历代诗话续编》，中华书局1983年版，第422页。
⑥ 张剑等编校：《莫友芝诗文集》，人民文学出版社2009年版，第254页。

莫友芝为诗路向的体制分殊◇

人中以学者名家,犹在郑珍之上,所以学苏可任,例如《和东坡〈起伏龙行〉》云①:

> 威骨堕地走发弩,狗马当之若生虎。
> 潜龙胡亦避残颅,死葛信能奔晋祖。
> 岁神上燉天井枯,漏天九夏余焦土。
> 南明吼牛作灾怪,祝诵挥鸦肆欺侮。
> 祠坛四处走编氓,圭璧罔听愁大府。
> 南中故事记韦李,俄顷雷霆上绳缕。
> 公然起伏继髯苏,未用步吙费胝禹。
> 气类相招固物理,修德端应诚神吐。
> 纵阴闭阳法具在,但见思州致甘雨。
> 何妨有事不可为,可恃雄威能激怒。

按苏轼《起伏龙行》序"徐州城东二十里,有石潭……元丰元年春旱,或云置虎头潭中,可以致雷雨"云云,莫友芝亦序"南中久旱,以长绳系虎头骨,投有龙处……俄顷云起潭,雨亦随下"云云,则是一题相属,可为祖述,非必"触景生情"而已。苏诗云:

> 何年白竹千钧弩,射杀南山雪毛虎。
> 至今颅骨带霜牙,尚作四海毛虫祖。
> 东方久旱千里赤,三月行人口生土。
> 碧潭近在古城东,神物所蟠谁敢侮。
> 上攲苍石拥岩窦,下应清河通水府。
> 眼光作电走金蛇,鼻息为云摆烟缕。
> 当年负图传帝命,左右羲轩诏神禹。
> 尔来怀宝但贪眠,满腹雷霆瘖不吐。

---

① 张剑等编校:《莫友芝诗文集》,人民文学出版社2009年版,第189页。

153

◇诗赋研究的语用本位

> 赤龙白虎战明日，倒卷黄河作飞雨。
> 嗟吾岂乐斗两雄，有事径须烦一怒。①

比较作、述二者，开头至"悔"字韵约略近似，但苏作写千钧弩谓何年白竹作成，是如苏、黄茶诗言茶及煎茶之水②，苏诗"自临钓石汲深清"，黄诗"我家江南摘云腴"，遂使茶之为物，带上高雅的情味和深厚的内涵；千钧弩制作的"何年白竹"之问，则如远古冥漠，口耳难征，导人思入幽邈，而莫诗阙如，径直写弩而已。苏诗写虎"颅骨带霜牙"，也较莫诗止说残颅更有蕴涵。但莫诗"岁神上燉天井枯，漏天九夏余焦土"，却较苏轼"东方久旱千里赤，三月行人口生土"，想象益为奇特开宕。苏诗下半说电光金蛇、鼻息烟缕、龙虎争斗、黄河飞雨，愈转愈奇，以见才力赡富，用之不竭。莫诗下半则资故事、议论、叙述，卒成謇直浅薄，不脱道咸风尚。他如《虞卿以乡味相饷用苏黄〈春菜〉诗韵》③等，大略如是，而集中祖述苏黄造语者，不一而足。

宋世苏黄学韩，道咸学苏黄，亦必推本学韩，学宋、学韩，蔚为一代风尚，但唯程恩泽、郑珍学力可当，学韩最为有得，郑珍尤胜。莫友芝为诗，用功不主学韩，然自宋诗学韩，隔代沾溉，自然受其影响。集中如《陈雨亭病痎用昌黎〈遣疟鬼〉韵》④，五言散行文句，遣痎议论，荦确生硬，颇似韩诗。《八月六日吉堂招集云麓精舍时秋热益酷午后迅雷无雨》⑤"铺床拂席当殿畿"，显然祖述韩愈《山石》"铺床拂席置羹饭"；"嘘吸尚作炎飙飞"、"晛日千豪射虚牖"，想象奇特，鹜兀不群，虽然辗转递复，但韩愈《南山诗》⑥、《陆浑山火》⑦诸篇固其本从，自无疑义。

韩从杜出，故宋人学韩，亦学杜，道咸并莫诗亦然。集中用杜语者近

---

① 《东坡全集》卷九，文渊阁《四库全书》本。
② 见苏轼《汲江煎茶》、黄庭坚《双井茶送子瞻》。
③ 张剑等编校：《莫友芝诗文集》，人民文学出版社2009年版，第379页。
④ 同上书，第321页。
⑤ 同上书，第324页。
⑥ 魏仲举辑：《五百家注昌黎文集》卷一，文渊阁《四库全书》本。
⑦ 魏仲举辑：《五百家注昌黎文集》卷四，文渊阁《四库全书》本。

154

莫友芝为诗路向的体制分殊◇

体为多，下文有述。兹抉其造语如李白诗者，若《九日携相廷登谪仙楼右衡遮饮有怀樾峰旧守》[①]"西上迢迢不能共"，合取李白《西上莲花山》"西上莲花山，迢迢见明星"；"浮烟徒弃五百金"、"黄金用尽失交道"及"再沽拼尽铜三百"，祖李白《将进酒》"千金散尽还复来"、"会须一饮三百杯"；"随风直到岂前定"，直取"随风直到夜郎西"。诗题《登谪仙楼》，则怀李白而用其语，自然而然，其诗立意、造语，以及旷达风度、狂放气势，都与李白歌行相类。但造语不及李白飘逸洒脱、想象奇特、情感热烈，语言奔放；而议论不免失之浅切，散语之用不脱韩愈及宋人风调。如"山水于人无世情，有我为我深浅倾"，平白无奇，生硬粗直；"随风直到岂前定"，祖"随风直到夜郎西"而补缀"岂前定"的直白议论，正如画蛇添足，韵味顿丧。又如《岁晏行赠邹叔绩汉勋秀才于贵阳城》[②]"邹夫子，真豪才"、"吁嗟乎，邹夫子"，短语呼唤，是属太白常语；长句则"有时鞭笞鸾凤拦八极，定使下界抑塞磊落俱欢颜"，若李白《蜀道难》"上有六龙回日之高标，下有冲波逆折之回川"之类，其实二者俱有病焉。盖"诗至八言，冗长啴缓，不可以成句"，而"句法不易振竦"[③]。至若"人生饮啄亦何几，胡为郁郁坐使双眉摧"，李白《将进酒》"人生在世不称意"、《梦游天姥吟留别》"安能摧眉折腰事权贵"，莫诗凑合用之；"仰天大笑复何有"，祖李白《南陵别儿童入京》"仰天大笑出门去"，尺拟绳趋，一望较然。

莫氏即事诗如《盂兰会》[④]云："此曹狼性哪得改，一息尚存思噬吞。作逆可生即教乱，嗟彼良善何由存。"呵斥詈骂，略无诗味，盖叙述议论而至极浅白，则入乐天讽喻魔障。究之莫诗及道咸诸人为诗，尽管祖法不一，而或至杜、韩外有唐大家，但悉本韩愈以文为诗，复经宋人叙议，必然滥入浅直敷衍，一代风尚如此。

---

① 张剑等编校：《莫友芝诗文集》，人民文学出版社2009年版，第169页。
② 同上书，第191页。
③ 陈僅：《竹林答问》，郭绍虞编选，富寿荪校点《清诗话续编》，上海古籍出版社1983年版，第2231页。
④ 张剑等编校：《莫友芝诗文集》，人民文学出版社2009年版，第323—324页。

155

◇诗赋研究的语用本位

二

郑珍《郘亭诗钞序》称莫友芝家贫而好学，而"读书谨守大师家法，不少越尺寸"，则为诗"即不学东野、后山，欲不似之不得也"，是指莫友芝学问严谨，发而为诗，其"制境之耿狷、求志之专精、用心之谨细，似古人之苦行力学者"①。何日愈②、徐世昌③、翁同书率同郑说，翁氏更以莫诗似东野、后山为"不务流美者"，盖"子偲天性淳朴，家多藏书，而又能善读之，以蕴蓄为辞章，故能远去尘俗，不失涪翁质厚为本家法"④，黄庭坚论诗强调学问涵养⑤，莫氏治学、为诗近之。余武祥益指莫诗"盖取径于山谷、后山，而蕲造于杜韩之室者"⑥，而谭献则谓莫诗"朴厚微至，学杜老境，乃近元次山"⑦。钱仲联《梦苕盦诗话》谓莫友芝诗"才力腾跃，不及子尹，而朴属微至，洗尽腥腴，亦偏师之雄矣"⑧。

诸人持论，于莫友芝为诗路向所言不同，但莫诗谨严，则人所共识，自是后山、东野一路，而多见于五言。五言"倨直"，字数为少，句式构结自较七言整练，故称"五言长城"。五言中必有一单字为"当处下字"之位，形成五言句式结构，少有剩字衬贴，一句撼摇不动。例如孟浩然"气——蒸——云梦泽，波——撼——岳阳城"，第二字当处下字着力，并以构结前后，语无长字；孟浩然"照日——秋云——迥，浮天——渤澥——宽"，下字当处在末字着力；杜甫"崩石——欹——山树，清涟——曳——水衣"⑨，适在中间一字锻炼，最为五言构句常式。莫诗严谨，要以五言见之，良以作意严谨，合于体制，两相凑合，遂成佳构。

莫诗祖法后山，要在作意严谨。黄庭坚《病起荆江即事》诗之八谓

---

① 王锳等点校：《郑珍集·文集》，贵州人民出版社 1994 年版，第 79 页。
② 钱仲联：《清诗纪事》第十四册，江苏古籍出版社 1989 年版，第 9652 页。
③ 同上书，第 9653 页。
④ 同上书，第 9652 页。
⑤ 参拙文《黄庭坚诗学与宋人诗话的论诗取向》，《文学遗产》2008 年第 4 期。
⑥ 钱仲联：《清诗纪事》第十四册，江苏古籍出版社 1989 年版，第 9652 页。
⑦ 同上书，第 9653 页。
⑧ 钱仲联：《梦苕盦诗话》，齐鲁书社 1986 年版，第 284 页。
⑨ 孟浩然：《临洞庭湖赠张丞相》、《与颜钱塘登障楼望潮作》；杜甫：《重替郑氏东亭》。

156

莫友芝为诗路向的体制分殊◇

"闭门觅句陈无己,对客挥毫秦少游"①,苦力锻炼,正是后山本色,亦近东野苦吟。兹论陈后山诗,《四库全书》集部三《后山集》详校官汪彦博等按语云:

> 其五言古诗出入郊岛之间,意所孤诣,殆不可攀,而生硬之处,则未脱江西之习。七言古诗颇学韩愈,亦间似黄庭坚,而颇伤謇直……五言律诗佳处往往逼杜甫,而间失之僻涩;七言律诗风骨磊落,而间失之太快太尽。五七言绝句纯为杜甫《遣兴》之格,未合中声……诗绝句不如古诗,古诗不如律诗,律诗则七言不如五言。②

而任渊《后山诗注》卷首载后山门人彭城魏衍《彭城陈先生集记》云:"窃惟先生之文,简重典雅,法度谨严,诗语精妙,盖未尝无谓而作……见于其中小不逮意,则弃去,故家之所留者止此。"③又载元城王云题语记黄山谷谓"其作诗深得老杜之句法,今之诗人不能当也"④。考陈师道《后山诗话》云:"学诗当以子美为师,有规矩,故可学。"⑤又论句法云:"宁拙勿巧,宁朴勿华,宁粗勿弱,宁僻勿俗,诗文皆然。"⑥陈氏又谓杜甫祖王维诗而益工⑦、引黄庭坚谓王安石学二谢而失于巧⑧,凡此可知陈师道为诗的一贯尊尚,都是谨严作意,几近孟郊刻厉之思,或至拙朴粗僻,是其"生硬"、"謇直"、"僻涩"之失,则宁取拙朴粗僻而已。尽管后山自知"诗欲其好,则不能好",然其倔强追求,并不少减。后山《暑雨》云:

> 密雨吹不断,贫居常闭门。
> 东溟容有限,西极更能存。

---

① 黄庭坚:《豫章黄先生文集》卷七,《四部丛刊初编》影印宋乾道刊本。
② 陈师道:《后山集》,文渊阁《四库全书》本。
③ 任渊:《后山诗注》卷首,《四部丛刊初编》影印江安傅氏双鉴楼藏高丽活字本。
④ 同上。
⑤ 陈师道:《后山诗话》,何文焕辑《历代诗话》,中华书局1981年版,第304页。
⑥ 陈师道:《后山诗话》,《历代诗话》,中华书局1981年版,第311页。
⑦ 同上书,第304页。
⑧ 同上书,第306页。

◇诗赋研究的语用本位

　　　　　束湿炊悬釜，翻床补坏垣。
　　　　　倒身无着处，呵手不成温。

按任渊注，"西极"谓漂荡不能自存，用《列子·汤问》共工氏与颛顼争帝怒触不周之山而折天柱、绝地维事，杜甫有"西极柱亦倾"、"其如西极存"，陈祖之。《汉书·宁成传》："操下急如束湿。"《韩非子》："智伯围晋阳城，襄子决晋水，灌之悬釜而炊。"《左传》："子产坏晋馆垣。"唐人诗："穴垣补墙隙。"任氏乃指"此老杜'床床屋漏无干处'之意"。韩愈《篁诗》"倒身甘寝百疾愈"、东坡"冗士无处着"、王维"旋呵冻手暖髭须"，合为末二句①。黄庭坚《答洪驹父书》谓"老杜作诗、退之作文，无一字无来历"②，后山实得真诀，尤其末二句合三处来，正如山谷《和答钱穆父咏猩猩毛笔诗》"平生几两屐，身后五车书"，"平生"出《论语·宪问》，"身后"本晋张翰"使我有身后名"之言，"几两屐"为晋阮孚语，"五车书"则《庄子》称惠施言，"此两句乃四处合来"③。后山得山谷之法，又句法省炼峻洁，句无长字，造语缜密，中二构对严谨，尤其"束湿炊悬釜，翻床补坏垣"，句法兀傲，"束湿"、"翻床"，用字精到费力，"悬釜"、"坏垣"属对精工，但稍露圭角，盖律诗构句，自当精工锻炼，以取整练遒劲，然稍过即成生硬。就其著力写屋漏窘况，以穷苦为料而必欲谨严况之，尤其"倒身无着处，呵手不成温"状写穷愁真切，又颇似孟郊苦吟。又如《次韵夏日江村》④首二句"漏屋檐生菌，临江树作门"构思奇巧，三四"卷帘通燕子，织竹护鸡孙"亦奇，"通"、"护"极力锻炼，然规摹老杜"帘户每宜通乳燕"、《催宗文树鸡栅》"织笼曹其内"及退之"那暇更护鸡窠雏"，合为一处，"卷帘"对"织竹"、"燕子"对"鸡孙"，都极费力。

　　严谨措意，着力锻炼，即是莫诗近于后山处。郑珍所谓"即不学东

---

①《后山诗注》卷一。
②《豫章黄先生文集》卷十九。
③ 杨万里：《诚斋诗话》，《历代诗话续编》，中华书局1983年版，第140页。
④《后山诗注》卷六。

158

野、后山，欲不似之不得也"，盖是指此，而不谓所写内容相似。兹举友芝《西斋》二首云[①]：

> 西斋终日闭，南国几时归。
> 怖鸽喧声杂，冥鸿过影稀。
> 斜斜争路草，黯黯避阶薇。
> 早道须料理，秋碁未解围。

其二云：

> 奄奄凭砚匣，梦梦枕经函。
> 午日鱼开钥，秋风马脱衔。
> 仆童茫进退，竹石饱雕劖。
> 恨杀荷花水，长年不可帆。

二诗除其二结尾不对外，其余都用属对，上引陈师道诗亦然。琢句之手，久之竟成习惯，构思与遣词造句，都受格律形式所囿。但是律诗首尾皆对，有似八柱撑立，不免呆板。盖中二必对，构结坚整，以树诗骨，而首二语适合以散行引入，尾二语适合以散行缓冲其势，与中二属对精工、构结谨严适成对照，而一首张弛有序。后山喜琢句，亦学杜甫，杜甫律诗多有首尾对者。莫友芝学后山，也是琢句习惯使然。若"怖鸽"构对，生新突兀，只为配合"冥鸿"，草"争路"思奇，薇"避阶"对之，则不伦。"午日鱼开钥，秋风马脱衔"，奇峭生新，意趣不常，配对精确，当是苦思而得；但"仆童茫进退"以对"竹石饱雕劖"则上下凑合，下句无谓无趣。

莫友芝自无东野哭穷之作，而在刻厉之思、色调之冷。其祖孟郊语者，如《移居八首》第七首"借车载家具，未觉先生穷"[②]，祖孟《借车》

---

① 张剑等编校：《莫友芝诗文集》，人民文学出版社 2009 年版，第 135 页。
② 同上书，第 252 页。

◇诗赋研究的语用本位

"借车载家具，家具少于车"，二语对比，见其巧思，莫氏止取前一句，失去比照，但以词语影掠，让人联想孟语，亦无不可，只是"未觉先生穷"太直白而故作达观，失去了孟语外在的冷峻和内在的酸苦，祖作用心谨严精到与否，在此立见。又如《巢经巢观李少温篆书元次山〈浯溪铭〉拓本用皇甫持〈浯溪石〉韵》"疏花透凝寒，落落自真态"①，是即徐世昌《晚清簃诗汇诗话》所称者，孟诗常见，如《伤春》"二月三月花冥冥"②、《洛桥晚望》"天津桥下冰初结"③，都透着冷寂凝寒，恰是其内心凄苦的写照。莫诗如《青田山中》第一首"娟娟松际月，白入松下路"、第二首"路转山径昏，静观生白影"④，白色皎洁透明，但总有一股阴冷之气。孟郊《花婵娟》："竹婵娟，笼晓烟……月婵娟，真可怜。"⑤ 常建《宿王昌龄隐居》："松际露微月，清光犹为君。"⑥ 莫句更为冷寂。又如《公安县》"北风吹野水，寒日下孤城"⑦，清寒透骨。张之洞《小沤巢日记》云："读莫氏《郘亭集》、郑氏《巢经巢集》……时如林箐隘谷中，见日光炯碎，又如深山炼气服食之士，被薜衣萝，终有山鬼气象，令人不欢。"⑧ 又如《晚归青田》⑨：

高林天风长，曲涧溪路永。
削壁摇孤光，澄流写疏影。
日落沙淑殷，云度松杉冷。
吾与鸟同归，昏钟阁前岭。

孤光、疏影、松杉冷，一片幽寂。虽是古体，但前三都为对句，"摇"、

---
① 张剑等编校：《莫友芝诗文集》，人民文学出版社2009年版，第215页。
② 宋敏求编：《孟东野诗集》卷三，文渊阁《四库全书》本。
③ 宋敏求编：《孟东野诗集》卷五，文渊阁《四库全书》本。
④ 张剑等编校：《莫友芝诗文集》，人民文学出版社2009年版，第149页。
⑤ 宋敏求编：《孟东野诗集》卷一，文渊阁《四库全书》本。
⑥ 《常建诗》卷一，文渊阁《四库全书》本。
⑦ 张剑等编校：《莫友芝诗文集》，人民文学出版社2009年版，第204页。
⑧ 钱仲联：《清诗纪事》第十四册，江苏古籍出版社1989年版，第9652页。
⑨ 张剑等编校：《莫友芝诗文集》，人民文学出版社2009年版，第146页。

160

"写"、"度"动作字费力,刻画传神,"殷"、"冷"性状字下得贴切。前三罗列六个景物,结尾聊发情思,写法极似谢灵运。二谢的对句造语、锻炼用字、刻写描景,与孟郊苦吟用思、幽冷色调合为一处,就是莫友芝五言山水诗的突出特点。

三

莫诗严谨锻炼取于后山、东野,但莫诗大半写景,当由后山、东野上溯二谢,是则迄今未发之论,其于莫诗路向,当是重要提点。陈、孟状景为少,而二谢山水,佳句秀出,但少完篇。莫诗写景,长于刻画,情感内敛,造语精工,得于二谢为多。莫友芝有《集谢》诗二首[①]。集一家诗句的首要条件,是对其诗用字造语的稔熟,而且相当喜爱,莫友芝集谢亦然。

《邵亭诗钞》写景诗,多有锻炼精工者,如《近寺》"石瑟弄溪声"[②],与谢灵运《过始宁墅》"白云抱幽石,绿筱媚清涟"构结一致,炼字相同,即不着意学谢,此类句格也是大谢先有,后世辗转学习,莫氏得之。又如《焦溪舟行》"水影上西崖,澂波泻寒玉"[③],"澂波"从谢朓"澄江静如练"翻出,"澂"同"澄"。《访旧题刻于禹门山》"溪声云际答,天影树根开"[④],谢灵运《夜宿石门诗》"暝还云际宿,弄此石上月"[⑤],谢朓《之宣城郡出新林浦向板桥》"天际识归舟,云中辨江树"[⑥],友芝盖诵二谢语熟,天、云、际、江、树,对景能忆,撮合以成,固为易事。又如《登红花冈寄远》[⑦]:

散策微雨后,众色呈新鲜。

---

① 张剑等编校:《莫友芝诗文集》,人民文学出版社2009年版,第161页。
② 同上书,第144页。
③ 同上书,第195页。
④ 同上书,第215页。
⑤ 张溥编:《汉魏六朝百三家集》卷六十六,文渊阁《四库全书》本。
⑥ 《谢宣城集》卷三,文渊阁《四库全书》本。
⑦ 张剑等编校:《莫友芝诗文集》,人民文学出版社2009年版,第258页。

◇诗赋研究的语用本位

> 石隙迸野笋，山腰发荒泉。
> 崎嵚历危磴，苍翠缘朝烟。
> 叠陇散芳树，参错入远天。
> 千里如可揽，孤怀无由宣。
> 安能随晨风，瞬息堕尔前。

第二、三、四联为2—1—2式，是典型的谢家句法，但一连用之，景物分散排列，对景刻画，殊觉堆垛，只是结尾"显志"，论者以为乐天讽喻诗专用，其实谢氏家法已自有之。用字则二"散"字，谢朓有"余霞散成绮"，是好字面；"迸"、"发"、"历"、"缘"、"入"动作字锻炼，殊见功力；"石隙"、"山腰"、"野笋"、"荒泉"、"危磴"、"朝烟"，属对稍觉精切。"众色呈新鲜"，颇同大谢登山乐趣，是如《石壁精舍还湖中作》"山水含清晖"、"清晖能娱人"的神情清爽。"孤怀无由宣"也是魏晋语，虽无玄趣，但附于景物之后，略亦谢诗玄言"卒章"之伦。

似乎莫友芝于六朝诗情有独钟，在道咸宗宋风尚中，乃是独特的祖法路向。如《秋怀和谢惠连韵》[①]中"凄凄天仍秋，忽忽时已宴"，的然六朝风韵。又有《拟古用明远韵》二首[②]，第一首前半云："姜桂无世甘，老不改其素。桃李有好色，逢人取怜顾。徒令一市中，憎爱生异路。如何衡才者，亦作皮相慕。"沈德潜曰："乐府之妙，全在繁音促节，其来于于，其去徐徐，往往于迴翔屈折处感人，是即依永和声之遗意也。"[③]六朝人之作，虽号"古诗"，但多受乐府影响[④]，遣字造语，气度从容，不似后来律体，则以铿锵坚整为能。莫氏此诗托物寄兴，情在辞中，悠游不迫，"拟古"绝似。又《拟左太冲〈咏史〉用其韵》[⑤]：

---

① 张剑等编校：《莫友芝诗文集》，人民文学出版社2009年版，第325页。
② 同上。
③ 沈德潜：《说诗晬语》卷上，丁福保辑《清诗话》，上海古籍出版社1963年版，第529页。
④ 其实"古诗"与乐府，其初并无截然分别，而拟乐府者，率多"古诗"，只是愈趋谨严而已。参易闻晓《古诗、乐府考辨》，《贵州文史丛刊》2008年第1期。
⑤ 张剑等编校：《莫友芝诗文集》，人民文学出版社2009年版，第308页。

莫友芝为诗路向的体制分殊◇

> 少壮志奇伟，叩关西上书。
> 愿广都试课，稍补亭屯虚。
> 结客走游侠，跨马历名都。
> 纵横无所合，意气置土苴。
> 朝烽起区骆，夕燧延荆吴。
> 米教本草窃，井蛙非霸图。
> 钓弋在纶矢，赤手鼓咙胡。
> 谁能靖江表，相翔空野庐。

此用左思《咏史》八首第一首韵，"叩关"用贾谊《过秦论》"百万之师，叩关而攻秦"，"西上书"用左思本题第八首"李斯西上书"；"结客"、"游侠"、"名都"是汉乐府常用语，六朝沿袭；"纵横"若曹子建《鰕篇》"抚剑而雷音，猛气纵横浮"；"纶矢"略用张衡《归田赋》"仰飞纤缴，俯钓长流，触矢而毙，贪饵吞钩"语意；"咙胡"则《后汉书·五行志一》桓帝之初童谣"吏买马，君具车，请为诸君鼓咙胡"云云。用字造语，得其风味。只是"朝烽"、"夕燧"、"米教"、"井蛙"，配对用意较然，稍露峥嵘，与上不类。复有《和陶〈拟古〉》二首①，第二首"一朝脱羁网，流毒随飘风"，是又渊明风调。至若《杨季涵驾部彝珍先后寄示〈乱定草〉两刻及〈塔忠武行状〉即用坎字迹字两韵答之》第二首"江表驰白袍，刑天落干戚"②，用陶渊明《读〈山海经〉》"刑天舞干戚"语，《移居八首》第八首"好风送远籁，相和如韶䪇"③，亦用《读〈山海经〉》"微雨从东来，好风与之俱"，则是诵之烂熟，随手拈取。

莫诗造语，不乏得于六朝流丽者，如《姊妹井》④前四句："姊妹盈盈双碧珰，姊妹花开红覆床。嫩寒薄晓启妆镜，袜尘欲度春波香。"但后四句换为仄韵，则是唐人七古格调。又如《延江吟送李根石梦松教谕归思

---

① 张剑等编校：《莫友芝诗文集》，人民文学出版社 2009 年版，第 387 页。
② 同上书，第 330 页。
③ 同上书，第 252 页。
④ 同上书，第 176 页。

◇诗赋研究的语用本位

南》略云:"与君生小不相知,同饮江光弄江渌。去年江落泝江来,江上梅花照客开。与君相见梅花里,风味泠泠对江水。江水江花满眼春,喜君意气剧无伦。"① 显有《春江花月夜》辞意,但失于率直,尤其"喜君意气剧无伦"与上写景物意象不伦,接下虽仍"江水年年只相似"云云,但配以"农家估客纷如此"等,益觉唐突。按《春江花月》原本六朝乐府旧题,传为陈后主创制,张作之前已有数首题咏,张氏此作成功,也在祖述六朝。而莫氏二语议论,固是宋人风调,即使莫诗模拟六朝,也终究不能出脱道咸宗宋风气的普遍影响。

四

莫友芝多写近体,七律尤多。律诗八句,体尚简要,只是七律较之五律,句式多出二字,则易孳剩语闲字。吴可《藏海诗话》谓"七言律一篇中必有剩语,一句中必有剩字"②,可见七律造语,简练缜密,诚非易事。莫氏七言古率以叙述议论,固以体制限定为少,七言畅纵无碍,篇幅散漫无节,是则衍自宋人、惑于时风使然。但律诗字数、篇幅一定,不能漫加敷衍,而七律造语,又尚缜密,句无剩字,必须严谨为之。莫氏七律不乏构思精巧、造语缜密者,适与七古比照。如《草堂杂诗三首》第一首"闲云带鸟常依树,清月随风直到门"③,"闲云""常依树"、"清月""直到门"之间,衬以"带鸟"、"随风",语意曲折丰厚;至若闲云如何依树、清风怎样到门,固费构思之工,便须拟议,是故律诗造语,不合"自然"之说。又如《饮谪仙楼有怀昔游》第二联"剔碣记曾当砌读,款门惊唤对江开"④,上下构对,颇为奇警,上句尤奇,"剔碣"峭硬,"记曾"倒装,"当砌读"拗峭,若止此一句,必不稳实,一经下句配对,顿觉构结谨严,坚劲整练,韵律铿锵,这是上下构句、相与平衡的属对功用。又如《寄平樾峰同守翰仁怀厅三首》第一首第二联"鳢鱼小艇行春上,荔子炎天避暑

---

① 张剑等编校:《莫友芝诗文集》,人民文学出版社2009年版,第249页。
② 吴可:《藏海诗话》,《历代诗话续编》,中华书局1983年版,第335页。
③ 张剑等编校:《莫友芝诗文集》,人民文学出版社2009年版,第142页。
④ 同上书,第131页。

回"①，构句缜密，没有剩字。杜甫律诗最称缜密，如《七月一日题终明府水楼二首》第一首"绝壁过云开锦绣，疏松夹水奏笙簧"②，语意曲折，句法紧凑；《奉和贾至舍人早朝大明宫》"旌旗日暖龙蛇动，宫殿风微燕雀高"③，"此则一句能言五件事"④。莫氏七律琢句，无论拟杜与否，生当杜甫之后，自然不脱杜甫句法的间接影响。

友芝集中多见用杜语者，不乏七律祖述，如《端午》"老去只添人事感，悲来虚说醉乡宽"⑤，祖杜甫《九日蓝田崔氏庄》"老去悲秋强自宽，兴来今日尽君欢"⑥，韵亦同部，但"人事感"云云，理路较然，不及杜语只说感受，造语浑涵。莫诗七律构对，开合有得于杜甫者，如《戊子元日闻官军收镇江瓜洲》"北极鱼盐终自入，南明花鸟莫深愁"⑦，下句说贵阳南明河，一联上下胡越，空间极为阔大，是祖杜甫《登楼》"北极朝庭终不改，西山寇盗莫相侵"⑧ 构联开合之法。兹为略论莫氏五律祖杜甫者，如《喻言如纶招饮桃源山冒雨夜归二首》第一首"槛底青春远，尊前白发生"⑨，杜甫《西阁三度期大昌严明府同宿不到》有"早凫江槛底"⑩，《闻官军收河南河北》有"青春作伴好还乡"，《春日戏题恼郝使君兄》有"樽前还有锦缠头"⑪。此五言构句亦学杜甫，一远一近，尤其如之。而陈师道《九日寄秦觏》"九日清樽欺白发，十年为客负黄花"⑫ 亦学杜甫，莫句或以引发。又如《息凡示十年鸿爪图册子各系一诗·使察木多》"白踏千山雪，红迎万壑莲"⑬，这是"以颜色字置第一字，却引实字来"⑭，是杜甫常

---

① 张剑等编校：《莫友芝诗文集》，人民文学出版社2009年版，第131页。
② 仇兆鳌：《杜诗详注》卷十九，文渊阁《四库全书》本。
③ 郭知达编：《九家集注杜诗》卷十九，文渊阁《四库全书》本。
④ 佚名：《总论》，《元代诗法校考》，北京大学出版社2001年版，第214页。
⑤ 张剑等编校：《莫友芝诗文集》，人民文学出版社2009年版，第184页。
⑥ 郭知达编：《九家集注杜诗》卷十九，文渊阁《四库全书》本。
⑦ 张剑等编校：《莫友芝诗文集》，人民文学出版社2009年版，第342页。
⑧ 郭知达编：《九家集注杜诗》卷二十一，文渊阁《四库全书》本。
⑨ 张剑等编校：《莫友芝诗文集》，人民文学出版社2009年版，第160页。
⑩ 郭知达编：《九家集注杜诗》卷三十一，文渊阁《四库全书》本。
⑪ 郭知达编：《九家集注杜诗》卷九，文渊阁《四库全书》本。
⑫ 陈师道：《后山集》卷六，文渊阁《四库全书》本。
⑬ 张剑等编校：《莫友芝诗文集》，人民文学出版社2009年版，第160页。
⑭ 范晞文：《对床夜语》卷三，《历代诗话续编》，中华书局1983年版，第423页。

◇诗赋研究的语用本位

用句法,如《奉酬李都督表丈早春作》"红入桃花嫩,青归柳色新"①、《晴二首》第一首"碧知湖外草,红见海东云"②等,强调颜色字的"先入之见",而且造成句式的屈折,这是因为律诗格律的限定,而句法随之,所以律诗句法多于古体,是"以句法就声律"③。

莫友芝七律对仗佳句不少,或驱遣学问,取用经语,随手拈来,深得黄山谷"点铁成金"、"夺胎换骨"之法,表现为"学人诗"的显著特色。如《寄胡子何长新》"风窗箬影还思尔,露砌棠阴数起予"④,下句直用《论语》"起予者商也",以对上句"思尔",可称精巧,盖诵经熟,随手拈用,便成配对。但经语若非巧用,便成板涩,用巧则厚重,论者有以⑤。更甚者如《上巳日作》"殷其盈矣左溪左,欲往从之南浦南"⑥,"殷其盈矣"出《诗·郑风·溱洧》"士与女,殷其盈矣";"南浦"出《楚辞·九歌·河伯》"送美人兮南浦";"欲往从之"出张衡《四愁诗》"欲往从之梁父艰"云云。黔俗,农历三月上旬巳日,男女之水边嬉游采兰,用驱不详,是同溱洧风俗,此题用之有以,颇觉贴切,而《诗经》虚字,古色斑斓,令人想起上古风俗;撮合《楚辞》、平子语,随取成趣,固称妙手。其所祖法,是在黄山谷一路,若上引山谷《猩猩毛笔》"平生几两屐,身后五车书"者,盖学人为诗,取资丰赡,自是无难。

俞陛云《吟边小识》谓"莫君近体诗颇雄健",并举《经南阳》"疆土久荒申伯国,夕阳谁问汉家营"、《沔汉》"一线波盘江北去,万重山压汉东来"及"赴壑修蛇还没尾,如云大翼不遮身"句,以谓"语颇奇崛"⑦。"雄健"者盛唐所尚,可窥大略取向。莫氏七律也有不少造语流转、浑融一气之作。如《陪黎雪楼恂丈过郑子尹望山堂作上元和主人兼呈雪老》"十里花光扶月转,万山灯影踏星回"⑧,又《舒舒觉罗芝龄太守佛尔国春

---

① 郭知达编:《九家集注杜诗》卷二十一,文渊阁《四库全书》本。
② 郭知达编:《九家集注杜诗》卷二十八,文渊阁《四库全书》本。
③ 冒春荣:《葚原诗说》卷一,《清诗话续编》,上海古籍出版社1983年版,第1580页。
④ 张剑等校:《莫友芝诗文集》,人民文学出版社2009年版,第151页。
⑤ 参拙著《中国古代诗法纲要》,齐鲁书社2005年版,第126—127页。
⑥ 张剑等校:《莫友芝诗文集》,人民文学出版社2009年版,第208页。
⑦ 钱仲联:《清诗纪事》第十四册,江苏古籍出版社1989年版,第9653页。
⑧ 张剑等编校:《莫友芝诗文集》,人民文学出版社2009年版,第276页。

莫友芝为诗路向的体制分殊◇

小茸听莺轩成饮以落之》"频移稚柳添莺住,尽换虚廊放月来"①,构思精巧而风姿绰约。

然而莫友芝七古叙述议论的造语的惯性不时移之律体,则适足生厌,如《书吴兰雪师〈香苏山馆诗钞〉后二首》第一首②:

> 盘盘郁气动须眉,自有千秋更勿疑③。
> 苏陆之间争壁垒,蒋袁以后此宗师。
> 幸成传业偏怜女,未碍能官不似诗。
> 九曲武夷听艳说,早朝归去一凄其。

此诗除去第一句、最后二句略存意象之外,都属议论,"之间"、"以后"的虚字衬贴,使本来易有"剩字"七言更加拖沓松缓,只觉字多意少,前人论杜诗缜密,正以实字语健,意密间不容发。而莫诗"那堪"、"未碍",理路推求较然,连同"偏怜"、"不似",一语七字,虚字有四,卒同虚廓无物④。再如《示子厚弟生芝》⑤:

> 自从入世为兄弟,已十二年生尔先。
> 便令上寿各八十,止卅余岁相周旋。
> 中年哀乐还成路,远道风波未系船。
> 算有几多开口笑,可容郁郁取熬煎!

这样的"议论"如果可以算作诗的议论,那么只能说宋诗以来对于议论的癖好,完全失去了诗与非诗的判断力。人们讥讽杜牧"二十四桥明月在"

---

① 张剑等编校:《莫友芝诗文集》,人民文学出版社 2009 年版,第 247 页。
② 同上书,第 187 页。
③ 张剑等编校:《莫友芝诗文集》底本用咸丰二年遵义湘川讲舍刊本,作"粲花舌运涌泉思,想见乘醺下笔时"。此用民国七年贵阳文通书局《邵亭诗钞》本,以起联文气畅顺、境界开阔,较之显见为佳。
④ 参拙著《中国古代诗法纲要》,齐鲁书社 2005 年版,第 110—115 页。
⑤ 张剑等编校:《莫友芝诗文集》,人民文学出版社 2009 年版,第 142 页。

◇诗赋研究的语用本位

等好用数字为"算博士",但毕竟尚有象在,而莫友芝在此,却只是屈指计数了。

五律较七律造语更为坚整,适合刻画景物,字摹句炼,莫氏为之严谨,最善琢句、对仗精工。如《简梦湘观察兼致张杨园先生书》"栗尾劳清饷,锋心谢妙书"①,"栗尾"出欧阳修《归田录》"蔡君谟既为全书《集古录》目序……余以鼠须栗尾笔……润笔",此处随手拈来,以与"锋心"构对,极为工切。又如《喻言如纶招饮桃源山冒雨夜归二首》第二首"笠屐呼邻借,波涛趁步生"②,下句用"趁步生",贴切而奇,非亲历大雨于涂者不能言之;而"波涛"以对"笠屐",一小一大,本自胡越,构为属对,便自奇绝。又如《苦雨》"径兼朱果烂,垣枕绿苔荒"③,信是秋日苦雨中景象,而觉郁闷消沉,或者以为胶着一物,如贾岛《题长江》"归吏封宵钥,行蛇入古桐"④,萧条冷落,尽在其中,此景之必有,尚驰思者不烦观察体验而已。而梅尧臣评贾岛《题皇甫荀蓝田厅》"竹笼拾山果,瓦瓶担石泉",谓"状难写之景,如在目前,含不尽之意,见于言外"⑤,固为知言。莫诗五律多写景物,对景善于刻画,炼字刻厉精审,大约得于二谢。虽然二谢古体,但精工锻炼,以逗律诗炼句法门,后世律体,多所祖法,莫诗五律亦然。

莫友芝七绝多有风致,依王夫之的见解,此体最重风神而可验才情⑥。莫诗如《舒衡峰其璐秀才观我轩望桃源山》⑦:"山翠迎窗扫不开,百花深处见楼台。明朝不共花中醉,如此春光更几回。"摇曳流转,颇有风致。又如《雪晴》⑧:"雪色晴光共碧阑,徘徊欲别暂相欢。分明一片西家月,持向吴王梦里看。"七绝四句,不能展开叙述议论,而以意象为主,雪色晴光之象,引入西家月的浮想,因生吴王梦的恍惚之思,隐约难明,虚灵

---

① 张剑等编校:《莫友芝诗文集》,人民文学出版社2009年版,第138页。
② 同上书,第160页。
③ 同上书,第187页。
④ 《长江集》卷五,文渊阁《四库全书》本。
⑤ 欧阳修:《六一诗话》,《历代诗话》,中华书局1981年版,第267页。
⑥ 王夫之:《姜斋诗话》卷下,《清诗话》,上海古籍出版社1963年版,第18页。
⑦ 张剑等编校:《莫友芝诗文集》,人民文学出版社2009年版,第160页。
⑧ 同上书,第177页。

莫友芝为诗路向的体制分殊

不著,流美圆熟,较唐人并无逊色,可见诗家才情,异代不减,但诗道沦落,则世运使然,非必后人不如前人。然而七古叙议敷衍的惯性,也影响莫氏七绝的造语,如《十八夜月》云:"十五十六不见月,十七十八又不圆,路长路短只由路,天湿天干休问天。"① 一经议论敷衍,稍非严谨,立见伧父面目,高下何啻千里,便讶非出一人之手,盖作七古既多,惯性使然,不觉移之七绝,致使体制乖悖。

五绝,莫友芝时有为之。五绝视七绝字数又减,造语益当精约,只以略存意象,供人联想把玩为上。如《郑子尹自京归留饮影山草堂》:"草径无人扫,茅樽待尔赊。一鞭风雪里,开过紫薇花。"② "草径"、"茅樽"以见主人寥落;"一鞭风雪"影掠万里入京情事,"开过紫薇花",则于紫花开过,寂然中自有人事伤感、功名不逮之慨。精约处无非深意,既无铺垫,亦无详述,兴象宛然,意在言外,固许上乘之作。又《残雨》:"残雨弄溪烟,青林明灭间。回风云破碎,日气漏山前。"③ 小小景象,观察细致,掇取为句,亦颇隽永。是论者所谓"山鬼气象",意境清寂,五言短制固合为之。五言古绝如《泂中》:"溶溶泂潭春,蒲藻堪把玩。潭面簇飞花,游鱼吹复散。"④ 显系祖储光羲《钓鱼湾》诗意:"垂钓绿湾春,春深杏花乱。潭清疑水浅,荷动知鱼散。"但述语不如作语平易妥帖,一顺道来,而饶风致,"蒲藻堪把玩"议论浅切,非以必需,去之无碍。浪以议论凑泊,亦如他体。尽管体制不同,莫氏亦必尊体,而近体律绝及五言短古都严谨锻炼,但以七古叙议惯性与时风影响,率皆不免敷衍。唯以体制之辨,可以明其分殊交越。

---

① 张剑等编校:《莫友芝诗文集》,人民文学出版社 2009 年版,第 177 页。
② 同上书,第 133 页。
③ 同上书,第 163 页。
④ 同上书,第 162 页。

汉代赋颂关系考论

汉人赋、颂并举，或赋、颂不分，后世论赋，往往而然。迩来学者，如侯文学认为赋颂一类，俱资藻丽[①]，王长华、郗文倩确考赋、颂为体不同[②]，王德华专论东汉前期赋颂互渗，并称切要[③]。《史记·司马相如列传》"相如既奏《大人》之颂"云云[④]，则视赋为颂，西京已然，但后汉之赋，颂德益多，二者交互，更为明显。考汉人之视赋颂，观念若此，而撰作赋颂，实情如彼，不尽合一，及其以赋为颂，于帝王喜好、词臣出处、大国意识相与为侔，固当综合以观，庶几问题可明。

一

《汉书·贾邹枚路传》"皋为赋颂"云云[⑤]，王长华、郗文倩以为"赋颂"偏指一"赋"，与颂体无关[⑥]，但何不独称为"赋"而必言"赋颂"，原因就在于赋、颂不分。又《汉书·淮南衡山济北王传》"每宴见谈说得失及方技赋颂"[⑦]，《汉书·严助传》"作赋颂数十篇"，[⑧]《前汉纪》"雄好赋

[①] 侯文学：《汉代经学与文学》，人民出版社2010年版，第22—25页。
[②] 王长华、郗文倩：《汉代赋颂二体辨析》，《文学遗产》2008年第1期。
[③] 王德华：《东汉前期赋颂二体的互渗与散体大赋的走向》，《文学遗产》2004年第4期。
[④] 《史记》，中华书局1963年版，第3063页。
[⑤] 《汉书》，中华书局1964年版，第2366页。
[⑥] 《汉代赋颂二体辨析》。
[⑦] 《汉书》，中华书局1964年版，第2145页。
[⑧] 同上书，第2790页。

颂"① 及《文心雕龙·情采》"辞人赋颂"② 云云，或是赋、颂并举，或是赋、颂不分。后代益便疏阔，如方以智《通雅》但称"赋颂家"③，以一人为赋、颂而文本相近，名副其实。王、郗二氏对赋、颂并举的解释，是援引《诗》传"不歌而诵谓之赋"而释颂为"诵"，意指以赋为诵，但对汉人赋、颂并举的大多数例证，却无法解释圆通。至于《史记·司马相如列传》言"奏《大人赋》"，又言"大人之颂"④；王褒《洞箫颂》，《汉书》本传录之，《文选》题《洞箫赋》；扬雄《甘泉赋》，王充称为《甘泉颂》⑤；而刘玄《簧赋》、傅毅《琴赋》并王褒《洞箫赋》，马融《长笛赋序》概称为颂⑥，凡此所举，显然视赋为颂。

汉代赋、颂的关系，根本上是一个写作学的问题。赋、颂各有源流，各有格制，为赋为颂，都不能完全出脱前代体式、造语的既有规范。汉赋写作，当然主要是踵武屈骚宋赋，但也受到《诗》的影响，其中关捩就是荀子赋，而且前人已经注意到汉赋铺陈与战国纵横家的关系，如章炳麟谓"纵横家者赋之本"⑦。根据写作的祖述情形，凡文字撰作，固非凭空而起，而必以既有文体为其仿效的格式，以既有语词为其取用的资源，为诗如此⑧，作赋亦然。而且一代文章，必有交越互渗，汉代赋、颂为然。

兹考汉代赋、颂关系，必须先从文本下手。在赋、颂关系中，赋当然是主导的方面，所谓赋、颂不分，也主要是因为赋的内容和功用明显表现为颂的倾向，在汉代大赋，这种情况具有相当程度的普遍性，不必说王延寿《鲁灵光殿赋》、崔骃《大将军西征赋》之类主题即示歌颂的作品，即如司马相如《子虚》、《上林》铺陈物类、夸饰游观，其内容和功用本质上

---

① 荀悦：《前汉记》卷二十九，张烈点校《两汉纪》，中华书局2002年版，第515页。
② 范文澜：《文心雕龙注》，人民文学出版社1962年版，第538页。
③ 方以智：《通雅》卷三十二，文渊阁《四库全书》本。
④ 《史记》，中华书局1963年版，第3056、3063页。
⑤ 王充：《论衡·谴告》，上海人民出版社1974年版，第226页。
⑥ 马融：《长笛赋序》，"追慕王子渊、枚乘、刘伯康、傅武仲等箫、琴、笙颂，唯笛独无，故聊复备数，作《长笛颂》"。李善注："枚乘未详所作，以《序》言之，当为《笙赋》。"（《文选》卷十八，中华书局影印清胡克家刻本1977年版，第249页）
⑦ 章炳麟：《国故论衡》，上海古籍出版社2003年版，第90页。
⑧ 参拙文《诗道高雅的语用阐释》，《文学评论》2008年第2期。

◇诗赋研究的语用本位

也属于颂扬一类。至于扬雄《甘泉赋》"盛言车骑之众、参丽之驾"①,《羽猎赋》侈述校猎之隆、获猎之多,《长杨赋》漫夸大汉国力,极称高、武之功,无往非劝,尽管主观上意存讽谏。考扬雄诸赋所写大半本是从上郊祀巡游的内容,故句式有取于《诗》颂,用字多采《书》语,一般是在开篇略叙郊祀巡游所由,以示庄重,中间为赋,极力敷陈,结尾示讽。例如《甘泉赋》开篇云:"惟汉十世,将郊上玄,定泰畤,雍神休,尊明号,同符三皇,录功五帝,恤胤锡羡,拓迹开统。""惟汉十世,将郊上玄",是史的写法,"锡"义赐、与,《书·尧典》"师锡帝曰'有鳏在下'",盖庄重类颂。又如《河东赋》"灵祇既乡,五位时叙,絪缊玄黄,将绍厥后。""厥"字《书》、《诗》用之,造语古朴。而王延寿《鲁灵光殿赋》以"赋"名篇,然序述为颂所由,四言句法,有类《诗》颂:"诗人之兴,感物而作。故奚斯颂僖,歌其路寝。而功绩存乎辞,德音昭乎声。物以赋显,事以颂宣。匪赋匪颂,将何述焉?"这是赋中用颂的情况,可见二者交互,颂语援诸《诗》式,固非漫无凭借。

西汉四言题"赋"而实为颂者,显然受到《诗》颂体式的影响,直可称之为颂。由《诗》颂到汉赋的过渡的环节,就是荀子赋。章炳麟《国故论衡·辨诗》指出荀子五赋,写物效情如《蚕》、《箴》诸篇,"《洞箫》、《长笛》、《琴》、《笙》之属,宜发孙卿",而"宋世《雪》、《月》、《舞》、《鹤》、《赭白马》诸篇放焉"②。其实西汉一些短篇赋作,早已仿效荀赋,而与《诗》颂相类。例如梁孝王门客公孙诡《文鹿赋》③:

> 麀鹿濯濯,来我槐庭。食我槐叶,怀我德声。质如缃缛,文如素綦,呦呦相召,小雅之诗。叹丘山之比岁,逢梁王于一时。

按《诗·大雅·灵台》:"麀鹿濯濯,白鸟翯翯。"《诗·小雅·鹿鸣》:"呦呦鹿鸣,食野之苹。"言辞和词意并取《诗》章,四言句式板重,只在最

---

① 《汉书·扬雄传》,中华书局1962年版,第3535页。
② 章炳麟:《国故论衡》,上海古籍出版社2003年版,第91页。
③ 见《西京杂记》卷四,文渊阁《四库全书》本。

汉代赋颂关系考论◇

后六言为句，才像赋的常用句式，稍破板质，而在手法上尚未出脱赋比兴之义，荀子诸赋本来如此。再如梁孝王门客羊胜《屏风赋》①：

  屏风鞈匝，蔽我君王。重葩累绣，沓璧连章。饰以文锦，映以流黄。画以古列，颢颢昂昂。藩后宜之，寿考无疆。

纯为四言，颇类颂体，于《诗》取"三义"为赋。淮南王刘安也有四言《屏风赋》，疑效荀卿。只是诸"赋"四言已较《诗》颂轻便流易，可以看到《诗》四言向赋四言的过渡。

  汉代以"颂"名篇的作品，在赋、颂关系上表现为三种情形。一类是颂的形式、颂的内容与功用，多类《诗》、《书》造语，如扬雄《赵充国颂》，按《汉书·赵充国传》：

  上思将帅之臣，追美充国，乃召黄门郎扬雄即充国图画而颂之曰：明灵惟宣，戎有先零。先零昌狂，侵汉西疆。汉命虎臣，惟后将军。整我六师，是讨是震。既临其域，谕以威德。有守矜功，谓之弗克。请奋其旅，于罕之羌。天子命我，从之鲜阳。营平守节，屡奏封章。料敌制胜，威谋靡亢。②

  其中"惟"、"有守""于罕"、"弗克"，以及"是讨是震"等句式结构，显然类于《诗》颂，可见有意模仿《诗》颂之体，非如下述之作，徒以颂名，不肖其体。

  一类是"颂"的题名、赋的形式、颂的内容和功用，最为典型者当属马融《广成颂》，不取《诗》颂体式，而与赋的形式没有太大的区别。挚虞《文章流别论》云："若马融《广成》、《上林》之属，纯为今赋之体，而谓之颂，失之远矣。"③ 又如王褒《圣主得贤臣颂》，未取《诗》颂的板

---

① 见《西京杂记》卷四，文渊阁《四库全书》本。
② 《汉书》，中华书局 1964 年版，第 2994—2995 页。
③ 张溥辑：《汉魏六朝百三家集》卷四十二，文渊阁《四库全书》本。

173

◇诗赋研究的语用本位

重句式和语词,说明作者没有将"颂"当做《诗》颂来做,并未表现明确的文体意识,若胶着文体观念论之,必乃不得其要。

另一类则是颂的题名、颂的内容与功用,形式上则开篇为颂,中间为赋。后汉崔骃诸颂是为代表,这类颂作形式上与扬雄诸赋十分相近,只在内容上扬赋敷写名物,崔颂直述帝功,侧重不同。例如《东巡颂》开篇"于皇惟烈,允由厥伦"有类《诗》颂,接云"矩坤度以范物,规乾则以陶钧。兼阴阳而制化,合六宗以呕丞",是用赋的句式述颂;中间大段敷陈,藻丽纷披,其辞略云:

> 于是乘舆,登天灵之咸路,驾太一之象车。升九龙之华旗,立河鼓之灵诏。鼓翡翠,规冒紫霄,杨玉鸾,栖招摇。贰承华之钧驷,驸左骏之騢骓。垂疏向之豹饰,珥飞霓之旌旄。①

一如大赋的敷陈,当拟枚乘、相如、扬雄一路。《西巡颂》序文为颂,正文内容亦颂,而造语为赋。序谓"工歌其诗,史历春秋"、"雅颂罔记",为述作颂之由,以及"百姓襄熙,农老务畴,劬垂讴咏",造语典重如之。《南巡颂》则除了内容为颂外,句式、造语都与赋无别。马融《东巡颂》开始一段四言类于《诗》颂:"曰皇时汉,丕显徂兹。允迪在昔,绍烈陶唐。"又云:"言讯故老,考乙畴咨。浚陶废绪,第厥荒仪。演道旧觌,汩越幽祇。"佶屈聱牙,有如《书》语,故求板重,意在庄严。《尚书·皋陶谟》"允迪厥德,谟明弼谐",《尚书·文侯之命》"丕显文武",马融取用,以见为颂体式,师法前代,不徒题"颂"而已。汉代题"颂"之作,此类并第二类为多,首类为少。元代祝尧《古赋辨体》卷三潘岳《藉田赋》注云:"篇末虽是颂,而篇中纯是赋,赋多颂义少,当曰赋。"②虽论晋人之作,移于汉颂亦然,是谓有识,可资发明。

从写作的角度总观汉代赋、颂关系的真实状况,其实就是"赋多颂义少",要归赋体颂用,这是问题的关键。赋为体、为有汉一代文学之制,

---

① 许敬宗编,罗国威整理:《文馆词林》,中华书局2001年版,第99页。
② 祝尧:《古赋辨体》卷五,文渊阁《四库全书》本。

174

在赋、颂关系中乃是主导的方面，汉人为颂，虽或有取前代之式，但在汉代为颂，更多的是受到一代赋体的深刻影响。侯文学论汉人之视赋、颂一类，认为原因在于赋资丽藻，"就创作而言，汉'颂'虽然立意与风格多样，但莫不以'丽'为归"①，辞藻之丽，乃是敷陈之功。其实非独为颂，即汉人奏疏议论，答客解难，大都资于铺陈，讲究辞藻，除了切谏之作，这些铺陈都具有颂的倾向。这里有必要提到文体的问题，侯氏认为汉人文体观念不是十分明确，故称"文类"为妥②，以《汉书·艺文志》"诗赋略"诗赋并举，则诗赋为类，其"文章"特性区别于经艺之文。按刘天惠《文笔考》谓"西京以经与子为艺，诗赋为文矣"，又考《汉书》于"有毕力为文章而他无可表见者"特立传记、必载诗赋，可见"亦以辞赋为宗"③，并资为据。侯氏又论赋颂不分，也是取于"文类"的观念④，考虑到赋体颂用，其说有以。但前代骚、颂为体，也对汉代赋、颂具有体式的影响，只是创作的实际，表现为文体的互越，不可遽以文体观念方之，以免圆凿方枘。

从赋的铺陈来看说，赋多为颂，大赋尤然，因为铺陈的本质就是展示和炫耀，设使非颂，奚为铺陈？曹丕《答卞兰教》谓"赋者，言事类之因附也"⑤，王延寿《鲁灵光殿赋》序谓"物以赋显"，王芑孙《读赋卮言》谓"赋者，铺也，抑云富也，裒一腋其弗温，钟万石而可撞"⑥，因谓"赋者，用居光大，亦不可以小言"⑦，都指出赋显名物，铺陈为富。程廷祚《骚赋论》谓"赋家之用，自朝廷郊庙以及山川草木，靡不摅写"，又论"相如等并以文词见知于时，遭遇太平，扬起鸿藻"⑧，其所铺陈，包容宇宙，磅礴万物，以炫人目，以夺人心，则赋家铺写，非颂而何？林纾指

---

① 侯文学：《汉代经学与文学》，人民出版社2010年版，第22页。
② 侯文学：《〈汉志〉"诗赋"内涵辨析》，《学术交流》2011年第2期。
③ 徐志啸：《历代赋论辑要》，复旦大学出版社2001年版，第101页。
④ 侯文学：《〈汉志〉"诗赋"内涵辨析》，《学术交流》2011年第2期。
⑤ 欧阳询编，汪绍楹校：《艺文类聚》卷十六，上海古籍出版社1965年版，第298页。
⑥ 徐志啸：《历代赋论辑要》，复旦大学出版社2001年版，第78页。
⑦ 同上书，第79页。
⑧ 同上书，第74—75页。

◇诗赋研究的语用本位

"立赋之体"是颂①,最为得之。

二

然而汉人论赋主乎讽谏,对赋的颂扬倾向却持否定态度为主,这就形成赋的"讽颂同构"与"二律背反"。问题的关键在于汉人本诸《诗》的经学立场援《诗》说赋,而使赋、颂关系益加难明。司马迁谓"相如虽多虚词滥说,然其要归引之节俭,此与诗之讽谏何异"②,已开一绪;而扬雄以赋家自悔,固以《诗》义讽、劝纠结。兹引班固《两都赋序》之说,汉人之视诗、赋同源与赋、颂合一,消息悉系于此,以下分疏为证:

> 或曰:赋者古诗之流也。昔成康没而颂声寝,王泽竭而诗不作。大汉初定,日不暇给。至于武、宣之世,乃崇礼官,考文章,内设金马石渠之署,外兴礼乐协律之事,以兴废继绝,润色鸿业。是以众庶悦豫,福应尤盛。《白麟》、《赤雁》、《芝房》、《宝鼎》之歌,荐于郊庙;神雀、五凤、甘露、黄龙之瑞,以为年纪。故言语侍从之臣,若司马相如,虞丘寿王,东方朔,枚皋,王褒,刘向之属,朝夕论思,日月献纳。而公卿大臣御史大夫倪宽、太常孔臧、太中大夫董仲舒、宗正刘德、太子太傅萧望之等,时时间作。或以抒下情而通讽喻,或以宣上德而尽忠孝。雍容揄扬,著于后嗣,抑亦雅颂之亚也。故孝成之世,论而录之,盖奏御者千有余篇,而后大汉之文章,炳焉与三代同风。且夫道有夷隆,学有粗密,因时而建德者,不以远近易则。故皋陶歌虞,奚斯颂鲁,同见采于孔氏,列于诗书,其义一也。稽之上古则如彼,考之汉室又如此。斯事虽细,然先臣之旧式,国家之遗美,不可阙也。③

---

① 林纾:《春觉斋论文·流别论》,《论文偶记·初月楼古文绪论·春觉斋论文》合订本,人民文学出版社1959年版,第49—50页。
② 《史记·司马相如列传》,中华书局1959年版,第3073页。
③ 萧统编,李善注:《文选》卷一,中华书局影印清胡克家刻本1977年版,第21—22页。

"赋者古诗之流"的"或曰"假托,乃是汉人宗经的普遍设定;"昔成康没而颂声寝,王泽竭而诗不作"的往代追溯,则在肯定汉赋颂德的《诗》学合理性与必然性;武、宣以降,崇礼尚文兴乐的帝室需要的是汉赋"润色鸿业"的政治导向,然"众庶悦豫"却无疑反映了大国臣民的自豪意绪,这在汉大赋的宏阔铺张中应当视为一种自觉的意识;同时"言语侍从"的文士地位、"朝夕论思"的勤勉精神、"日月献纳"的名利获取,在汉赋"作家论"中理应获得基本的关注。明此,则汉赋"通讽喻"、"宣上德"、"尽忠孝"的"雅颂"属性不言而喻。汉人援《诗》说赋,后世视为当然,刘勰《诠赋》竟以赋为六义附庸云云[①]。应当指出,尽管汉人论赋宗经,但所谓"经学影响"、"经学附庸"的简捷论断却不切实际。刘天惠所指"西京以经与子为艺,诗赋为文",则赋自有"文学的自觉",不待魏晋为然,只是赋为一宗,不得用"纯文学"观念视之。

汉赋的"古诗"追溯,最早可见《周礼·春官》:"大师……教六诗,曰风,曰赋,曰比,曰兴,曰雅,曰颂。"[②]《毛诗序》称为"六义",释风谓"上以风化下,下以风刺上,主文而谲谏";说"变风"、"变雅"则主"吟咏情性,以风其上"、"发乎情,止乎礼义";释颂为"美盛德之形容,以其成功告于神明者也"[③];总归情性、讽颂二端,是为汉代儒生说《诗》之本。郑玄《毛诗传笺》、《毛诗谱》仍之,遂成不易之论。班固援《诗》说赋,无疑取于经学的立场,盖赋以《诗》六义之一,本在讽颂,即谓"抒下情而通讽喻";而"宣上德而尽忠孝",则强调《诗》颂之义的当代功用。

讽颂同构,当是考察赋、颂关系的很好视点。王德华注意到"东汉前期散体大赋讽与颂的二维模式",并举若干例证。其实西京大赋若司马相如《子虚》、《上林》,扬雄《甘泉》、《羽猎》之属,所谓"劝百讽一"、"曲终奏雅",都是讽颂合一。从观念上看,班固所主讽颂,是如《毛序》

---

① 范文澜:《文心雕龙注》,人民文学出版社1973年版,第134页。
② 郑玄注,贾公彦疏:《周礼注疏》卷二三,《十三经注疏》,上海古籍出版社据世界书局缩印阮刻影印1997年版,第795—796页。
③ 孔颖达:《毛诗正义》,《十三经注疏》,北京大学出版社1999年版,第271—272页。

◇诗赋研究的语用本位

释风之谓,"上以风化下",即同"宣上德"之用。抒下情以讽,宣上德以颂,都以政治和教化的上下关联为其相与合一的指归,盖以经学观念视《诗》,六义相系,风、雅、颂都归政教之用,则"风谕"、"风刺"之与"美盛德"合成"美刺"两端,在汉帝国的政治环境中,风谕与颂德俱以帝室政治为指向,并以政教为支点,形成"讽诵同构"及其"二律背反"。林纾《春觉斋论文·流别论》曰:

> "赋者,铺也,铺采摛文,体物写志也。"一立赋之体,一达赋之旨,为旨无他,不本于讽喻,则出之为无谓;为体无他,不出于颂扬,则行之亦弗庄。[①]

"立赋之体"是颂,"达赋之旨"为讽,体颂用讽,以颂扬之体达讽喻之旨,胡可得哉!但赋以铺陈,必然是颂,关键是求讽于颂,落实到赋的写作中,就是欲抑先扬,先事极力铺陈,结尾自我否定,形成肯定——否定的二维结构。扬雄《法言·吾子》:"或曰:'赋可以讽乎?'曰:'讽乎!讽则已,不已,吾恐不免于劝也。'"同篇以景差、唐勒、宋玉、枚乘之赋淫而无益,而谓"诗人之赋丽以则,辞人之赋丽以淫"[②]。尽管"雄以为赋者,将以讽之",但为赋者"必推类而言,极丽靡之辞,闳侈钜衍,竞于使人不能加也",敷陈之功,本在颂扬,而"既乃归之于正,然览者已过矣"[③]。在作者赋写和帝王诵读,大赋卒章的讽喻否定往往是无力的。《汉书·扬雄传》又云:"往时武帝好神仙,相如上《大人赋》,欲以风,帝反缥缥有陵云之志。繇是言之,赋劝而不止,明矣。"[④]当知帝王喜颂,文人为赋,亦本为颂居多。但作者说辞如扬雄自悔,则自羞于歌功颂德;或托讽谏之名以自高,若后世皇甫谧《三都赋序》"纽之王教,本乎劝诫"[⑤];

---

① 刘大櫆:《论文偶记》、《初月楼古文绪论》、《春觉斋论文》合订本,人民文学出版社1959年版,第49—50页。
② 扬雄:《法言》卷二,文渊阁《四库全书》本。
③ 《汉书》,中华书局1964年版,第3575页。
④ 同上。
⑤ 萧统编,李善注:《文选》卷四五,中华书局1977年影印清胡克家刻本,第641页。

即陶渊明浪为《闲情赋》，亦假"谅有助于讽谏"云云①，考其辞而无所称。而说者持论，则往往悬诸准的，不切实际，其较著者如刘勰《诠赋》谓"受命于诗人"、又谓"赋自诗出"，所以"原夫登高之旨，盖睹物兴情"，而斥"无贵风轨、莫益劝戒"为非；《情采》则以"诗人篇什，为情而造文，辞人赋颂，为文而造情"②，划然以为是非之判。独章炳麟《国故论衡·文学总略》以为"风雅颂者，盖未有离于性情，独赋有异"，并举儒家之赋，意存谏诫，若荀子《成相》，无以感人，"乃若原本山川、极命草木，或写都会、城郭、游射、郊祀"之赋，"奥博详实，极赋家之能事"，但无动人哀乐之实③。至少对于汉大赋而言，主情之论，不中肯綮。

《周礼·春官·大师》所记"六诗"或指六种诗体，章炳麟《检论·六诗论》亦持"六体说"④。汉人视赋为"古诗之流"，固以赋承诗体，必资讽颂。然孔颖达《毛诗正义》"体用说"接受为广，以谓风、雅、颂为诗篇之异体，赋、比、兴乃诗文之异辞⑤。考汉人援《诗》说赋，本来即体即用，言其用则春秋赋诗之实，衍为汉赋。《汉书·艺文志》云：

> 传曰：不歌而诵谓之赋，登高作赋，可以为大夫。言感物造耑，才知深美，可与图事，故可以为列大夫也。古者诸侯卿大夫交接邻国，以微言相感，当揖让之时，必称诗以谕其志，盖以别贤不肖而观盛衰焉。故孔子曰"不学诗，无以言也"。春秋之后，周道浸坏，聘问歌咏不行于列国，学诗之士逸在布衣，而贤人失志之赋作矣。大儒孙卿及楚臣屈原离谗忧国，皆作赋以风，咸有恻隐古诗之义。其后宋玉、唐勒，汉兴枚乘、司马相如，下及扬子云，竞为侈丽闳衍之词，没其风谕之义……自孝武立乐府而采歌谣，于是有代赵之讴、秦楚之

---

① 阳休之辑：《陶渊明集》卷六，文渊阁《四库全书》本。
② 范文澜：《文心雕龙注》，人民文学出版社1973年版，第134、136、538页。
③ 章炳麟：《国故论衡》，上海古籍出版社2003年版，第52—53页。
④ 章炳麟：《检论·六诗论》，《章太炎全集》三，上海人民出版社1980年版，第390—392页。
⑤ 孔颖达：《毛诗正义》，《十三经注疏》，北京大学出版社1999年版，第271页。

◇诗赋研究的语用本位

风，皆感于哀乐，缘事而发，亦可以观风俗、知厚薄云。[1]

诗、书、礼、乐为周代贵族通习之学。《诗》为通习教科之书，孔子所谓兴观群怨，"迩之事父，远之事君，多识于鸟兽草木之名"[2]，所以"不学诗，无以言"，而熟诵《诗》章，自然可以赋诗言志、"登高作赋"，这种"聘问歌咏"的赋诗言志乃是春秋用诗的普遍现象。但"赋诗"本是歌咏其诗，与汉赋之体不同。只在称谓的来源上，汉赋称赋，与赋诗之赋，其名相若，取以命体，援彼类此，初无定义，约定俗成，非可深究。但汉儒以诗用说赋，所谓"赋诗言志"，却是将赋纳入诗的流变过程，借以确立赋主情性亦资讽诵的《诗》学定位。在此流变过程中，"贤人失志之赋"若荀子之赋，就以文本的传世表征为《诗》、赋演变的重要关捩，而谓其为"有恻隐古诗之义"为然。章炳麟认为"孙卿以《赋》、《成相》分为二篇，题号无别，然《赋篇》复有《佹诗》一章，诗与赋未离也"[3]。按荀子《成相》、《赋篇》，虽并为韵文，其实差异明显。《成相》缀合短章，辞气鄙俗，表意浅露，王世贞《艺苑卮言》卷二谓"荀卿《成相》诸篇便是千古恶道"[4]，良有以矣。《赋篇》先陈述一物，"爰有大物，非丝非帛，文理成章，非日非月，为天下明"云云，颇多铺陈，则曰"臣愚不知，敢请诸王"云云，是谓礼也。其问答之辞、铺陈之章，近于汉赋。中有"天下不治，请陈佹诗"。下文四言为主，称"诗"为当，后来辞赋家系诗、歌于篇末类此。究之荀赋与诗未离，故资讽谏，影响汉赋。

然而汉赋的渊薮，固在屈宋，只是"赋者古诗之流"的诗本推溯，强以《诗》学风谕加予其上，如王逸《离骚经章句叙》称"屈原履忠被谮，忧悲愁思，独依诗人之义而作《离骚》"[5]，全取经学角度的评价，于是《骚》以汉赋之源而被纳入《诗》的流传系统。而班固并称"大儒孙卿及楚臣屈原……皆作赋以风，咸有恻隐古诗之义"，及刘勰《诠赋》"受命于诗

---

[1] 《汉书》，中华书局1964年版，第1755—1756页。
[2] 何晏注，邢昺疏：《论语注疏》，《十三经注疏》，上海古籍出版社1997年版，第2525页。
[3] 章炳麟：《国故论衡》，上海古籍出版社2003年版，第86页。
[4] 丁福保辑：《历代诗话续编》中华书局1983年版，第982页。
[5] 王逸：《离骚经章句叙》，见洪兴祖《楚辞补注》，中华书局2008年版，第48页。

人,拓宇于《楚辞》"的流变叙述①,并以《诗》学观念确立诗——骚——赋的流变系统,遂成赋学定论。但《楚辞》之与中原文化的隔越、其名物风俗之与《诗》篇的迥异、其"怨怼激愤"之与《诗》章"主文而谲谏"的不同、其铺陈转覆之与《诗》赋比兴的区别,都为《诗》、赋相溷的模糊观念所忽略,从而在相当程度上掩蔽了汉赋与《楚辞》的直接源流关系,而《诗》、赋的间接联系却被突出强化为直接的流变程序,这是汉代经学视阈观照的必然结果。在汉代赋颂关系的问题上,就是将经生《诗》学的讽劝观念加予作为辞章的赋篇之上,强调"诗人之赋"的合法性和正统性,由此造成作家的自我困惑,如扬雄自悔以此;同时导致辞赋批评的褒贬标准,如班固及至刘勰的鲜明扬抑为然。但班固既将《楚辞》纳入《诗》学的流变体系,在客观上肯定了《楚辞》的《诗》学正统性,却又面对《楚辞》不合经义之实提出了否定的批评:

《离骚》多称昆仑、冥昏、宓妃虚无之语,皆非法度之政,经义所载,谓之兼《诗》风雅,而与日月争光,过矣。②

这是针对司马迁高许屈原而发,而司马迁评价屈原,也是本于《诗》学怨诽的立场③,班固与之一致,只是认为屈原并未达到"诗人"扬谕的要求,才不同意司马迁的过高评价。但当班固从词章角度作出评论时,却也承认"其文弘博丽雅,为辞赋宗……自宋玉、唐勒、景差之徒,汉兴枚乘、司马相如、刘向、扬雄,骋极文辞,好而悲之,自谓不能及也"④。诸人辞赋宗《骚》,按班固的正统《诗》学标准,必然也是"非法度之政、经义所载",不称"兼诗风雅"。班固《典引序》的然否之词尤其可以看出去取的标准:"司马相如洿行无节,但有浮华之辞,不周于用。至于疾病而道忠,

---

① 范文澜:《文心雕龙注》,人民文学出版社1973年版,第134页。
② 洪兴祖:《楚辞补注》,中华书局2008年版,第49—50页。
③ 《史记·屈原贾生列传》称赞屈原志行文辞,而谓"虽与日月争光可也",见《史记》(中华书局1963年版)第2482页。
④ 洪兴祖:《楚辞补注》,中华书局2008年版,第50页。

◇诗赋研究的语用本位

主上求取其书,竟得颂述功德,言封禅事,忠臣效也。"[1] 司马相如既以辞章自鸣,则本以"浮华之辞"为务,及其遗书请上封禅,固以不预其事,否则必当作赋以颂。要之司马迁称许屈原,与班固贬抑《离骚》与赋,都本《诗》学观念,但都不能否定屈原以来的文章成就,由此可以看到经学与文学批评的重要分野。赋、颂关系的观念纠结,正是经学视角使然。

三

这种本于《诗》学的赋、颂观念,固与帝室好大喜功直接呼应。班固《两都赋序》言武、宣之世"崇礼官,考文章",是如乐府之兴、汉赋之盛也是帝室雅好颂声的时代需要。《汉书·武帝纪》赞曰:

> 汉承百王之弊,高祖拨乱反正,文景务在养民,至于稽古礼文之事,犹多阙焉。孝武初立,卓然罢黜百家,表章六经。遂畴咨海内,举其俊茂,与之立功。兴太学,修郊祀,改正朔,定历数,协音律,作诗乐,建封禅,礼百神,绍周后。号令文章,焕焉可述。[2]

汉赋之盛、赋颂合一,必以帝王的鸿业才能获得基本的理解。兴太学、修郊祀等事功,都以"罢黜百家、表章六经"为前提,而"稽古礼文"、绍武三代的理想,定然通过经学的改造,带着帝室的意必。汉赋之兴,正是在此种种"立功"的系列中才是必需而可能的,而且修郊祀、建封禅,就是大赋之作的重要缘由和主要内容,多以"润色鸿业"指向"宣上德"的颂扬目的。考《史记·封禅书》,汉武帝"初即位,尤敬鬼神之礼",祭祀为多,巡游频仍,而始封泰山,复"北至碣石,巡自辽西,历北边至九

---

[1] 萧统编,李善注:《文选》卷四十八,中华书局1977年影印清胡克家刻本,第682页。按《史记·司马相如传》:"相如既病免,家居茂陵。天子曰:'司马相如病甚,可往从悉取其书,若不然,后失之矣。'使所忠往,而相如已死,家无书。问其妻,对曰:'……长卿未死时,为一卷书,曰有使者来求书奏之,无他书。'其遗札书,言封禅事,奏所忠忠。奏其书,天子异之。"(《史记》,中华书局1963年版,第3063页)

[2] 《汉书》,中华书局1964年版,第212页。

原,反至甘泉"①。《汉书》列《郊祀志》上下两篇,纪之甚详。《汉书·礼乐志》亦述武帝定郊祀之礼,祠太一于甘泉,祭后土于汾阴,"乃立乐府,采诗夜诵,有赵、秦、楚之讴,以李延年为协律都尉,多举司马相如等数十人造为诗、赋,略论律吕,以合八音之调,作十九章之歌"②。汉赋之兴与乐府之设,在帝室乃是政治的计划,目的是润色鸿业,本质上要求歌功颂德。

帝王的好大喜功在相当程度上左右着文章家的出处志节。即如崇礼乐、述制度,经学博士固亦迎合"稽古礼文"、"表彰六经"的帝室好尚,而"言语侍从之臣"的"朝夕论思、日月献纳",大多出于进身的目的。按《史记·司马相如列传》,"上读《子虚赋》而善之……乃召问相如",相如谓《子虚赋》乃诸侯之事而未足观,请为《天子游猎赋》奏之,天子大说,以为郎,盖所遇甚幸;又"奏《大人》之颂",而"天子大悦,飘飘有凌云之气,似游天地之间意"③,可见相如为赋,以颂为主,盖既求遇见用,固当如此。尽管《天子游猎赋》"其卒章归之于节俭,因以风谏"④,《大人赋》以"相如见上好仙"而讽⑤,但只是曲终奏雅。《西京杂记》卷三称《大人》赋成献之,赐锦四匹云⑥。朱熹《楚辞集注》谓相如之文"能侈而不能约,能谄而不能谅,其《上林》、《子虚》之作,既以夸丽……渔猎又泰甚,然亦终归于谀也"⑦,按诸实情,可谓卓识。

据《汉书·东方朔传》,朔之进身,以"武帝初即位,征天下举方正贤良文学材力之士,待以不次之位",朔初来上书,高自称誉,"上伟之,令待诏公车,俸禄薄,未得省见,久之朔绐驺朱儒",假上言将诛之,而教曰"上即过叩头请罪"。上召问朔,对曰:"臣朔生亦言,死亦言。朱儒长三尺余,奉一囊粟、钱二百四十。臣朔长九尺余,亦奉一囊粟、钱二百

---

① 《史记》,中华书局1963年版,第1384页。
② 《汉书》,中华书局1964年版,第1045页。
③ 《史记·司马相如列传》,中华书局1959年版,第3002页。
④ 同上。
⑤ 同上书,第3056页。
⑥ 《西京杂记》卷三,文渊阁《四库全书》本。
⑦ 朱熹:《楚辞集注》,上海古籍出版社1977年版,第233页。

◇诗赋研究的语用本位

四十。朱儒饱欲死,臣朔饥欲死。臣言可用,幸异其礼;不可用,罢之,无令但索长安米。"① 于是"上大笑,因使待诏金马门,稍得亲近"。可见东方朔求遇心切,能以机巧取宠。日后诙谐直谏,多获赏赐,曾以武帝春秋二十九得皇子,与枚皋同作《皇太子生赋》及《立皇子禖祝》,必是祝颂无疑。

复按《汉书·贾邹枚路传》,枚皋年十七,上书梁共王,召为郎;"至长安,自陈枚乘之子,上得大喜,召入见待诏,皋因赋殿中,诏使赋平乐馆,善之"。盖武帝礼乘,所以枚皋自陈,急切求遇;而上大喜,诏使作赋以颂。本传言"皋不通经术,谈笑类俳倡,为赋颂,好嫚戏,以故媟黩贵幸,比东方朔、郭舍人等",枚皋自谓"为赋乃俳,见视如倡",不免自悔之意。本传又云:"皋从行至甘泉、雍、河东,东巡狩,封泰山,塞决河宣房,游观三辅离宫馆,临山泽,弋猎射驭狗马蹴鞠刻镂,上有所感,辄使赋之。为文疾,受诏辄成,故所赋者多。"② 既以受诏所为,则所赋必多颂德。

王褒的见遇,据《汉书》本传,则以"宣帝时修武帝故事,讲论六艺",时益州刺史王襄以效"宣风化于众庶",见之,褒乃为刺史作颂,名《中和》、《乐歌》、《宣布》诸篇,又作其传,刺史"因奏褒有轶材,上乃征褒,既至,诏褒为圣主得贤臣颂其意",再以颂德进身。传谓"上令褒与张子侨等并待诏,数从褒等放猎,所幸宫馆,辄为歌颂,第其高下,以差赐帛,议者多以为淫靡不急"。上以好事,褒得随从,多获赏赐,即是赋颂之由。对于议者的不满,宣帝的解释代表了帝王看待赋颂的基本态度:"不有博弈者乎?为之犹贤乎已!辞赋大者与古诗同义,小者辩丽可喜,辟如女工有绮縠,音乐有郑卫,今世俗犹皆以此虞说耳目,辞赋比之,尚有仁义讽喻、鸟兽草木多闻之观,贤于倡优、博弈远矣。"③ 可知为赋"见视如倡",固非虚语。

按《汉书·扬雄传》,"孝成帝时,客有荐雄文似相如者,上方郊祠

---

① 《汉书》,中华书局1964年版,第2841—2843页。
② 《汉书·贾邹枚路传》,中华书局1962年版,第2366—2367页。
③ 《汉书·严朱吾丘主父徐严终王贾传》,中华书局1962年版,第2821—2829页。

甘泉泰畤、汾阴后土，以求继嗣，召雄待诏承明之庭"，于是从上甘泉，奏《甘泉赋》，以后多从其事。本传又云雄从祭后土，上《河东赋》；从羽猎，作《校猎赋》；从至射熊馆，作《长杨赋》。凡此奉命从上所奏，虽有讽谏，但以敷陈其事，固亦多颂。在西汉文章家中，扬雄讽谏意识最强，而为赋不免于劝，良以词臣见用、赋体多颂，可以理解。外此者如严助"有奇异，辄使为文，及作赋颂数十篇"①，班固"每行巡狩，辄献赋颂"②，李尤"召诣东观，受诏作赋"③，并见作家出处，可明赋颂所由。

对于帝王的好大喜功，不免招致自视刚直者的批评，如《汉书·严安传》录安《上书言世务》"今天下人民用财侈靡，车马衣裘宫室皆竞修饰"云云④，则"润色鸿业"亦所不然。而如王符著书"以讥当时失得，不欲章显其名"⑤，其《潜夫论·赞学》主张学习知识，务实为要，《务本》指责赋颂之徒"好语虚无之事，争著雕丽之文，以求见异于世……此伤道德之实"⑥。王符批评赋颂，正是出于道德的标准，坚持"诗赋者，所以颂善丑之德，泄哀乐之情也"⑦，这与经学的视角并无不同。相近的还有王充的观点，《论衡·定闲篇》以相如、扬雄赋颂"文丽而务巨，言眇而趋深，然而不能处定是非，辩然否之实"，而"无益于弥为崇实之化"⑧。但在《须颂》篇，王充却对颂篇"润色鸿业"给予高度褒扬⑨，一则曰"船车载人，孰与其徒多也……然则鸿笔之人，国之船车采画也"，赋家"日献月纳"，固云其多；二则曰"素车朴船，孰与加漆采画也"，汉赋铺排缛藻，

---

① 《汉书·严朱吾丘主父徐严终王贾传》，中华书局 1962 年版，第 2790 页。
② 刘真、吴树平：《东观汉记校注》下册，中华书局 2008 年版，第 675 页。
③ 《后汉书·李尤传》，中华书局 1974 年版，第 2616 页。
④ 《汉书·严朱吾丘主父徐严终王贾传》，中华书局 1962 年版，第 2809 页。
⑤ 《后汉书·王充王符仲长统列传》，中华书局 1965 年版，第 1630 页。
⑥ 王符：《潜夫论》，《诸子集成》第八册，上海书店出版社 1986 年版，第 8 页。
⑦ 同上。
⑧ 王充：《论衡》，上海人民出版社 1974 年版，第 420—421 页。
⑨ 按王充"须颂"，"颂"不仅取文体之义，若司马相如《封禅书》、司马迁《史记》"纪黄帝以至孝武"，凡此褒颂记载，都属"颂"篇，不专赋颂言之，但大赋铺陈，如扬雄从上诸赋，本在"须颂"之属。见《论衡》第 307—309 页。

◇诗赋研究的语用本位

是如采画;三则曰"龙无云雨,不能参天,鸿笔之人,国之云雨也"①,则视宣帝等赋颂于博弈为高。

　　王充盛推赋颂,总是带着"国"的意识,又"国无强文,德暗不彰"、"国之功德,崇于城墙"云云,虽谓"圣主德盛功立,若不褒颂纪载,奚得传驰流去无疆乎"②,但不定着眼歌颂帝功。考虑到汉大赋的铺写,常为疆域的辽阔、狩猎的盛大、苑囿的壮美、都城的繁华、行游的侈丽、物类的赡富,其中不无大国的自豪意气,自帝王观之,固有飘然凌云之志。而司马相如答盛览问作赋所云"赋家之心,苞括宇宙,总览人物"③,可见大赋敷写,正有宇宙之大、人物之盛,就如司马迁《史记》之作,以"究天人之际,通古今之变"④,非有大汉帝国的恢宏气度,并皆不能为之。料想赋家作赋,其苞括宇宙,总览人物,敷陈丽藻,展现才学,其意亦若武帝飘然凌云,此赋家之必有,非如后世学者,端坐持论,何曾动心。而所谓歌功颂德,较诸商颂、周颂之颂祖德,固已移就当世今上,然不定歌颂帝德,如桓谭从成帝游甘泉宫作《仙赋》"以颂美二仙之行"⑤;而如汉武"好辞赋,每所行幸及鸟兽异物,辄命司马相如等赋之,上亦自作诗赋数百篇"⑥,意非必当歌颂为然,是如宣帝之喜"鸟兽草木多闻之观",正合宏大之志。对于词臣来说,诚如谢榛所言,"必读万卷书,以养胸次,《离骚》为主,《山海经》、《舆地志》、《尔雅》诸书为辅,又必精于六书,识所从来,自能作用"⑦,及其搦管摛写,"多使难字,堆垛联绵"⑧,展示才学,不亦乐乎?胡应麟《诗薮》外编卷一举"两汉词人"不传者、汉词人父子相继者甚夥⑨,又"汉宗室能赋者几得十之三"⑩,其《杂编》

---

①　王充:《论衡》,上海人民出版社1974年版,第309页。
②　同上。
③　《西京杂记》卷二,文渊阁《四库全书》本。
④　《汉书·司马迁传》,中华书局1962年版,第2735页。
⑤　桓谭:《桓子新论》,严可均辑《全后汉文》卷十二,中华书局1985年版,第535页。
⑥　李昉等辑:《太平御览》卷八十八引《汉武故事》,文渊阁《四库全书》本。
⑦　谢榛:《四溟诗话》卷二,《历代诗话续编》,中华书局1983年版,第1175页。
⑧　谢榛:《四溟诗话》卷四,《历代诗话续编》,中华书局1983年版,第1205页。
⑨　胡应麟:《诗薮》外编卷一,上海古籍出版社1979年版,第131—132页。
⑩　同上书,第129页。

卷一考汉赋百家①，焕乎文章，于斯为盛，岂必尽属歌功颂德？而对于一代文学的颂扬倾向，当有乐观的解悟，并借此唤起大汉帝国的千古梦想与壮阔豪情。

---

① 胡应麟：《诗薮》外编卷一，上海古籍出版社1979年版，第246—259页。

汉赋"凭虚"论

汉赋"凭虚"反映于体制、构思、名物以及作者与览者的精神气度诸方面。《骚》、《庄》及纵横辩说，预导汉赋"凭虚"倾向。屈辞宋赋，直开汉赋，屈辞缘情托物，虚廓铺陈，汉代骚体承之；宋赋去情叙物，假托虚夸，汉代大赋承之。大赋"凭虚"，要在铺陈，其本质要义是显示炫耀，其叙述视角则假托虚拟，其主导倾向为夸丽藻饰，其虚夸目的以悚动人主，其才学施为在虚设空间，其铺排充实在名物事类，其祖述取用在殊方异物。司马相如赋足为代表，后人趋拟，扬雄为尤，但由虚转实，已兆端倪，至东汉都城赋愈趋明显，然于名物取类，不脱"凭虚"之用。

一

自司马相如假设子虚乌有，以及张衡《西京赋》拟托"凭虚公子"以陈西京之事，"虚"字当已向人浮现汉赋的印象。然至晚清刘熙载《赋概》"凭虚构象"云云[1]，才以论者的灵心感应"凭虚"的超诣。其实汉赋的虚浮倾向当时即已招致《诗》学本位的批评，集中加予相如的赋作。《史记·司马相如列传》指相如虽多"虚词滥说"，然终归节俭，不害讽谏[2]。班固《典引序》谓"司马相如洿行无节，但有浮华之辞，不周于用"[3]，而《两都赋序》要求赋"抒下情而通讽喻"[4]，盖指讽谏实用，这是本于"赋

---

[1] 刘熙载：《艺概·赋概》，袁津琥《艺概注稿》，中华书局2009年版，第462页。
[2] 《史记·司马相如列传》，中华书局1959年版，第3073页。
[3] 萧统编，李善注：《文选》卷四十八，中华书局影印清胡克家刻本1977年版，第682页。
[4] 萧统编，李善注：《文选》卷一，中华书局影印清胡克家刻本1977年版，第21页。

汉赋"凭虚"论◇

者古诗之流"①的假设、基于《诗》学讽喻的经义立场批评赋的虚浮倾向。问题在于汉赋虚夸的体制特点与《诗》学批评立场的根本错位，以汉代经学昌盛，固无足怪，但其影响深远，既成定说，如《文心雕龙·诠赋》谓赋为"六义附庸"云云②，莫致辩诘。赋学理论的历史罕能摆脱《诗》学经义的牵缠，对于赋以"凭虚"的体制特点向来缺乏积极的关注。诚然汉赋写作虚实相济，但于"凭虚"一面，固当抉发为说。

刘熙载《赋概》云："相如一切文，皆善于驾虚行危。其赋既会造出奇怪，又会撇入窅冥，所谓'似不从人间来者'此也。至模山范水，犹其末事。"③盖"赋以象物，按实肖象易，凭虚构象难"④。《西京杂记》卷二假托司马相如作赋情状及其论赋之语，固以专论相如，要归"苞括总览"，解悟"凭虚"之旨，以见大赋气象，虽属假托，信为知言，不害卓识⑤。参以汉人论赋如扬雄"闳侈钜衍"⑥、司马迁"虚辞滥说"、班固"浮华之词"云云，其所托言，其问题关注固在同一系统。兹引《西京杂记》谓相如赋《子虚》、《上林》"意思萧散，不复与外事相关，控引天地，错综古今，忽然如睡，焕然而兴，几百日而后成"⑦，以况赋家之心会通天地古今的神游状态，恍如逍遥游的虚廓无方。又托司马相如答盛览云："合綦组以成文，列锦绣而为质，一经一纬，一宫一商，此赋之迹也。赋家之心，苞括宇宙，总览人物，斯乃得之于内，不可得而传。"⑧正是作赋心法，刘熙载论之，谓有"赋迹"、"赋心"，"迹"为"所"，"心"为"能"，"心、

---

① 萧统编，李善注：《文选》卷一，中华书局影印清胡克家刻本1977年版，第21页。
② 范文澜：《文心雕龙注》，人民文学出版社1958年版，第134页。
③ 刘熙载：《艺概注稿》，中华书局2009年版，第432页。
④ 同上书，第462页。
⑤ 《西京杂记》虽非信史，纪司马相如言亦致疑议，周勋初《司马相如赋论献疑》（《文史哲》1990年第5期）认为所云"赋迹"、"赋心"魏晋后始能出现，谓此论当是葛洪概括陆机《文赋》而言，反映了魏晋赋论的观点，然考周文所据《文赋》中语，固非甚契。陈韵竹《诗人、辞人与赋家——由作者意识看〈西京杂记〉司马相如赋论真伪》（《海峡两岸辞赋与地域文化学术研讨会论文集》打印稿，洛阳辞赋研究院，2012年4月），从汉人不称"赋家"立论，亦指魏晋假托，但魏晋及南朝赋论，大抵主乎情、辞两端，若陆机《文赋》、刘勰《文心雕龙·诠赋》为然。
⑥ 《汉书·扬雄传》，中华书局1962年版，第3575页。
⑦ 程毅中点校：《燕丹子·西京杂记》合订本，中华书局1985年版，第12页。
⑧ 同上。

◇诗赋研究的语用本位

迹本非截然为二"①,则援释氏能、所之说,以喻赋家之心的能造作用,揆以心生万法之理,当有解悟。赋之作,起于"赋家之心"的凭虚构造,是乃"得之于内"而非"按实肖象",正以心之广大,故能融摄一切,"苞括"、"总览"就是赋家之心的构思作用。宇宙之间,虚虚实实,怪怪奇奇,殊方异物,六合传闻,都可总括于内、经纬其间,故成锦绣之文,而有汉赋之大。《子虚》、《上林》如之,最能显示汉赋"凭虚"的突出特征。

汉赋"凭虚"反映于体制、构思、名物以及作者与览者的精神气度诸方面。"凭虚"乃是汉赋与之俱来的体制特点。汉赋体制的形成,一则被追溯于《诗》六义之"赋",二则直承屈骚宋赋,三则接受庄子、纵横家等方面的影响。尽管自《诗》六义之"赋"到不歌而诵、赋诗言志,经荀卿赋物,固与汉赋之制具有源流递变的《诗》脉联系,但是汉儒援《诗》说赋的"古诗"追溯,却是从观念上树立赋的《诗》学正统性,并要求其发挥《诗》学讽谏的现实功用。然而作为一代文章之制,汉赋的直接传承乃在屈骚宋赋的《楚辞》传统。只是"赋者古诗之流"的《诗》学推本,强将《离骚》纳入诗—骚—赋的流变系统,由此障蔽了屈骚宋赋之与汉赋的直接流承关系。章学诚《校雠通义·汉志诗赋第十五》论曰:

> 古之赋家者流,原本《诗》《骚》,出入战国诸子。假设问对,《庄》、《列》寓言之遗也;恢廓声势,苏、张纵横之体也;排比谐隐,韩非《储说》之属也;征材聚事,《吕览》类辑之义也。虽其文逐声韵,旨存比兴,而深探本原,实能自成一子之学。与夫专门之书,初无差别。②

根据写作的祖述情形,凡文字撰作,固非凭空而起,而必以既有文本体式为其仿效取用的资源③,一代文体之兴,必有踵武前式的形成机运。汉赋之成,《诗》"赋"而外,《骚》、《庄》、《列》及纵横恢廓,相与引导凭虚

---

① 刘熙载:《艺概注稿》,中华书局 2009 年版,第 443 页。
② 章学诚撰,王重民注:《校雠通义通解》,上海古籍出版社 1987 年版,第 117 页。
③ 参拙文《诗道高雅的语用阐释》,《文学评论》2008 年第 2 期。

倾向。胡应麟《诗薮》外编卷一谓"蒙叟《逍遥》，屈子《远游》，旷荡虚无，绝去笔墨畦径，百代诗赋源流"，而长卿祖之。相如之后，赋家多所模拟，表现为汉赋"凭虚"的普遍倾向。谢榛《四溟诗话》卷二从赋家创作的取用指出"汉人作赋，必读万卷书，以养胸次"，盖以"《离骚》为主，《山海经》、《舆地志》、《尔雅》诸书为辅，又必精于六书，识所从来，自能作用"[1]。取于《山海经》者必以虚诞恢诡。而如《吕览》征聚类辑，及《舆地》、《尔雅》之取、小学六书之用，则为一子之学，显示汉赋的"实学"倾向，有待另文阐论，以为虚实相济。刘师培《南北文学不同论》亦云：

> 枚乘、司马相如，咸以辞赋垂名，然恢廓声势，开拓宫突，殆纵横之流欤？至于写物赋意，触兴致情，则导源楚《骚》，语多虚设……东汉文士，咸生北土，且当此之时，大崇儒术，纵横之学，屡绝不观，《骚》经之文，治者亦鲜，故所制文，偏于记事析理（如《幽玄》、《思通》各赋，以及《申鉴》、《潜夫论》之文，皆析理之文也；若夫两都、《鲁灵光》各赋，则记事之文）。[2]

文学地域论不无偏概，但西京赋虚，东汉赋实，固知体要，而以纵横之虚、儒学之实，影响赋体，亦识源流。虚实的演变乃是两汉赋学的重要问题，关涉《诗》、《骚》以来文章、学术的递变以及汉代制度的影响、经学的浸淫。

兹先略论寓言之于假设问对，先秦诸子有之，而《庄子》为甚。《寓言》篇所谓"寓言十九"[3]，寓者假托虚构，十言而九言见信，盖"以天下为沉浊，不可与庄语，以卮言为曼衍，以重言为真，以寓言为广，独与天地精神往来"[4]，如鲲鹏学鸠接语、云将鸿蒙问对、海若河伯之言、倏忽浑

---

[1] 谢榛：《四溟诗话》卷二，丁福保辑：《历代诗话续编》，中华书局1983年版，第1175页。
[2] 刘师培：《南北文学不同论》，《国粹学报》第1年第9期。
[3] 《庄子·寓言》，郭庆藩《庄子集释》，《诸子集成》第3册，上海书店出版社1986年版，第407页。
[4] 《庄子·天下》，《庄子集释》，《诸子集成》第3册，上海书店出版社1986年版，第475页。

◇诗赋研究的语用本位

沌之遇，悉以假设，不可方求。所云"借外论之"[①]，郭象注谓"肩吾、连叔之类，皆所借者也"，成玄英疏云"假托外人论说之也"[②]，则凡"重言"、"卮言"之假托者，都是"寓言"。《庄子》寓言假托，影响汉赋，当有可能，考汉赋称引《老》、《庄》语甚多，盖汉人诵其书而影掠取效，自然而然。至于纵横家影响，是在主客抵掌，谈辩逞舌，恢廓声势，悚动人主。汉世词臣进赋，亦须耸听今上，以取富贵，所以极尽夸饰，异代同势，事理不殊。又《山海经》所纪，殊方异物，虚廓难征，汉赋多见取用，以为夸饰之资。

二

汉赋之成，缘于《骚》及《楚辞》的直接影响。汉人读书"以《离骚》为主"[③]，王逸谓屈原之词，"自孔丘终没以来，名儒博达之士，著造词赋，莫不拟则其仪表，祖式其模范，取其要妙，窃其华藻"[④]；刘勰亦谓"爰自汉室，迄至成、哀，虽世渐百龄，辞人九变，而大抵所归，祖述楚辞"[⑤]。进而论之，则汉赋取于屈《骚》宋赋，当有分疏。程廷祚《骚赋论》曰：

> 《骚》则长于言幽怨之情，而不可以登清庙。赋能体万物之情状，而比兴之义缺焉……赋也者，体类于《骚》而义去乎《诗》者也，故有谓《离骚》为屈原之赋者，彼非即以赋命之也，明其不得为诗云尔。
>
> 赋何始乎？曰宋玉……宋玉以瑰玮之才，崛起骚人之后，奋其雄夸，乃与雅颂抗衡，而分裂其土壤，由是词人之赋兴焉。[⑥]

---

① 《庄子·寓言》，《庄子集释》，《诸子集成》第3册，上海书店出版社1986年版，第408页。
② 郭庆藩：《庄子集释》引郭象注，成玄英疏云《诸子集成》第3册，上海书店出版社1986年版，第408页。
③ 谢榛：《四溟诗话》卷二，《历代诗话续编》，中华书局1983年版，第1175页。
④ 王逸：《离骚经叙》，《楚辞章句》卷一，文渊阁《四库全书》本。
⑤ 范文澜：《文心雕龙注·时序》，人民文学出版社1960年版，第672页。
⑥ 程廷祚：《青溪集》卷三，《金陵丛书》乙集之十，蒋氏慎修书屋校印。

汉赋"凭虚"论

屈骚主情，宋赋主物。赋"体类于《骚》而义去乎《诗》"，不称讽谏。班固《汉书·艺文志》亦谓屈原、荀卿"皆作赋以风，咸有恻隐古诗之义"；而"其后宋玉、唐勒，汉兴枚乘、司马相如，下及扬子云，竞为侈丽闳衍之词，没其风谕之义"①。在班固看来，尽管《离骚》多称"虚无之语"，但犹存《诗》义，而宋赋荡然。姚华《论文后编》谓楚隔中原，故屈辞独守乡风，迨其徒宋玉则"斟酌楚、赵，调和况、平，所纳较多，厥途遂广"②，以汉赋间承屈《骚》，直承宋赋，于时为然。但汉代大赋、骚体并驾，大赋祖宋，骚体拟屈，于体有别。姚氏又谓"为屈原者，贾生一人而已，司马相如则为宋玉"③。然"骚体"之谓，要在主情，凡汉赋影掠屈辞《九章》、《九歌》等，都称"骚体"，盖以《离骚》代表屈辞为常，则如司马相如《长门赋》类《骚》、班彪《北征赋》类《九章》，都视"骚体"无妨。

自来"诗骚"并称，当辨体制异同。《诗》、《骚》言情，本于比兴，是其所同，从现代的观念看，屈辞归于"诗歌"一类。王芑孙《读赋卮言》论诗虚赋实，指出"玄微"、"空衍"、"空无"、"清虚"是诗之所尚；而"敷陈"、"训诂"、"征实"、"博丽"为赋之所长④，虽参唐诗为论，不必尽合《诗》旨，但援引以视屈辞近《诗》，自无疑议，从这一角度看，《诗》、《骚》并列有以。而辞、赋并称，则以源流承接谓然。兹辨诗"虚"赋"实"，赋"实"是相对诗"虚"而论；赋的"凭虚"又是相对赋的"实学"倾向而言。《诗》、《骚》之异，在于《骚》以篇幅之长、造语之衍、名物之多、情感之厚、比兴之广，绝异《诗》之四言短制、分章合乐、比兴点缀、怨而不怒，从此创立一体，汉赋承之，故以撰作论，则谓《离骚》"蔚然为百代辞章之祖"⑤，断然不虚。《离骚》篇幅为长，故能敷衍语句、容纳名物；而怨怼激怒，也必以长篇反复，一唱三叹，托诸群物，纷然杂沓，才堪宣发净尽，畅所欲言。凡此可以归结为铺陈的倾向，

---

① 《汉书·艺文志》，中华书局1962年版，第1756页。
② 姚华：《论文后编》第三，《弗堂类稿·论著甲》，中华书局1930年版，第29页。
③ 同上书，第30页。
④ 王芑孙：《读赋卮言·审体》，光绪五年上海淞隐阁《国朝名人著述丛编》本。
⑤ 胡应麟：《诗薮·杂编》卷二引宋晁公武语，上海古籍出版社1979年版，第260页。

◇诗赋研究的语用本位

这是开启宋赋进而影响汉赋的最显著特点，表现为篇幅的恣蔓、造语的敷衍、名物的摘写，盖铺陈必将包罗物事，多称虚无，旷荡无迹。

《离骚》的铺陈，总以情感为经，天上地下，颠三倒四，感慨无端、求索无已，都借物事显示、比兴表现，随其撮用，虚廓不测，构成笼括无穷、包罗淹博的宏阔空间。班固《离骚序》谓《骚》"多称昆仑、冥婚、宓妃虚无之语，皆非法度之政，经义所载……自宋玉、唐勒、景差之徒，汉兴枚乘、司马相如、刘向、扬雄，驰极文辞，好而悲之，自谓不能及也。"[①] 考《离骚》铺陈，植物则薜芷、秋兰、木兰、宿莽、蕙茝、申椒、杜衡、秋菊、薜荔、菌桂、胡绳、芙蓉之属，动物则鸷鸟、鸾皇、鸩鸟、雄鸠、飞龙之俦，故事则高阳、三后、尧舜、桀纣、后羿之伦，神灵则巫咸、望舒、雷师、丰隆、帝阍、宓妃、佚女、二姚之类，地方则苍梧、县圃、崦嵫、咸池、白水、穷石之乡。而《九歌》礼神，湘灵山鬼，东君司命，咸来凑聚。《九章》述情，涉江哀郢，抽思怀沙，率有寄托，但以《离骚》铺陈为广，足为代表。屈辞以情为经和"多称虚无"的淹博铺陈对汉赋创作产生了深远的影响。

汉赋承于屈辞者，"骚体"为多，本于述情，造语如之，本非客观叙写，仅于主观生发，虚灵不著，邈漠难征，贾谊《吊屈原赋》、淮南小山《招隐士》、扬雄《反离骚》、班婕妤《自悼赋》之类，一仍其制；司马迁《悲士不遇赋》、刘歆《遂初赋》、班彪《北征赋》、蔡邕《述行赋》等，则在《离骚》体制的基础上参合宋赋的传统和当代赋的创制，是以踵事增华，衍为变体。但汉人"骚体"模拟，不及《离骚》铺陈，多以情感直抒，近于《九章》之制，未入《离骚》之室。而大赋分途，专以写物，不复言情，空间愈广，铺排弥甚，极度扩展了《离骚》的铺陈，至于苞括总览，无以复加，而于名物取类，益为虚廓。

宋赋除《九辩》外真伪未定，但以《文选》著录而定汉赋之前为然，则有《风赋》、《高唐赋》、《神女赋》、《登徒子好色赋》等，虽后人争议，不害汉人取效。屈作称"辞"，以为代表，则曰《楚辞》；辞近于诗，故列

---

① 王逸：《离骚经章句叙》，洪兴祖《楚辞补注》，中华书局1983年版，第50页。

《诗》、《骚》；《楚辞》中至宋玉有赋，赋之成体，固在宋玉；辞、赋并称，以先后相承，然赋去《诗》远，终成一体。姚华谓宋赋斟酌屈原之辞、荀卿之赋，未可考证，但荀赋绝是《诗》体，仅以"赋"名，不称赋制。宋玉直开汉赋，自无疑义。汉人骚体，本拟屈辞，以屈辞宋赋相承，则援"赋"谓"辞"为习，如《吊屈原赋》，其实为辞，命赋亦可，初无疆界。

宋赋定体，以出脱主情，而主于叙物。《离骚》近《诗》，本于情感，其所铺陈，物事只是情感的投射、比兴的载体；宋赋转就一人、一事、一物为题，其中内容，如《高唐赋》写楚王仪仗、羽猎等为汉赋所承，衍为大制。而铺陈愈广，虚夸更甚，物类弥密，字词益多，仅以呈现、描写，不当比兴之用；且主客问答，明示假托，开示汉人。其虚无之事、虚拟之托、虚夸之辞，变本加厉，影响汉赋。《高唐赋》写"昔者楚襄王与宋玉游鱼云梦之台、望高唐之观"，"盖假设其事"①，而托主客问答，王曰"试为寡人赋之"，明示赋文虚拟；《风赋》假托"楚襄王游于兰台之宫"，王问玉对，"善哉论事"，盖亦虚设之辞；《神女赋》谓"楚襄王与宋玉游于云梦之浦，使宋玉赋高唐之事"，王梦神女，先述大略，乃命玉"试为寡人赋之"，益为虚诞无当。至其铺陈，若《高唐赋》写朝云，"其始出也……其少进也"云云，虚夸形容，枚乘《七发》祖之。述草卉则"秋兰茝蕙，江离载菁，青荃射干，揭车苞并"，飞走则"王雎鹂黄，正冥楚鸠，秭归思妇，垂鸡高巢"，四字铺排，物类盈聚，出脱《离骚》抒情句式与比兴敷衍，卒成名物铺陈，以为夸诞，不必考实。汉赋铺陈，一以仍之，物类弥繁，夸饰滋甚。

三

汉赋对于前代文学的取效，要在铺陈一途，显示"凭虚"倾向。大赋铺陈，其本质要义是显示炫耀，其叙述视角则假托虚拟，其主导倾向为夸丽藻饰，其虚夸目的以悚动人主，其才学施为在虚设空间，其铺排充实在名物事类，其祖述取用在殊方异物。骚体发乎情感，铺陈职当比兴，本在

---

① 章如愚：《群书考索·文章门·赋类》卷二十，文渊阁《四库全书》本。

◇诗赋研究的语用本位

虚灵之用，但以参合赋体，铺陈渐趋加强。凡此不脱往代影响，而表现为汉赋体制、构思、语词以及作者与览者的精神气度诸方面。

　　大赋的构思，直承宋赋，远绍庄、列，多以主客谈辩，以托虚夸，《七发》之托楚太子与吴客，《天子游猎》之托子虚、乌有与亡是公，《长杨赋》之托子墨客卿与翰林主人，《两都赋》之假西都宾与东都主人，《二京赋》之假凭虚公子与安处先生，凡所夸诞，以明示假托。是如庄周寓言"假托外人论说"，似乎作者不预，尽管虚诞无征，然而读者不究，惟在假托之功。胡应麟谓"长卿《上林》创撰子虚、乌有、亡是三人者，深得赋体情状，初非以文为戏也"①，盖为赋虚夸，不可措实，是其体制要求。又借主客谈辩，恢廓声势，则如抵掌纵谈，悚悦人主，以邀福禄。某些赋作虽非明示假设，如扬雄《甘泉赋》等，大约先叙撰作缘起，排摆阵势，谨言奏赋，而以"其辞曰"推重赋文，其实也是明示赋文将以夸饰，盖"辞"则必资虚饰，而览者必有预期。究之大赋假托，乃是取于第三者的叙述角度，作者隐身其中，大赋铺陈的显示、炫耀与虚夸，以此视为当然。这与《诗》及骚体本于述情、出于主观的强烈作者意识正好形成相反的比照，骚体如贾谊《鹏鸟赋》之为鸟言，亦为假托，然非借以铺陈，而是代人述情。

　　汉大赋的宏大体制要求预设广阔的铺陈空间，这是大赋构思的普遍取向。刘熙载《赋概》云："赋兼叙列二法。列者，一左一右，横义也；叙者，一先一后，竖义也。"②这种横竖叙列的结构，即是铺陈空间的预设。大赋自枚乘《七发》敷衍七事，继以相如《子虚》、《上林》，以及东汉班固两都、张衡二京，体制愈大，铺陈愈广，物类滋繁，尽管东京由虚转实，但体制的宏大本质上要求铺陈空间的扩展、名物事类的敷衍，为虚事异物的罗致提出了更为广泛的要求。例如《子虚赋》摘写云梦之山及其东、南、西、北，山则土石形色，东则蕙圃，南则原隰，西则泉池，北则阴林，花草树木、鳞甲飞走，排列其间，必乃搜罗异方，虚设灵物，借以夸耀。其后扬雄《甘泉》、《羽猎》、班固两都、张衡二京等，无不仿效，良以空间结构既定，则需物事充之，而使物事充满，则需罗致异物。即如

---

① 胡应麟：《诗薮》外编卷一，上海古籍出版社1979年版，第126页。
② 刘熙载：《艺概注稿》，中华书局2009年版，第459页。

汉赋"凭虚"论

马融《广成颂》，挚虞《文章流别论》指其"纯为今赋之体，而谓之颂，失之远矣"[1]，是为"赋体颂用"的典型代表[2]，其写广成苑形势，"金山石林，殷起乎其中"，则依次铺陈山、石、土、草、树，尽皆珍奇；以及张威仪、叙畋猎，亦效《子虚》、《上林》，夸饰至极，如"疏镂之金路，六骊骏之玄龙，建雄虹之旌夏，揭鸣鸢之修橦"，势必虚饰烜赫，故有威仪；"日月为之笼光，列宿为之翳昧"，及"飞铤电激，流矢雨坠"云云，固以虚廓夸诞，方见校猎惨烈。至于骚体构思，本于情感，虚衍物事，抑或宕开铺陈，如刘歆《遂初赋》、蔡邕《述行赋》等，推其源流，是在屈原《九章》诸篇，又援汉赋铺陈，盖以行历为经，以所之一地为纬，类辑物事，发诸感慨。若《述行赋》述过下崤、济临沃所思所感，过下崤则实辑古事，济临沃则虚发感思，如"首浪望以穴窜兮，鸟胁翼之浚浚……地坼裂而愤忽急兮，石捌破之嵒嵒"，情之所之，物以偕来，随所铺陈，虚廓不著。

大赋"凭虚"显示了赋家的恢宏气度，所谓"赋家之心"的"苞括总览"，正以心胸广大、虚廓能包，是如司马迁《史记》之作，盖以"究天人之际，通古今之变"[3]，非有大汉帝国的恢宏气度，并皆不能为之。料想赋家搦管摛写，铺张宏丽，则如扬雄所言，"必推类而言，极丽靡之辞，闳侈钜衍，竞于使人不能加也"[4]；而从接受的角度看帝王的悦好，若相如"奏《大人》之颂"，而"天子大悦，飘飘有凌云之气，似游天地之间意"[5]，必是感于虚廓的苞览和宏阔的铺陈，激起大国君主的自豪意气。大赋的铺陈，在时人视之，犹如素车朴船之加漆采画、飞龙参天之蒸蔚云雨[6]，它的"凭虚"夸饰正是"润色鸿业"的时代需要，而不是现实社会的客观反映，一己情感的激越抒发更能应和大汉帝国的精神意气，王充所

---

[1] 张溥辑：《汉魏六朝百三家集》卷四十二，文渊阁《四库全书》本。今汉赋辑本诸种失收不当。
[2] 参拙文《汉代赋颂二体的交越互用》，《文学评论》2012年第1期。
[3] 《汉书·司马迁传》，中华书局1962年版，第2735页。
[4] 《汉书·扬雄传》，中华书局1962年版，第3575页。
[5] 《史记·司马相如列传》，中华书局1959年版，第3002页。
[6] 王充：《论衡·须颂》，上海人民出版社1974年版，第309页。

◇诗赋研究的语用本位

谓"国无强文,德暗不彰",正可解释大赋昌盛及其"凭虚"夸饰的堂皇理由。

四

名物的取用尤能反映汉赋"凭虚"的普遍倾向。名者拟物,物以名别,故"名物"以称事物,是为以物概事,如《周礼·天官·庖人》"掌共六畜、六兽、六禽,辨其名物"①云,迄近世康有为《请废八股试帖楷法试士改用策论折》"从此内讲中国文学,以研经义、国闻、掌故、名物"②云。然辨物以名,命名以言,则"名物"以指物、事之实,亦兼名、言之义。揆以论赋,从物上讲,则赋铺陈物事;从名上讲,则语词加物以名,赋的铺陈也是语词的运用。两相表里,不可分割,故谓"名物",运用为便。

汉赋的名物取用,出于铺陈的需要,预定夸饰的导向,而不是基于客观实际的考察和真实不虚的反映。其所取用,虽大体尊题③,如《七发》述七事,每事铺陈所取,固与本事相系,然本虚设其事,所以博采无妨。如说龙门之桐,则取烈风、霰雪、雷霆、霹雳凌厉,鹂黄、鸤鸠、䴗雌、迷鸟、鹍鸡翔集,凡此必不考索,而仅凭心造象;又叙琴挚斫斩为琴、野茧之丝为弦、孤子之钩为隐、九寡之珥为约、而使师堂操《畅》、伯牙为歌。李善注引《论语·泰伯》"师挚之始,关雎之乱,洋洋乎盈耳哉";引《列女传》谓九子之寡母早丧夫,独与九子居;引《韩诗外传》曰孔子学鼓琴于师堂④。是皆随意征召,遂使往古人物,咸来凑聚,一唯"凭虚"而已。又如相如《子虚》之叙云梦,则多取楚物;《上林》之述上苑,则多取秦事,但非考实名物,而是资于"多识博物,有可观采"⑤,搜罗异

---

① 《周礼·天官·庖人》,《周礼注疏》《十三经注疏》上册,上海古籍出版社1997年版,第661页。
② 汤志钧编:《康有为政论集》上册,中华书局1981年版,第271页。
③ "尊题"为诗学术语,宋葛立方《韵语阳秋》卷三谓"书生作文,务强此弱彼,谓之尊题",盖诗写某物某事为题,必欲尊之而快。如白居易《琵琶行》既尊商妇之奏,而抑山歌村曲为"呕哑嘲哳难为听"云云。参拙著《中国古代诗法纲要》,齐鲁书社2005年版,第30—31页。
④ 萧统编、李善注:《文选》卷三十四,中华书局1977年影印清胡克家刻本,第479页。
⑤ 《汉书·叙传下》,中华书局1962年版,第4255页。

物，经纬其间，以取夸饰。其所博识，多从书本而来，所以谢榛谓汉人作赋必读万卷书，《离骚》、《山海经》、《舆地志》、《尔雅》等，都供名物取用。凡此之类，以所取者非为考实，故用为铺陈则虚；又特喜取用《离骚》、《山海经》者，以其名物多虚，借以夸诞，适以"凭虚"。

兹考相如赋取于屈辞者，草卉则芙蓉、木兰、芷若、揭车、留夷、杜衡、江蓠、射干、兰蕙、麋芜、青薠之类，树木则橘柚、桂树之属，其中《上林》有之而《子虚》无者不少，两篇重出则有木兰、江蓠、青薠、揭车之伦。屈原楚人以写楚物，《子虚》援以写楚地，大半合于地产之实，但《上林》写秦地而援楚物，则为不经，两篇并取，则以祖述成辞，聊应铺陈之需，断非考实所为，必属虚说而已。左思《三都赋序》批评相如、扬雄等"考之果木，则生非其壤；校之神物，则出非其所……侈言无验，虽丽非经"①，正是"凭虚"所致，胡可按实求之？且赋中侈言神怪，多取于《离骚》、《九歌》、《山海经》等，如《子虚》、《上林》蛟龙见于《九歌》，《上林》玉虬、玉鸾出《离骚》，《上林》应龙并见《天问》、《山海经》，《上林》宓妃出《离骚》。而《子虚》、《上林》取于《山海经》者，则如駏驉、蛩蛩，并出《海外北经》"北海内有兽，其状如马，名曰駏驉"，及"北海有素兽焉，状如马，名曰蛩蛩"云云；鸐鸟，出《海内经》"北海之内，有蛇山者……有五采之鸟，飞蔽一乡，名曰鸐鸟"云云；地名如青丘，出《南山经》"又东三百里，曰青丘之山"云云②。至于相如《大人赋》，则以赋写神仙，益加"凭虚"造奇，资于《山海经》、《离骚》等，如祝融，出《山海经》；丰隆，出《离骚》、《九章》，《文选》五臣注引郭璞"丰隆，筮师御云得大壮卦遂为雷师"云；三危，出《天问》，王逸注谓"玄趾、三危皆山名也，在西方黑水出昆仑山"③，若此等等，悉资取用。刘熙载谓相如赋"造出奇怪，又会撇入窅冥"④，固以"凭虚"之才，亦资厚学博识。

---

① 左思：《三都赋序》，《文选》卷四，中华书局1977年版，第74页。
② 袁珂：《山海经校注》，上海古籍出版社1980年版，第246、247、461、466页。
③ 王逸：《楚辞章句》卷三，洪光祖《楚辞补注》，中华书局1983年版，第96页。
④ 刘熙载：《艺概注稿》，中华书局2009年版，第432页。

◇诗赋研究的语用本位

　　相如赋圣，后人追拟，扬雄为尤。如《甘泉赋》写"将郊上玄，定泰畤"而"属堪舆"、"捎夔魖"、"八神奔"，以及蚩尤"带干将"云云，役使神鬼，驱遣妖魅；夸"洪台"之高，则言至北极、近列宿、日月经行于栋宇，雷电激荡于宫墙。《羽猎赋》写"国家殷富，上下交足"的祥和景象，则"凤凰巢其树，黄龙游其沼，麒麟臻其囿，神爵栖其林"，率属神物，古不足征；述帝王出行，则"青云为纷，虹蜺为缳，周之乎昆仑之虚，焕若天星之罗，浩如涛水之波"，悉皆夸诞，虚不待考；显威仪则"蚩尤并毂，蒙公先驱，立历天之旗，曳捎星之旃，霹雳烈缺，吐火施鞭"，又"逢蒙列眦，羿氏控弦"，"望舒弥辔"，无不张大，了无可据；叙斗鳞甲飞走，则"蹈飞豹，绢噣阳，追天宝"、"击流光"，而"使文身之技，手格鳞虫……凌坚冰，犯严渊，探岩排碕，薄索蛟螭，蹈貆獭，据鼋鼍，拔灵蠵，入洞穴，出苍梧，乘巨鳞，骑京鱼，浮彭蠡，目有虞"，泰半想象，虚不致诘。"天宝"即陈宝，鸡头人身。而凤凰、蛟龙之类，及风云、霓虹之为仪仗，《骚》及《楚辞》以至相如习用，并《子虚》假托勇士如"专诸之伦"，都开大赋作法，名物递有祖述。扬雄博识好奇，故能于相如之后搜出幽奇，但好奇太甚，气度不及，险怪过之。若写文身下水入洞，而出于苍梧、浮于彭蠡，惊心动魄，摧胸裂胆，立毛瞋目，词人想象，一至于此，令人叹服。

　　祝尧《古赋辨体》卷四谓"自楚《骚》已多用连绵字及双字，长卿赋用之尤多，至子云好奇字，人每载酒从问焉，故赋中全喜用奇字，十句而八九矣"①。应当说从枚乘《七发》已多奇字，相如益夥，亦开一途；扬雄则以倔强之性、好古之奇，笃之弥深，骛之愈远。枚乘、相如赋亦多连绵、双字，赋文多押韵，祝尧又谓《子虚》、《上林》首尾是文，中间是赋，而扬雄《长杨赋》自首至尾纯是文，"赋之体鲜矣"②，又不押韵。且扬雄诸赋多就一事而作。按《汉书·扬雄传》，"孝成帝时，客有荐雄文似相如者，上方郊祠甘泉泰畤、汾阴后土，以求继嗣，召雄待诏承明之庭"，

---

　　① 祝尧：《古赋辨体》卷四，文渊阁《四库全书》本。
　　② 同上。

200

乃从上甘泉，奏《甘泉赋》①；又言雄从祭后土，上《河东赋》；从羽猎，作《校猎赋》；从至射熊馆，作《长杨赋》。尽管假设虚辞，但因实而作、从上所奏，固非《七发》、《子虚》、《上林》凭虚构造，了无凭借。凡此以观扬雄赋作，其于虚灵通脱，已逊枚乘、相如一等，不免滞实之累。扬雄学相如而不逮，正以相如"凭虚"，"神化所至"②，不可追及。

五

扬雄趋拟相如不及，转有滞累，而"凭虚"转实倾向，实已透露。祝尧谓扬雄好用奇字，"厥后《灵光》、《江》、《海》等赋，旁搜遍索，皆以用此等字以赋体，读者苦之"③，不仅如此，而且名物言辞，渐多取于经籍，表现出由虚转实的明显倾向。兹谓名物则搜罗取用，言辞则祖述脱化④，微有不同。扬雄赋中取于经语者，若《羽猎赋》"王雎关关，鸿雁嘤嘤"，"嘤嘤昆鸣，凫鹥振鹭"，名物语词句法，绝类《诗》语。及《长杨赋》一段云：

> 亦所以奉太尊之烈，遵文武之度，复三王之田，反五帝之虞。使农不辍耰，工不下机，婚姻以时，男女莫违。出恺悌，行简易，矜劬劳，休力役，见百年，存孤弱，帅与之同苦乐。然后陈钟鼓之乐，鸣鼖磬之和，建碣磍之虡，拮隔鸣球，掉八列之舞。酌允铄，肴乐胥，听庙中之雍雍，受神人之福佑。歌投颂，吹合雅，其勤若此，故真神之所劳也。

按李善注，"三王之田，文王三驱是也"，用《周易》"王用三驱，失前禽

---

① 《汉书·扬雄传》，第3522页。
② 程毅中点校：《燕丹子·西京杂记》合订本，中华书局1985年版，第21页。
③ 祝尧：《古赋辨体》卷四，文渊阁《四库全书》本。
④ "脱化"一语，取自清徐增《而庵诗话》"作诗之道有三，曰寄趣，曰体裁，曰脱化"。"脱化"隐括黄庭坚"夺胎换骨"、"点铁成金"之论，即脱胎于古人以化而用之，是祖其语而化用，与"用事"取于事类不同。并参拙文《论脱化》(《长江大学学报》2004年第2期)、《用事辨略》(《修辞学习》2004年第2期)。

◇诗赋研究的语用本位

也";"五帝之虞"用《尚书》"帝曰'益,汝作朕虞'";"婚姻以时,男女莫违"祖《毛诗序》"婚姻失时,男女多违";"恺悌"用《诗·大雅·洞酌》"岂弟君子,民之父母";"行简易"出《周易》"乾以易知,坤以简能,易则易知,简则易从";"矜劬劳"祖《毛传》"矜,怜也"并《诗·小雅·鸿雁》"之子于征,劬劳于野";"见百年"用《礼记》"百年者就见之";"八列"袭《论语·八佾》;"酌允铄"取《诗·小雅·车攻》"允矣君子,展也大成"并《诗·周颂·酌》"于铄王师,遵养时晦";"肴乐胥"、"受神人之福佑"并用《诗·小雅·桑扈》"君子乐胥,受天之祜";"雍雍"出《诗·大雅·思齐》"雍雍在宫,肃肃在庙"①。赋援经语,亦述经义,虽亦假借为说,但所论则经学实义;虽亦间出铺陈虚写,然通篇论说为主,颇着经学头巾气。考虑到扬赋多为从上郊祀、畋猎所奏,固必申礼述制,稽古据经,而又执于讽谏目的,所以胶柱鼓瑟,不能"凭虚"构造,已非"旷荡虚无"。虽拟相如而效铺写之虚,但起首叙议之实,已定整篇导向。如《甘泉赋》开篇"惟汉十世,将郊上玄,定泰畤,雍神休,尊名号,同符三皇,录功五帝"云云,殆同《诗·颂》、史笔,预定一篇间架,而祝尧谓"全是仿司马长卿,真所谓异曲同工之妙"②,其实不然。

大赋虚实转向,明显见于都城之赋。班固《两都赋》本于典制、历史、地理的题材开拓及内容考实与讽谏意识,再造汉赋之盛。观其二赋自序"稽之上古"以效"皋陶歌虞,奚斯颂鲁",而针对"盛称长安旧制,有陋雒邑之议"以讽,固知其赋趋实。东汉尚典制,与经学表里,影响辞章,较诸汉初学好黄老、直承《楚辞》,已是越代之隔。如《西都赋》述长安形胜、京郊地势、帝都故事、耆宿讲论,大抵实有所本;《东都赋》则对前赋西都宾的夸饰进行"痛乎风俗之移"的反拨,历述大汉基业,以谓迄今"圣皇乃握乾符,阐坤珍,披皇图,稽帝文",继之略述天子政治教化,所本则历史、典制、礼乐、诗书之属,一皆措实,率同政诰,典实板重,与《七发》、《子虚》、《上林》"凭虚"之构,固已相去霄壤。刘师

---

① 萧统编,李善注:《文选》卷九,中华书局1977年影印清胡克家刻本,第138页。
② 祝尧:《古赋辨体》卷四,文渊阁《四库全书》本。

培谓班固两都赋、王褒《鲁灵光殿赋》等为"记事之文"①，显见趋实倾向。逮张衡《二京赋》则又模拟班赋，按《后汉书·张衡传》，以和帝、安帝时东京权贵侈汰逾制而作。《西京赋》借凭虚公子述长安地理形胜、典制故事、宫室街市，又写游侠辩士、冠带商旅、苑囿池沼、田猎伎艺、歌舞宴饮，悉有可据，不为虚造；《东京赋》亦以前赋反正，以安处先生议论起始，预定中礼之旨，继述宫室制度、君臣宴饮、郊祀田猎、歌舞礼神、稼穑劝农等，都归礼制之正，本于崇实之化，而以铺陈为多，视《东都赋》主于议论为优。

纵观两汉之赋，由虚转实，大势所趋。东京以降，如魏文帝《答卞兰教》谓"赋者言事类之因附也……故作者不虚其辞，受者必当其实"②。西晋左思《三都赋序》则曰：

> 余既思摹二京，而赋三都。其山川城邑，则稽之地图；其鸟兽草木，则验之方志。风谣歌舞，各附其俗；魁梧长者，莫非其旧……美物者贵依其本，赞事者宜本其实。匪本匪实，览者奚信？且夫任土作贡，《虞书》所著；辩物居方，《周易》所慎。③

按《世说新语·文学》云，左思作《三都赋》初成，人有讥訾，乃询皇甫谧作《序》，遂倍其价④。皇甫《序》亦称其赋"考分次之多少，计殖物之众寡，比风俗之清浊，课士人之优劣"⑤，都以考实云云。不论本赋是否真正达到如此严谨考实的标准，仅视二《序》所陈理论倾向，信非圆通之识。显然赋为辞章，并非史志，不以实录为的，正在"赋家之心"的"凭虚构象"和"苞括总览"的虚廓控引，赋为"辞章"的"文学"创制，必

---

① 刘师培：《南北文学不同论》，《国粹学报》第1年第9期。
② 严可均辑：《全三国文》上册，商务印书馆1999年版，第61页。
③ 左思：《三都赋序》，《文选》卷四，第74页。
④ 刘震堃：《世说新语校笺·文学》，中华书局1984年版，第135页。
⑤ 皇甫谧：《三都赋序》，《文选》卷四十五，第642页。

◇诗赋研究的语用本位

当凭借"精骛八极"的想象和"心游万仞"的虚造①,才能虚活不着、灵动有神。倘使寸稽谱牒、尺核方志,则如王夫之所谓"《广舆记》前一天下图耳"②,"文学"奚足为贵?迄东晋谢灵运《山居赋》自序云:

> 今所赋既非京都、宫观、游猎、声色之盛,而叙山野、草木、水石、谷稼之事。才乏昔人,心放俗外,咏于文则可勉而就之。求丽邈以远矣。览者废张、左之艳辞,寻台、皓之深意,去饰取素,傥值其心耳。③

一如左思《三都赋序》批评司马相如、扬雄、班固、张衡的虚夸,而将左思一并带入批评的对象,这种后浪推前浪的否定固然表现为抑人扬己的传统,如曹丕《典论·论文》所言班固之轻傅毅④;但能看到大赋虚夸的赋题要求和"去饰取素"的题材转换,则"废张、左之艳辞"有以,而"才乏昔人"则"求丽邈以远",观其赋文直叙,了无虚灵,不必飘飘凌云,而览者已倦,则非自谦而已。

然而赋的创作实际不必自觉受制于观念的执持,两都、二京已是如此,即如左思三都自谓依本贵实,以及其间架既定,铺陈则不株守,必有夸诞虚饰,盖赋体铺陈,必当如此,否则不必称"赋"。如《西都》写宫殿高峻,则"轶云雨于太半,虹霓回带于棼楣",叙畋猎则"风毛雨雪,洒野蔽天",无不虚夸至极。而《东都》实写典制,至如"发鲸鱼,铿华钟,登玉辂,乘时龙"云云,必不尺寸较之。左思《三都赋序》指斥汉赋夸诞,谓《上林》"引卢橘夏熟"、扬雄《甘泉》"陈玉树青葱"、班固《西都》"叹以出比目"、张衡《西京》"述以游海若",悉皆"假称珍怪,以为润色",可见赋的铺陈传统,一往而然。而左思自谓揩实,只是聊且云云,

---

① "精骛八极,心游万仞"为陆机《文赋》语,严可均辑《全晋文》卷九十七,商务印书馆1999年版,第1024页。
② 王夫之:《姜斋诗话》卷下,丁福保辑《清诗话》上册,上海古籍出版社1978年版,第19页。
③ 谢灵运:《山居赋序》,顾绍伯《谢灵运集校注》,中州古籍出版社1987年版,第319页。
④ 严可均辑:《全三国文》上册,商务印书馆1999年版,第82页。

不必当真听信。谢灵运已指《三都》"艳辞"①,是属诚言。如《吴都》"长鲸吞航,修鲵吐浪,跃龙腾蛇,鲛鲻琵琶",《蜀都》"汨若汤谷之扬涛,沛若蒙汜之涌波",岂必实有是物?至若《魏都》写文昌之广殿,夸以"對若崇山嶻起以崔嵬,髣若玄云舒蜺以高垂",《蜀都》写成都之城郭,饰以"结阳城之延阁,飞观榭乎云中",奚必尺寸趋拟?是知赋之为体,铺陈无所不包,必然不尽趋实,于其为论所云,不必偏听尽信。王芑孙《读赋卮言》云:"赋者,铺也,抑云富也,裒一腋其弗温,钟万石而可撞,盖以不歌而颂,中无隐约之思,敷奏以言,外接江浮之思。"② 正以铺陈广博,想象辽邈,未必刻镂形貌,拘泥实物。胡应麟盛推司马相如"凭虚"构制,而指"后之君子,方拘拘核其山川远近、草木有无",卒乃痛慨"乌乎末之"③,观曹、左、谢之议,固已陋矣,而汉赋自相如赋圣以后,罕能出其右者,盖既由虚转实,非必"文学发展",故知汉赋"凭虚",是为切要大义。

---

① 谢灵运:《山居赋序》,顾绍伯《谢灵运集校注》,中州古籍出版社1987年版,第319页。
② 《读赋卮言·审体》。
③ 胡应麟:《诗薮》外编卷一,上海古籍出版社1979年版,第126页。

谢灵运诗赋的关联与分异

谢灵运山水赋脱离汉赋"凭虚"倾向而注重写实,述情赋摆脱了汉代以来《诗》学讽喻之义。其拟乐府主情受到本辞影响,山水诗则以理节情,又以体制之限而情感内敛,但述情赋则以铺陈直述情感。谢灵运山水诗的空间铺排和时间顺叙归于属对的移步换形,而于景物点逗即止、出象为足,山水赋则一顺铺陈。诗、赋语汇相通,构句大不相同。

一

魏晋六朝诗、赋上承汉赋、下启唐诗,处于并存的"折中状态"①,二者为体不同而交互影响,主导着此期文学史的基本格局。谢灵运并作诗、赋,其体制之异与个人创作风格相与关联,在诗、赋关系的研究上,具有典型个案的阐释意义。谢灵运以山水诗开创与成就留名后世,故学者多论其诗,但谢灵运赋作不少,顾绍伯先生《谢灵运集校注》辑录14篇,其中《山居赋》据《宋书》本传著录,洋洋近万言。丁功宜先生指出谢灵运"是主动把赋的题材转向农村山居的第一人",认为谢灵运论赋以抒发性情为本,并主去饰取素、不求华丽②。谢灵运《山居赋》序云:

> 今所赋既非京都、宫观、游猎、声色之盛,而叙山野、草木、水石、谷稼之事。才乏昔人,心放俗外,咏于文则可勉而就之。求丽邈以远矣。览者废张、左之艳辞,寻台、皓之深意,去饰取素,

---

① 林庚:《唐诗综论》,人民文学出版社1987年版,第53页。
② 丁功宜:《论谢灵运对赋的认识》,《广西右江民族师专学报》2001年第1期。

谢灵运诗赋的关联与分异

倘值其心耳。①

谢灵运所谓京都等四类赋，《文选》分类相同。此以属对之限，止列四类，《文选》益多。尽管往代之赋多涉山水，但未有专题之赋。若西晋郭璞《江赋》、木华《海赋》是专赋一物，《文选》单列"江海"类，不能算作严格意义上的山水赋。谢灵运《山居赋》独"叙山野、草木、水石、谷稼之事"，具有题材的独创性，以今天的观点视之，宜别谓"山水"之类。此赋的结构，是以山水为基本间架，包括草木、谷稼、鸟兽、鱼虫之属，是一篇相当标准意义上的山水赋，比较往代各类题材的赋作，它确实是谢灵运在大赋题材的独创，与其山水诗的开创同样具有重要的意义。

谢灵运"才乏昔人"、"勉而就之"云云，固为自谦之辞，但谓"求丽邈以远矣"、"废张、左之艳辞"而"去饰取素"，则表明此赋较诸往代赋作的特点。赋之言"丽"，起于扬雄"诗人之赋丽以则，辞人之赋丽以淫"之说②，司马迁、班固论赋，都本于《诗》学观念，要求讽喻的功用。丽辞之淫，即班固《典引序》所指司马相如"但有浮华之辞"云云③。汉大赋丽靡之辞，与司马迁所谓"虚词滥说"④表里相系，司马相如答盛览谓"赋家之心，苞括宇宙，总览人物，思乃得之于内，不可得其传也"⑤，乃是作赋心法。刘熙载《赋概》云："相如一切文，皆善于驾虚行危……知模山范水，犹其末事。"⑥在刘氏看来，"赋以象物，按实肖象易，凭虚构象难"⑦。尽管自汉以下，各代赋有其自己的特点，但西汉大赋包览宇宙，磅礴万物，穷极夸饰，宕开想象；至东汉则多述典制，内容较为措实，魏晋以降，赋的写实倾向愈趋明显。左思《三都赋序》谓"美物者贵依其本，赞事者宜本其实"⑧，表明了赋的创作由虚向实的总体倾向，从文学创

---

① 顾绍伯：《谢灵运集校注》，中州古籍出版社1987年版，第318—319页。
② 扬雄：《法言·吾子》，《汉书·艺文志》，中华书局1962年版，第1756页。
③ 萧统编、李善注：《文选》，中华书局1977年版，影印胡克家刻本，第682页。
④ 《史记·司马相如列传》，中华书局1963年版，第3073页。
⑤ 程毅中点校：《燕丹子·西京杂记》，中华书局1985年版，第12页。
⑥ 刘熙载著，袁津琥校注：《赋概注稿》，中华书局2009年版，第432页。
⑦ 同上书，第462页。
⑧ 萧统编、李善注：《文选》，中华书局1977年影印清胡克家刻本，第74页。

◇诗赋研究的语用本位

作的想象来说，这并不是值得肯定的"发展"。揆此以观谢灵运《山居赋》"去饰取素"的写作初衷，从赋的演变历史来说，"求丽邈以远矣"、"废张、左之艳辞"，乃是无可接续的隔代梦幻，非仅自谦而已。谢灵运山水诗重在刻画景物对象，何念龙①、林晨先生并有论述②，山水赋亦然。

谢灵运论赋主情，是就述情赋言之，与山水赋铺写物色有别，自当分辨。其言见于《撰征赋》序"远感深慨，痛心殒涕"、《罗浮山赋》序"遂感而作"、《感时赋》序"逝物之感……颓年放悲"，以及《归途赋》序"事由于外，兴不自己"云云。但其主情与汉儒论赋主于《诗》学讽喻不同。班固《汉书·艺文志》依"诗人"之义指责枚乘、司马相如等"竞为侈丽闳衍之词，没其风谕之义"③。汉代述志之赋如董仲舒《士不遇赋》、司马迁《悲士不遇赋》所抒发的情志具有现实政治的较多联系，然东汉抒情小赋如张衡《归田赋》却是抒发一己之情，更多具有个体性的特征。逮西晋陆机《文赋》"诗缘情而绮靡"之说，更从《诗》学"言志"的传统转向个体的情感表现。谢灵运的述情赋的主情承续其绪，完全出脱《诗》学讽喻之义；其山水赋则循东汉大赋的传统而全在写实，却已绝去西京大赋"凭虚构象"的恢宏气象。这是讨论谢赋必须明确的重要判断。

二

关于谢灵运山水诗的情感表现，自来是一个引起争论的问题。谢灵运山水诗大多刻画对象，结以玄言说理，极少直接表情，故致"寡情"之讥。清潘德舆《养一斋诗话》谓谢诗"芜累寡情处甚多"④，主要是就谢灵运山水诗而言。沈德潜《说诗晬语》云："诗至于宋，性情渐隐，声色大开，诗运一转关也。"⑤所谓性情渐隐，在沈氏的诗教观念看来，就是脱离了《诗》之风雅的主情本位，然"性情"本是以性制情，只有符合善性之

---

① 何念龙：《品鉴山水与我化自然——"二谢"和李白文化比较》，《江汉大学学报》2006年第2期。
② 林晨：《谢灵运的赋学批评》，《宜宾学院学报》2007年第4期。
③ 《汉书》，中华书局1962年版，1756页。
④ 郭绍虞编选，富寿荪校点：《清诗话续编》，上海古籍出版社1983年版，第2027页。
⑤ 丁福保辑：《清诗话》，上海古籍出版社1978年版，第532页。

208

情，才被诗教认可。而玄理的"自然"属性表明它并不与情构成必然的"激烈冲突"①，但可视之为一种基于玄理感悟的自我调节。经过东晋玄言诗的理性节制，晋宋之交的谢灵运的山水之作确已不同于建安的慷慨任气和正始的感慨遥深，所谓"性情渐隐"，是隐于物象之中，看似沉潜而冷静，犹有玄理的调节。

讨论谢灵运创作的情、理，必须先辨体制。胡应麟《诗薮》内编卷二谓"文章自有体裁，凡为某体，务须寻其本色，庶几当行"②。谢灵运诗、赋的情感表现并不相同，在于作者，这是由于既定体制的先在影响决定写作的基本导向，包括主题、语言的祖述和情感的表现③。谢灵运以开创山水诗为后世所重，但其乐府诗却被忽视。汉乐府"感于哀乐，缘事而发"④的情感直抒，在文人拟乐府中一脉相承。谢灵运拟乐府如《燕歌行》"悲风入闺霜依庭"、"对酒不乐泪沾缨"与曹丕同题之作，《长歌行》"揽物起悲绪，顾已识忧端"与其所本"古辞"，并有相近的情感倾向。而其山水诗的情感表现则与拟乐府不同。兹举《从斤竹涧越岭溪行》云：

> 猿鸣诚知曙，谷幽光未显。
> 岩下云方合，花上露犹泫。
> 逶迤傍隈隩，迢递陟陉岘。
> 过涧既厉急，登栈亦陵缅。
> 川渚屡径复，乘流玩回转。
> 蘋萍泛沉深，菰蒲冒清浅。
> 企石挹飞泉，攀林搴叶卷。
> 想见山阿人，薜萝若在眼。
> 握兰勤徒结，折麻心莫展。
> 情用赏为美，事昧竟谁辨？

---

① 张煜：《论谢灵运山水诗创作中的情、理冲突》，《郴州师范高等专科学校学报》2003年第1期。
② 胡应麟：《诗薮》内编卷一，上海古籍出版社1958年版，第21页。
③ 参拙文《〈陌上桑〉拟作的主题演变》，《贵州师范大学学报》2009年第3期。
④ 《汉书·艺文志》，中华书局1962年版，第1756页。

◇诗赋研究的语用本位

<blockquote>观此遗物虑,一悟得所遣。</blockquote>

带着欣喜的心情,观照清幽的物色,逶迤迢递、径复回转的观玩本身充满了兴致,何况注目于蘋萍菰蒲、拟议"泛"、"冒"物态情状,主体的精神已然沉浸于对象的体察,情感隐于物象的观照中。然而自然物色的美好却反而引起世事的忧闷,"握兰"徒结,"折麻"孰赠,心中悲戚,即以玄理自宽、调节其情。这种调节带着自我强制性,并非陶渊明的物我两忘。在陶诗,不是面对景物的专精描刻画与字句拟议,而是绝去了俗虑的牵缠,没有谢灵运那般出处相妨的矛盾和避罪畏祸的焦虑,相对于谢灵运的世胄招险,远离政治中心的田园生活涵养了淡泊的心境。

诗以体制之限,抒情必有节制,即使拟乐府直接述情,也不能展开详述。由于诗的句式为短,篇幅为小,且一般上下两句构为一个语意的单位,甚至构为一个对偶,所以一句之内,不能详述,两句上下尤其是属对之间,构成了意义的空间,适使读者想象,故有含蓄蕴藉[①]。而山水诗重在对象刻画、物象呈现,情感内敛,表现隐约。如《初发石首城》后半云:

<blockquote>
重经平生别,再与朋知辞。
故山日已远,风波岂还时。
迢迢万里帆,茫茫终何之?
游当罗浮行,息必庐霍期。
越海凌三山,游湘历九嶷。
钦圣若旦暮,怀贤亦凄其。
皎皎明发心,不为岁寒欺。
</blockquote>

"重经"、"再与"是一个语意单位,说完便转入下一语意结构,"故山"、"风波"相对,只是略为提点、呈示意象,未及详述,却又刹住;"迢迢"、

[①] 参拙文《意境创造的诗法功用》,《齐鲁学刊》2006年第6期。

"茫茫"之叹，给人一种隐约的感受，却不细说；接下"罗浮"、"庐霍"、"越海"、"游湘"、"三山"、"九嶷"也是影掠意象，逗人联想；"旦暮"、"凄其"的叹息，才说便休，至于如何凄其，不须铺开为说，究以体制之限，必当如此而已。

与山水诗的情感内敛和乐府的感慨遥深不同，述情赋却是直述情感，根本就在于对情感的直接铺陈，并不需要诗情表现的含蓄蕴藉。诗不尽言，不能絮说，赋正好弥补这一不足，可以畅所欲言，尤为惬意。谢灵运《感时赋》：

> 相物类以迨己，闵交臂之匪赊。揆大耋之或遒，指崦嵫于西河。鉴三命于予躬，恒行年之蹉跎。于鹈鴂之先号，挹芬芳而凤过。微灵芝之频秀，迫朝露其如何？虽发叹之早晏，谅大暮之同科。

赋的句式类于散语，"之"、"以"、"于"、"而"虚字连带，用于句中，造成语势一顺，形成一气直下的铺陈气势与述情酣畅的效果，"相物类"、"闵交臂"、"揆大耋"、"指崦嵫"、"鉴三命"……述情的一顺使人觉得略无顿挫，形成连带的抒发和径直的铺陈。尽管晋宋之赋，造语趋于骈偶化，但散语虚字连带的语势正合一顺的敷陈，没有诗语欲言又止的顿挫与矜持，所以述情酣畅无碍。又如《伤己赋》：

> 嗟夫！卞赏珍于连城，孙别骏于千里。彼珍骏以贻爱，此陋容其敢拟？丁旷代之渥惠，遭谬眷于君子。眺徂岁之骤经，睹芳春之每始。始春芳而美物，终岁徂而感己。貌憔悴以衰形，意幽翳而苦心。出衾裯而敢坐，辟襜幌以迥临。望步檐而周流，眺幽闺之清阴。想轻慕之往迹，餐和声之余音。播芳烟而不薰，张明镜而不照。敢白华而绝曲，奏蒲生之促调。

赏、别、丁、遭、彼、此、眺、睹、始、终、貌、意、出、辟、望、眺、想、餐、播、张、敢、奏，一系列的动作字所带出的正是主体的情状的铺

211

◇诗赋研究的语用本位

叙,借此铺叙,一顺述情。显然不同于山水诗的写物为主,也不同于述情诗的顿挫迟回,只有时间的流程和空间的变换,带着汉赋铺陈的影迹。所以赋为一法,用于铺陈物、事、情皆可,要在展现敷写,与诗之局促、顿挫、含蕴相比,表现为体制的差别。

三

谢灵运工于山水诗,《山居赋》又为山水大赋,其结构、用词、造语具有一定的联系,又可反映诗、赋体制的不同要求和重要特点。赋的写物图貌或者影响诗的写作,表现为山水诗的空间铺排和时间顺叙。如《过始宁寺》历写山、水、岩、洲、云、竹;《于南山往北山经湖中瞻眺》写朝旦、景落、舍舟、停策,是时间顺序的铺陈,接写侧径、环洲、俯视乔木、仰聆大壑;又写石、林、竹、蒲、鸥,则是空间的铺排。散点相加而成全景的透视,拓展了山水表现的空间,延长了叙述的时间。但由于诗的体制短小,所谓"铺排"也是约略点逗即止,不能展开铺写;也正是由于诗的体制限制,才在短篇内提点众多的景象。物象的转换通过属对顺递实现,属对是诗的语意单位。比较诗、赋一段的"铺陈",可以看清二者的区别。《山居赋》写水一段云:

洪涛满则曾石没,渚澜减则沉沙显。及风兴浪作,水势奔壮。于岁春秋,在月既望。汤汤惊波,滔滔骇浪。电击雷崩,飞流洒漾。凌绝壁而起岑,横中流而连薄。始讯转而腾天,终倒底而见礐,此楚贰心醉于吴客,河灵怀惭于海若。

赋写一物,往往就此铺陈,构为一段,极称详尽。而山水诗则山水林木、岩石川渚,两句一景,移步换形,赋博诗约,比较立见。又如《长谿赋》:"潭结绿而澄清,濑扬白而戴华。飞急声之瑟归,散轻文之涟罗。始镜底以如玉,终积岸而成沙。"① 赋题"长谿",所以一顺写水,即此六句,较

---

① 见《艺文类聚》卷九,疑有阙文。

212

谢诗大部分为短,但写水铺陈,已见其博。

谢灵运山水赋的用词,可于写水见其大略,约有"洪涛、渚澜、汤汤、滔滔、洒漾、连薄、腾天、澄清、涟罗、浩瀁、泛滥、缅邈、纡余、汍濫"等,都在性状形容。而其山水诗写水用语,则多名物如"川渚、兰渚、迥渚、春渚、春流、乱流、洲流、旷流、清涟、环洲、长洲、长汀、鸣泉、飞泉、回溪、中川、近浪、鲸川、空水",广之以"沙岸、沙垣、孤屿"等,以偏正修饰构成;或"溯流、溯溪、过涧、遵渚、涉清、乘流",广之以"扬帆、挂席、入舟、放舟、舍舟"等,以动宾结构将人、物联系在一起。比较之下,显然赋语重在形容,结构较为疏散;诗语重在物象呈现和人、物的关系,结构缜密。这是由于赋语散缓,虚字连带;诗语坚整,间不容发。

谢诗写花草树木,或以形状字修饰,约有"白芷、白华、绿蘋、新苔、春草、初叶、初绿、残红、绿柳、红桃、幽篁"之类,或以名物字限定,如"兰皋、泽兰、椒丘、苑中兰"之属,都构成偏正结构。或以名物字形成并列结构,如"芰荷、蒲稗、蘋萍"等,或前面加以动作字形成动宾结构,如"采蕙、摘芳"等。而《山居赋》"水草则萍藻蕰荠、蒹菰蘋蘩、莦荇菱莲",又"鱼则鳗鳢鲋鳊、魴鲔鲨鳜、鳘鲤鲻鳝",则全是对象呈示,密集堆砌,颇类汉大赋的名物铺陈,不与人的动作情态发生联系,这与形状字形容物象,同属赋的铺陈特色。

最后比较谢灵运山水诗赋的造语特点,所列赋语均出《山居赋》:

1. 会以双流,萦以三洲。(《过始宁寺》:"岩峭岭稠叠,洲萦渚连绵。")

2. 备物之偕美,独扶渠之华鲜。播绿叶之郁茂,含红敷之缤翻。怨清香之难留,矜盛容之易翻。(《游南亭》:"泽兰渐披径,芙蓉始发池"。《登上戍石鼓山》:"白芷竞新苔,绿蘋齐初叶。"《读书斋》:"残红披径坠,初绿杂浅深。")

3. 敞南户以对远岭,辟东窗以瞩近田。(《田南树园激流植援》:"群木既罗户,众山亦对窗。")

4. 愍温泉于春流,驰寒波商秋徂。(《种桑》:"长行达广场,旷流始

213

毖泉。")

5. 露夕沾而凄阴。(《晚出西射堂》:"夕曛岚气阴。")

6. 修竹葳蕤以翳翳……花芬黛而媚秀。华映水而增光,气结风而回敷。(《过始宁寺》:"绿筱媚清涟。")

第一例赋语"萦以三洲","以"连接动作字与名物字,结构散缓;而诗语"洲萦"与"渚连绵",两个主谓结构合于一句,结构缜密。第二例赋写扶渠,"绿叶"、"红敷"、"清香"、"盛容",与诗之"泽兰"、"白芷"、"绿蘋"、"残红"、"初绿"都以修饰限定构成一个紧密的语词,但赋语之"华鲜"、"郁茂"、"缤翻"、"难留"、"易翻",通过中间虚字的连接,对其名物进行描绘形容,使整个句子成为描述性的言语,而以"备、独、播、含、怨、矜"诸动作字带动,虽也构为属对,但语势一顺,略无间隔,直接铺陈。而诗以"披、发、竞、齐、披、杂"连接后面的名物,是句子主要的锤炼之字,使诗句结构紧密,顿挫有力,但也缺乏赋语一顺的语势效果。第三例赋语"以"连接前后动宾结构,造成语势舒缓、表意递进,而诗语"既、亦"虚字的连接则是凑句,以合于五言句式,显见蹇迫。第四例诗赋同用"毖"字,一于句首,一于句中,可见诗、赋造语散缓与整练之别。第五例诗、赋语同在句尾,但赋语"凄阴"是描述性言辞,诗语"岚气阴"则重在末字锻炼,使之有力。第六例表明谢灵运诗赋用字的相通,"媚清涟"与"华映水"致思相近,但诗语"媚"字着力锻炼,以树一句之骨,赋语"媚秀"则取性状形容。凡此可以看到谢灵运诗、赋用语的相通,尤可发现赋语散缓一顺、诗语紧密整练的构句区别,加以其诗、赋用语遣字以及结构铺排、情感表现的比较,大致可为诗、赋体制比照提供一个案例的证明。

附　记

　　本书收集了近年来作者发表的部分文章。《自然与工力：中国诗学的体用之思》，发表于《文学评论》2010 年第 3 期；《中国诗的韵律节奏与句式特征》，发表于《中国韵文学刊》2007 年第 4 期；《诗道高雅的语用阐述》，发表于《文学评论》2008 年第 2 期；《类推思维的文学推衍》，发表于《文学评论》2013 年第 4 期；《意境创造的诗法功用》，发表于《齐鲁学刊》2006 年第 6 期；《乐府古辞与古诗十九首关系考辨》，发表于《贵州文史丛刊》2009 年第 1 期；《〈陌上桑〉拟作的主题演变》，发表于《贵州师范大学学报》2009 年第 3 期；《黄庭坚诗学与宋人诗话的论诗取向》，发表于《文学遗产》2008 年第 4 期；《程恩泽诗宗韩、黄与道咸诗风》，发表于《北方论丛》2011 年第 6 期；《郑珍"学人诗"的学韩路向》发表于《文学遗产》2012 年第 1 期，在此扩充了某些内容；《莫友芝为诗路向的体制分殊》，发表于《华南师范大学学报》2011 年第 5 期；《汉代赋颂关系考论》以《论汉代赋颂文体的交越互用》为题，发表于《文学评论》2012 年第 1 期；《汉赋"凭虚"论》发表于《文艺研究》2012 年第 12 期，这里增益了一些文字；《谢灵运诗赋的关联与分异》发表于《山西师范大学学报》2011 年第 6 期，今内容有所增多。